Sur la soie de ta peau

Du même auteur
aux Éditions J'ai lu

Lady Scandale
N° 9213

Ne me tente pas
N° 9312

LES CARSINGTON

1 – Irrésistible Mirabel
N° 8922

2 – Un insupportable gentleman
N° 8985

3 – Un lord si parfait
N° 9054

4 – Apprends-moi à aimer
N° 9123

5 – Lady Carsington
N° 9612

LES DÉBAUCHÉS

1 – La fille du Lion
N° 9621

2 – Le comte d'Esmond
N° 9304

3 – Le prince des débauchés
N° 8826

4 – Le dernier des débauchés
N° 9831

LORETTA
CHASE

Sur la soie de ta peau

*Traduit de l'américain
par Anne Busnel*

J'AI LU

Titre original :
SILK IS FOR SEDUCTION

Éditeur original
Avon Books, an Imprint of *HarperCollins*Publishers,
New York

Remerciements

Un grand merci :

Aux employés de la boutique Margaret Hunter du musée d'Histoire coloniale de Williamsburg, avec une mention particulière pour Janea Whitacre, la couturière, ainsi que Mark Hutter, le tailleur, qui ont partagé leur savoir-faire et leur enthousiasme avec une grande générosité.

À Chris Woodyard qui m'a été d'un grand secours concernant les poupées, les maisons démolies, et toutes les questions saugrenues dont je l'ai bombardée.

À Susan Hollowy Scott pour les tempêtes en mer, son intelligence, sa sagesse et son soutien moral.

À mon mari Walter pour ses encouragements incessants, ses nombreux actes de courage et l'inspiration qu'il m'insuffle.

À Cynthia, Nancy et Sherrie pour ce qu'elles font toujours et, bien sûr, à Trinny et Susannah.

À la mémoire de princesse Irelynn

Prologue

Au cours de l'été 1810, M. Édouard Noirot s'enfuit à Gretna Green avec Mlle Catherine DeLucey.

M. Noirot était persuadé qu'il enlevait une héritière anglaise dont la fortune, suite à ce mariage précipité, tomberait dans son escarcelle. Un enlèvement coupait court à toutes les ennuyeuses formalités administratives que les parents et notaires cherchent à vous imposer via un contrat de mariage. Et en s'enfuyant avec une riche aristocrate britannique, Édouard Noirot ne faisait que perpétuer une vieille tradition familiale, puisque sa mère et sa grand-mère étaient elles-mêmes anglaises.

Hélas, il avait été roulé dans la farine par sa chère et tendre qui, pour ce qui était du mensonge et de la duperie, était tout aussi douée que lui. Les DeLucey avaient effectivement eu de la fortune – à l'époque où John DeLucey avait séduit et emmené en Écosse la mère de Catherine, pratique maintes fois consacrée dans la famille.

Ladite fortune avait fondu comme neige au soleil. Aussi, Catherine DeLucey avait-elle cherché à améliorer sa situation financière de la façon dont procédaient en général les femmes de sa lignée, c'est-à-dire en se faisant épouser par un homme de bonne famille au portefeuille bien garni, dont la méfiance serait endormie par les affres de la passion.

Mais Catherine avait trouvé son maître, car Édouard Noirot était tout aussi démuni qu'elle. Bien qu'il soit le fils d'un comte français, il n'avait pas un sou en poche, l'argent de la famille ayant disparu en même temps que les têtes de ses augustes parents durant la Révolution française.

Grâce à cette double mascarade, la branche généalogique la plus décriée de l'aristocratie française se retrouva liée à la famille la plus réprouvée d'Angleterre, mieux connue de l'autre côté de la Manche sous le nom d'« Infâmes DeLucey ».

Le lecteur imaginera aisément le dépit partagé du jeune couple lorsque la vérité fut dévoilée, dans un village situé à quelques lieues de la frontière écossaise, peu après que les vœux eurent été échangés.

Le lecteur pourrait logiquement en déduire qu'il s'ensuivit un concert de cris et récriminations acerbes, comme il est d'usage en de telles circonstances. Ce en quoi il se tromperait. Les deux gredins, sincèrement amoureux au-delà de leurs manigances respectives, cédèrent à un énorme fou rire, puis choisirent d'unir leurs forces, bien décidés à entourlouper tout gogo qui viendrait croiser leur chemin à l'avenir.

Ce chemin fut long et tortueux. Il les amena à effectuer de nombreux allers et retours entre l'Angleterre et le Continent, lorsqu'il devenait déraisonnable de s'attarder trop longtemps dans un même lieu.

Au cours de ces pérégrinations, Catherine et Édouard Noirot donnèrent naissance à trois filles.

1

« COUTURIÈRE POUR DAMES. Sous cette enseigne, on trouve la boutique d'une professionnelle capable de créer des toilettes élégantes pour une clientèle raffinée, mais aussi une modiste, douée pour l'imitation, et qui doit savoir discerner rapidement les tendances de la mode, celles-ci fluctuant très vite au sein de la haute société. »

Registre des métiers du commerce anglais, 1818

Londres, mars 1835

Marcelline, Sophia, et Léonie Noirot étaient toutes trois présentes dans le salon d'essayage de leur boutique de Fleet Street, quand lady Renfrew laissa tomber sa bombe.

L'aînée, Marcelline – brune comme la nuit –, était en train de fixer un adorable nœud papillon sur la toilette que, si tout allait bien, lady Renfrew achèterait bientôt. La cadette, Sophia, à la blondeur angélique, rangeait un tiroir qui avait été mis sens dessus dessous un peu plus tôt pour satisfaire aux exigences d'une cliente versatile. La rousse benjamine, Léonie, ajustait l'ourlet de la robe de Mme Sharpe, la meilleure amie de lady Renfrew.

Cette dernière avait juste énoncé le dernier potin en date, d'un ton détaché, au milieu de la conversation. Mais Mme Sharpe poussa un glapissement, comme si on lui avait placé une vraie bombe sous le nez. Perdant l'équilibre, elle marcha sur la main de Léonie accroupie à ses pieds.

Léonie ne jura pas à voix haute, néanmoins Marcelline vit ses lèvres former un mot que les chastes oreilles de leurs clientes n'avaient certainement pas l'habitude d'entendre.

Sans se soucier des doigts qu'elle venait d'écraser, Mme Sharpe s'exclama :

— Le duc de Clevedon est *de retour* ?

— En effet, confirma lady Renfrew, l'air supérieur.

— À Londres ?

— Oui. Je le tiens de source sûre.

— Que s'est-il passé ? Lord Longmore aurait-il menacé de lui tirer dessus ?

Toute couturière désireuse d'habiller les dames de la haute société devait se tenir au courant des derniers cancans. Par conséquent, Marcelline et ses sœurs connaissaient déjà les détails de l'histoire. Elles savaient que Gervase Angier, septième duc de Clevedon, avait été le pupille du marquis de Warford, qui était le père du comte de Longmore. Elles savaient que Longmore et Clevedon, qui avaient passé une bonne partie de leur enfance ensemble, étaient les meilleurs amis du monde ; et que Clevedon était promis plus ou moins officiellement à lady Clara Fairfax, l'aînée des sœurs de Longmore.

Il n'y avait pas eu de véritables fiançailles, mais personne ne s'arrêtait à ce détail technique. Quand Clevedon et Longmore étaient partis trois ans plus tôt pour leur grand tour d'Europe, tout le monde avait pensé que le premier épouserait la sœur du second à leur retour. Mais Longmore était rentré seul au bout de deux ans, tandis que Clevedon continuait de mener une joyeuse vie de patachon sur le Continent.

Les mois avaient passé, et la haute société s'était perdue en conjectures.

Quelqu'un avait dû perdre patience, car lord Longmore était reparti tambour battant pour Paris quinze jours plus tôt. La rumeur disait qu'il avait posé un ultimatum à son ami et futur beau-frère.

— Je crois qu'il a menacé de le cravacher, mais je n'en suis pas sûre, confia lady Renfrew. Je sais seulement que lord Longmore est allé à Paris et qu'à la suite de cette visite, Sa Grâce a promis de rentrer à Londres avant la fête d'anniversaire du roi.

En effet, bien que le roi soit né en août, il avait été convenu de célébrer son anniversaire le 28 mai cette année-là.

Les sœurs Noirot n'avaient pas eu la moindre réaction. Elles avaient poursuivi leurs tâches respectives sans même arquer un sourcil, si bien qu'un observateur aurait pensé que ces commérages les laissaient de marbre.

Comme si de rien n'était, elles continuèrent de s'activer au service de leurs clientes. Le soir venu, elles libérèrent les ouvrières et petites mains à l'heure habituelle, avant de fermer la boutique. Puis elles rejoignirent leur petit meublé à l'étage et dînèrent de manière frugale, comme à l'accoutumée. Marcelline raconta une histoire à Lucie Cordélia, sa fille de six ans, avant de la mettre au lit à la même heure que d'ordinaire.

Lucie dormait d'un sommeil innocent – autant qu'on pouvait l'être au sein de cette famille – quand les trois sœurs descendirent enfin l'escalier sur la pointe des pieds pour se réunir dans l'atelier.

Chaque jour, un petit gavroche venait déposer les gazettes à peine sorties des presses devant la porte arrière du magasin. Léonie ramassa la pile du jour et étala les journaux sur la grande table de l'atelier.

Les trois sœurs se mirent à parcourir les colonnes avec avidité.

— Ici ! s'exclama Marcelline au bout d'un moment. « Le comte de L... est rentré de Paris la nuit dernière... On nous rapporte qu'un certain duc, résidant actuellement dans la capitale française, a été avisé sans détour que lady C... s'impatientait d'attendre son bon plaisir... Le retour imminent de Sa Grâce est annoncé... Les fiançailles seraient officialisées lors d'un bal donné à Warford House à la fin de la saison... Le mariage devrait avoir lieu avant l'automne. »

Marcelline tendit le journal à Léonie, qui poursuivit la lecture :

— « ... arrivait par malheur que Sa Grâce ne tienne pas ses engagements, la demoiselle en question devrait en tirer les conséquences et admettre qu'une terrible méprise... »

Léonie s'interrompit, lut encore quelques lignes en silence, et traduisit :

— Ensuite, ce ne sont que supputations concernant celui qui aura l'honneur de succéder à Sa Grâce dans le cœur de lady Clara.

Sophia secoua la tête :

— Elle serait folle de renoncer à lui. Un duché, quand même ! Il n'y en a pas tant que cela. Et les ducs jeunes, célibataires, beaux et riches ? On peut les compter sur *un* doigt de la main. Il n'y a que lui ! conclut-elle, l'index levé.

— Je ne vois pas la raison de toute cette précipitation, fit remarquer Marcelline. Elle n'a que vingt-deux ans.

— Et rien d'autre à faire que d'aller au bal, à l'opéra et au théâtre, renchérit Léonie. Une jeune fille bien née, jolie et nantie d'une dot conséquente n'a pas à s'inquiéter, elle attirera toujours les prétendants. Et cette fille en particulier.

Il fallait avouer que lady Clara Fairfax était d'une beauté à couper le souffle : l'archétype de la « rose anglaise », avec ses cheveux blonds et ses yeux bleus. Comme elle provenait en plus d'un lignage impeccable et que sa famille était riche, il ne manquait pas d'hommes pour se jeter à ses pieds.

— Elle n'aura jamais autant de pouvoir qu'avant son mariage, intervint Marcelline. À sa place, j'attendrais au moins jusqu'à vingt-huit, vingt-neuf ans avant de me laisser mener à l'autel.

— Lord Warford n'a jamais pensé que le duc resterait si longtemps à l'étranger, observa Sophia.

— Clevedon a toujours été au garde-à-vous devant le marquis, dit Léonie. Du moins, depuis que son père s'est tué à force de boire. On ne peut pas lui reprocher de se révolter un peu aujourd'hui.

— Peut-être lady Clara a-t-elle commencé à paniquer ? supputa Sophia. Au début, personne ne s'est trop inquiété de l'absence prolongée de Clevedon, mais cela fait quand même trois ans.

— Pourquoi se tracasser ? fit Marcelline. De toute façon, ils sont destinés l'un à l'autre. Si Sa Grâce rompait avec lady Clara, il romprait avec toute la famille.

— Peut-être un soupirant plus empressé que les autres a-t-il fait son apparition dans l'entourage de lady Clara ? suggéra Léonie. Et lord Warford, contrarié, aurait décidé de hâter les choses ?

— Je suis sûre que lady Clara se moque de ses autres prétendants. Elle ne va quand même pas laisser un duché lui échapper.

— Je me demande de quels arguments décisifs a usé Longmore envers son ami, dit Sophia, pensive. Ces deux-là sont des têtes brûlées, tout le monde le sait. Il n'a pas pu le défier en duel. S'il tuait le duc, cela n'arrangerait en rien ses affaires. Il l'a peut-être simplement menacé de lui flanquer une bonne correction si jamais il ne rentrait pas dare-dare en Angleterre.

— Deux beaux messieurs virils en train de se colleter… J'aimerais voir ça ! s'écria Marcelline en riant.

— Moi aussi ! Moi aussi ! s'exclamèrent ses sœurs en chœur.

Elles n'avaient jamais vu le duc de Clevedon, puisqu'elles étaient arrivées à Londres quelques semaines après son départ. Mais, de notoriété publique, l'homme était très séduisant.

— Ce n'est pas tous les jours qu'un duc se marie, et je commençais à croire que ce mariage-ci n'aurait jamais lieu, fit Sophia.

— Ce sera le mariage de l'année, sinon de la décennie. La robe de mariée ne sera qu'un début. La future duchesse voudra un trousseau, ainsi qu'une garde-robe neuve complète digne de son rang social. Des articles de qualité supérieure. La dentelle la plus fine. Les soieries les plus douces. Des mousselines d'une légèreté aérienne. Elle va dépenser des milliers de livres !

L'espace d'un instant, les trois sœurs gardèrent le silence, éblouies par cette perspective alléchante, un peu comme des âmes pieuses qui auraient contemplé le paradis.

Marcelline ne doutait pas un instant que Léonie ait déjà calculé le montant faramineux d'une telle commande. Elles étaient toutes trois bonnes en arithmétique et avaient une excellente mémoire, mais Léonie était beaucoup plus cartésienne que ne le laissait présager son apparence. Sous cette crinière rousse indomptable se cachait une femme d'affaires intraitable. Farouchement matérialiste, elle ne manquait jamais de ressource quand il s'agissait de gagner de l'argent. C'est elle qui tenait la comptabilité de la boutique sans rechigner, alors que Marcelline aurait préféré nettoyer les toilettes plutôt que de se pencher sur une colonne de chiffres.

Néanmoins, chaque sœur avait ses atouts propres. Marcelline était la seule qui ressemblait physiquement à son père – la seule peut-être aussi à être certaine d'être sa fille. Elle avait hérité de son goût très sûr en matière de mode, de son imagination, de son talent pour le dessin. Et aussi de son amour pour les belles choses.

Tout avait commencé des années plus tôt quand leurs parents, désireux d'avoir le champ libre, avaient confié leurs trois filles à une cousine couturière. Au début, apprendre les rudiments du métier avait été une corvée ; puis cette corvée s'était transformée en passion chez Marcelline. Aujourd'hui, elle ne créait pas seulement des robes, elle était l'âme de la maison Noirot.

De son côté, Sophia avait un don inné pour la comédie et la dramatisation, des atouts mis au service de leur négoce. Extérieurement, Sophia était une douce jeune femme blonde aux grands yeux bleus innocents. Mais sous cette façade séraphique se cachait un requin capable de vendre du sable aux Bédouins. Remarquable comédienne, elle pouvait tirer des larmes aux créanciers les plus endurcis et faire craquer les clientes les plus pingres pour des toilettes hors de prix.

— Imaginez le prestige qui rejaillirait sur notre magasin, murmura Sophia. La duchesse de Clevedon donnera la note en matière de mode. Tout le monde suivra les tendances qu'elle imposera.

— Encore faudrait-il qu'elle se remette entre les bonnes mains, objecta Marcelline. Car pour le moment…

— C'est une catastrophe ! soupira Léonie.

— Sans parler de sa mère, déplora Sophia.

— La *couturière* de sa mère, veux-tu dire.

— L'Horrible Hortense !

Hortense Moss était propriétaire de la boutique du même nom et constituait l'obstacle principal à l'ambition des trois sœurs. À la maison Noirot, l'enseigne de cette rivale honnie était plus connue sous le nom de « maison Moche ».

— Si nous détournions la duchesse de la maison Moche, ce serait presque un acte de charité chrétienne, acquiesça Marcelline.

Un long silence suivit, durant lequel les trois sœurs poursuivirent chacune leur rêverie.

Si la duchesse de Clevedon leur accordait sa confiance, d'autres clientes prestigieuses lui emboîteraient le pas.

Les dames de la haute société étaient de vrais moutons de Panurge. Ce qui pouvait s'avérer un avantage si l'on réussissait à déplacer le troupeau dans la bonne direction. Le problème, c'est que les créations originales de Marcelline effrayaient les femmes qui se contentaient de suivre les tendances classiques. Elles étaient peu, en définitive, à oser la nouveauté et l'audace.

La maison Noirot existait depuis trois ans. Peu à peu, elle avait attiré une clientèle plus huppée, à l'image de lady Renfrew. Mais cette dernière était seulement l'épouse d'un chevalier récemment anobli, et la majorité des autres clientes appartenaient à la bourgeoisie ou à la petite noblesse. Les personnalités vraiment importantes, comme les duchesses, les marquises et les comtesses, fréquentaient des boutiques établies depuis bien plus longtemps... telle la maison Moche.

Ainsi, bien que ses créations soient supérieures en qualité et en créativité, la maison Noirot manquait encore de l'aura que confère une clientèle illustre.

— Il nous a fallu dix mois pour arracher lady Renfrew des griffes de l'Horrible Hortense, se souvint Sophia.

En réalité, elles avaient été bien aidées par la première petite main de la maison Moche, laquelle avait un jour décrété qu'il était impossible de confectionner un corsage correct à la fille aînée de lady Renfrew, pour la raison qu'elle avait le sein droit plus gros que le gauche. La péronnelle avait juste oublié que lady Renfrew se trouvait à portée d'oreilles. Outrée, cette dernière avait immédiatement annulé une grosse commande, avant de pousser la porte de la maison Noirot, que son amie Mme Sharpe lui avait vivement recommandée.

Durant les séances d'essayage, Sophia avait consolé la fille de lady Renfrew en lui affirmant qu'aucune femme n'avait les seins parfaitement identiques, qu'elle avait un grain de peau parfait et que toutes les dames de la haute société lui envieraient son décolleté.

Lorsque les sœurs Noirot avaient fini d'apprêter la jeune personne, sa silhouette mise en valeur par la robe de Marcelline aurait fait piquer une crise de jalousie à Aphrodite elle-même.

— Cette fois, nous ne disposons pas de dix mois, objecta Léonie. Et nous ne pouvons pas compter sur cette peste qui travaille chez Moche pour insulter lady Clara.

— Il faut donc agir vite, conclut Sophia, sinon l'occasion nous passera sous le nez. Si la duchesse de Clevedon demande à Moche de lui confectionner sa robe de mariée, Moche obtiendra tout le reste.

— Pas si je peux l'empêcher ! répliqua Marcelline d'un ton de ferme résolution.

2

« THÉÂTRE-ITALIEN, PLACE DES ITALIENS. Les amateurs de la langue et de la musique italiennes seront ici ravis par le talent des plus grands interprètes. Comme son nom l'indique, ce théâtre n'accueille que les opéras bouffes italiens. Il a le soutien du gouvernement et est rattaché au grand opéra français. Les représentations ont lieu le mardi, le jeudi et le samedi. »

FRANCIS KAUFMAN, *Guide de la France pour les Anglais*, 1830

Paris, Théâtre-Italien, 14 avril 1835

Clevedon essayait d'ignorer la ravissante brune qui, pour être plus sûre d'attirer l'attention, avait fait son apparition dans la loge voisine juste avant le lever du rideau.

Ce n'était pas le bon moment.

Il avait promis à Clara de lui écrire une description détaillée de la représentation de ce soir. On donnait *Le Barbier de Séville*. Clara rêvait de visiter Paris, mais elle devait se contenter de ses lettres. S'il l'avait épousée trois ans plus tôt, ils auraient pu voyager ensemble, mais il n'avait pas vu l'utilité de précipiter les choses. Il l'aimait depuis l'enfance, et ils correspondaient depuis qu'elle était en âge de tenir un crayon. Il avait su patienter. Lui et Longmore étaient tombés d'accord sur ce point trois ans plus tôt : à tout juste dix-huit ans, Clara avait besoin de prendre un peu de maturité, et aussi de profiter de cette vie sociale londonienne qui l'assommait tant lui-même. Avant de s'installer dans l'existence d'une épouse et d'une mère, elle avait bien droit à une période de légèreté où elle ne penserait qu'à ses robes, aux bals et aux admirateurs qu'elle se plairait à torturer.

De son côté, à vingt-trois ans, il avait estimé pouvoir attendre un peu avant d'endosser les responsabilités pesantes qu'il avait reçues avec son titre alors qu'il n'était encore qu'un gamin.

Assise à la droite immédiate de Clevedon se trouvait Mme Saint-Pierre, qui ne cessait de lui couler des regards langoureux. Clevedon avait parié deux cents livres avec son ami Gaspard Aronduile que Mme Saint-Pierre l'inviterait à souper après la représentation. Ensuite, de la salle à manger à la chambre, il n'y aurait qu'un pas qu'il se proposait de franchir gaillardement.

Il ne lui restait plus qu'un petit mois avant de rejoindre Londres pour reprendre l'existence qu'il avait fuie. Par amour pour Clara, il s'assagirait. Il ne voulait pas devenir le genre de mari et de père qu'avait été son propre géniteur. En attendant, il comptait bien profiter de chaque minute de liberté.

Mais cette brune mystérieuse dans la loge voisine... Tous les regards masculins étaient braqués sur elle. Les camarades de Clevedon, incapables de se contenir, chuchotaient entre eux, exigeant de savoir qui était cette « magnifique créature » assise à côté de l'actrice Sylvie Fontenay.

Clevedon regarda Mme Saint-Pierre... puis la jolie brune.

Il se leva et quitta la loge.

— Eh bien, ça n'a pas traîné ! chuchota Sylvie derrière son éventail.

— C'est d'avoir effectué une reconnaissance préalable du terrain qui paie, assura Marcelline.

Elle avait passé une semaine à se familiariser avec les habitudes du duc de Clevedon. Invisible à ses yeux, bien qu'elle ne se soit jamais cachée, elle l'avait suivi dans Paris, de jour comme de nuit. Comme n'importe quel ruffian, elle était capable de se fondre dans le décor et de passer totalement inaperçue.

Mais ce soir, elle apparaissait en pleine lumière et était le point de mire de l'attention générale – au grand dam des malheureux artistes qui se produisaient sur scène. Elle n'avait cependant aucun remords car ces derniers, contrairement à elle, ne donnaient pas le meilleur d'eux-mêmes. La voix de Rosina tremblotait dans les aigus et Figaro manquait franchement d'entrain.

— Il n'a pas perdu une minute, dit encore Sylvie dont le regard restait rivé à la scène. Il souhaite t'être présenté, alors il est allé tout droit dans la loge des deux pires commères de Paris, mon vieil ami le comte d'Orefeur et sa maîtresse, Mme Ironde. Clevedon est un expert ou je ne m'y connais pas.

Marcelline en avait bien conscience. Le duc n'était pas seulement expert dans l'art de séduire, il avait également des goûts sélectifs. Il ne poursuivait pas de ses assiduités toutes les jolies femmes qui croisaient son chemin. Il ne fréquentait pas les bordels, même les plus chic, comme tant de visiteurs étrangers. Il ne lutinait pas les bonnes et les couturières. Car, en dépit de sa réputation, il ne ressemblait pas aux libertins classiques. Il ne s'intéressait qu'aux plus belles dames et à la crème des courtisanes.

Ainsi, la vertu de Marcelline – du moins ce qu'il en restait – semblait préservée de toute attaque de sa part. Elle était venue dans le but d'éveiller son intérêt pour le voir mordre à l'hameçon qu'elle lui réservait ; certainement pas pour devenir sa maîtresse. C'était un défi très excitant. Et elle sentit soudain son cœur battre plus vite, comme chaque fois qu'elle voyait tournoyer la roue de la roulette.

Cette fois, l'enjeu était plus important qu'une vulgaire somme d'argent. Car l'issue de cette partie déterminerait l'avenir des siens.

En apparence elle était calme, confiante.

— Combien paries-tu qu'il fera son entrée dans notre loge en compagnie du comte à la seconde où l'entracte commencera ? dit-elle.

— Je te connais trop bien, tu ne t'imagines tout de même pas que je vais parier avec toi ! rétorqua Sylvie.

Le rideau venait de retomber et les spectateurs n'avaient pas encore eu le temps de se lever que Clevedon et le comte d'Orefeur pénétraient dans la loge de Mlle Fontenay.

La première chose que vit Clevedon fut le dos de la belle brune : des épaules arrondies, d'une blancheur laiteuse, une nuque délicate, surmontée d'une cascade de bouclettes serrées qui s'échappaient du chignon. La robe dévoilait un peu plus de chair que les Parisiennes ne l'estimaient séant.

Fasciné par ce spectacle, il oublia sur-le-champ Clara et Mme Saint-Pierre, ainsi que toutes les autres femmes de la planète.

Il lui sembla qu'une éternité s'écoulait avant qu'il ne soit autorisé à se présenter face à elle. Il découvrit alors deux yeux sombres et brillants, illuminés d'une étincelle joyeuse… et une bouche large, aux lèvres pleines, aux coins retroussés par un demi-sourire coquin.

Elle eut un mouvement presque indécelable – une épaule qui se haussait à peine – mais d'une telle sensualité qu'il eut l'impression de voir une femme se tourner dans le lit de son amant.

Une tension inconfortable naquit au creux de son pantalon.

Un reflet de lumière dansa dans sa chevelure soyeuse. De là, le regard de Clevedon descendit sur le renflement des seins, nichés dans le décolleté plongeant. Il avait vaguement conscience du bruit des conversations autour de lui, mais fut foudroyé par sa voix lorsqu'elle s'exprima à son tour, une voix basse de contralto, légèrement voilée.

Elle s'appelait Mme Noirot.

Le cœur battant, il s'inclina vers sa main gantée de chevreau blanc :

— Enchanté, madame.

Un parfum exotique, quoique léger, monta jusqu'à ses narines. Du jasmin ? Il releva la tête et croisa un regard aussi profond que le cœur de la nuit. Pendant un long moment, ils demeurèrent immobiles. Puis elle inclina son éventail en direction du siège voisin.

— Je vous en prie, asseyez-vous, Votre Grâce. Vous allez me donner le tournis si je suis obligée de garder la tête ainsi renversée.

— Pardonnez-moi, dit-il en obtempérant. C'est sûrement très grossier de ma part, mais la vue était...

Il s'interrompit brusquement en réalisant qu'elle avait parlé en anglais, avec un phrasé et des intonations distingués.

— Quelle surprise ! murmura-t-il. J'aurais parié n'importe quoi que vous étiez française.

Française et roturière. Forcément. Elle s'était adressée à Orefeur dans un français parfait, assurément meilleur que le sien ; néanmoins son amie était actrice, et les grandes dames ne frayaient pas avec les gens de théâtre. Par conséquent elle devait être elle-même comédienne, ou peut-être demi-mondaine.

Toutefois, les yeux fermés, il aurait juré être en train de discuter avec une aristocrate anglaise.

— Vous auriez parié *n'importe quoi* ? releva-t-elle, tandis que son regard sombre venait se poser sur sa cravate aux plis compliqués. Cette épingle, par exemple ?

Son parfum, sa voix voluptueuse, la proximité de son corps, tout cela était en train de lui anesthésier lentement le cerveau.

— Vous voulez... parier ? articula-t-il.

— Ou bien nous pouvons discuter des mérites de Figaro, ou encore de la tessiture de Rosina, si vous préférez. Mais je crois que vous ne vous intéressez guère à l'opéra. Je me demande ce qui me donne cette impression... ajouta-t-elle en repliant lentement son éventail.

Il reprit ses esprits :

— Comment pourrait-on s'intéresser à l'opéra en votre présence ?

— Le public est français, et les Français prennent l'art très au sérieux.

— Et vous, vous n'êtes pas française ?

Elle sourit.

— C'est, il me semble, l'objet de notre pari.

— Alors je dis que vous êtes... française. Vous avez un grand talent d'imitation, mais vous ne pouvez être que française.

— Vous êtes bien affirmatif.

— Je sais, je ne suis qu'un balourd d'Anglais. Mais je sais quand même faire la différence entre une Française et une Anglaise. On peut habiller une Anglaise de la tête aux pieds à la mode française, elle paraîtra toujours anglaise. Tandis que vous...

De nouveau, son regard glissa sur elle. Sa coiffure en soi était édifiante. Elle était aussi stylée que celle des élégantes présentes ce soir, et pourtant... la sienne avait quelque chose de plus. Peut-être était-ce dû à ces mèches floues qui encadraient son visage à l'ovale parfait, donnant l'illusion qu'elle sortait de son lit ? Elle était… différente.

— Vous êtes française, jusqu'au bout des ongles, insista-t-il. Si je me trompe, l'épingle est à vous.

— Et si vous avez raison ?

Il réfléchit rapidement.

— Vous me ferez l'honneur d'accepter une promenade à cheval en ma compagnie, demain au bois de Boulogne.

— C'est tout ?

— À mes yeux, cela compte beaucoup.

Elle se leva brusquement dans un bruissement de soie. Décontenancé, il l'imita.

— J'ai besoin d'air, dit-elle. On étouffe ici.

Galant, il ouvrit la porte qui donnait sur le couloir. Elle se glissa au-dehors et il la suivit, le cœur battant.

Marcelline avait souvent approché cet homme. Parfois, elle s'était tenue à seulement quelques mètres de lui. Elle avait vu un gentleman anglais de belle prestance, vêtu avec recherche.

Mais de plus près…

Tout d'abord, son corps. Pendant qu'il avait échangé quelques mots polis avec Sylvie, elle l'avait observé à la dérobée. Sa veste de soirée avait beau être d'une coupe exquise, il ne lui devait en rien la carrure de ses épaules. Il n'y avait pas de rembourrage sous le tissu, de même que les pectoraux qui se dessinaient sous la chemise immaculée étaient ceux d'un véritable athlète. D'ailleurs, aucun tailleur n'aurait été capable de créer l'illusion de cette puissance contrôlée qui émanait de sa personne.

Marcelline avait été plus que troublée.

Puis, lorsqu'il s'était incliné devant elle, elle avait pu admirer son épaisse chevelure brune parcourue de reflets chauds et élégamment décoiffée. Il avait relevé la tête. Sa bouche... Oh, sa bouche ! Charnue et si sensuelle qu'elle aurait pu appartenir à une femme. Et pourtant si virile.

La seconde suivante, Marcelline avait éprouvé un choc encore plus grand en découvrant ses yeux d'une couleur rare – un vert tirant sur le jade – tandis que sa voix grave et veloutée résonnait à ses oreilles et semblait la caresser.

Bonté divine.

Elle longea le couloir d'un pas vif et, tout en réfléchissant rapidement, se fraya un chemin parmi la foule de mélomanes. Les choses étaient indubitablement en train de se corser. Toutefois, étant une Noirot, les difficultés n'étaient pas pour lui déplaire.

Elle avait toujours su qu'elle aurait affaire à forte partie en s'attaquant au duc de Clevedon, mais elle était en deçà de la vérité.

Elle gagna une partie plus calme du couloir, s'approcha d'une fenêtre. Un moment, elle feignit de regarder au-dehors par la vitre qui lui renvoyait son reflet : celui d'une jeune femme très séduisante, vêtue d'une robe splendide, réclame vivante pour la boutique qui deviendrait bientôt l'une des plus fréquentées de la haute société londonienne... pour peu que le duc lui donne le petit coup de pouce espéré.

La lune et les étoiles semblaient presque à portée de main.

— Vous ne vous sentez pas mal, j'espère ? dit-il dans un français teinté d'accent.

— Non, mais je me rends compte que je me conduis comme une sotte. Ce pari était ridicule !

— Vous n'allez pas vous dédire ? Vous auriez donc si peur d'une simple promenade au bois de Boulogne ?

Son sourire canaille avait dû causer la perte morale de plusieurs centaines de femmes.

— De toute façon, je ne peux pas perdre, rétorqua-t-elle. Voilà pourquoi ce pari est idiot. Quelle que soit ma réponse, comment saurez-vous que je dis la vérité ?

— Vous ne pensiez tout de même pas que j'allais vous demander votre passeport ?

— Vous comptiez me croire sur parole ?

— Bien sûr.

— C'est très courtois… et fort naïf !

— Je sais que vous ne me mentirez pas.

Si ses sœurs avaient été là, elles se seraient tordues de rire.

— Votre épingle est sertie d'un diamant de grand prix. Si vous croyez que cela ne suffit pas à faire mentir une femme, vous êtes d'une candeur confondante.

Le regard vert scruta son visage. En anglais cette fois, il répliqua :

— Je me trompais sur toute la ligne. Je vois bien que vous êtes anglaise, à présent.

Elle sourit.

— Mon franc-parler m'aurait trahie ?

— Plus ou moins. Si vous étiez française, nous serions en train de débattre pour savoir en quoi consiste la vérité. Les Français manquent de simplicité, il faut toujours qu'ils dissèquent d'un point de vue philosophique la moindre petite chose. C'est assez stimulant pour l'esprit, mais parfois assommant. Ils sont si prévisibles ! Tout doit être analysé, rangé dans des catégories. Il leur faut absolument des lois et des principes. Ils en sont fous.

— Si j'étais française, je ne suis pas sûre que votre petit discours me plairait.

— Mais vous ne l'êtes pas, nous venons de l'établir.

— Vraiment ? Vous avez parié sur un coup de tête. Êtes-vous toujours aussi imprudent ?

— En général, oui. Mais je suis désavantagé. Vous ne ressemblez à personne de ma connaissance.

— Mes parents étaient anglais.

— Et un petit peu français ? s'enquit-il, ses yeux verts pétillant de malice.

Le cœur froid et calculateur de Marcelline fit une pirouette dans sa poitrine. Il était doué, le gredin.

— Un petit peu, concéda-t-elle. Un de mes arrière-grands-pères était un Français pure souche. Mais lui et ses fils avaient un faible pour les Anglaises.

— Un arrière-grand-père ? Cela ne compte pas. J'ai des patronymes français plein mon nom, et pourtant je suis un indécrottable Anglais. La preuve, mon cerveau typiquement obtus m'a amené à la mauvaise déduction. Hélas, adieu précieuse épingle ! soupira-t-il en levant la main vers sa cravate.

Bien qu'il portât des gants, elle savait que ceux-ci ne cachaient ni cals ni ongles ébréchés. Il avait les mains de tout aristocrate : douces, soigneusement manucurées, quoiqu'un peu trop larges pour un homme de son rang.

— Permettez-moi, dit-elle en le voyant tirer en vain sur l'épingle plantée dans les plis épais de la cravate. Vous ne voyez pas ce que vous faites.

Ses mains frôlèrent les siennes pour les écarter. Gant contre gant. Ce contact, qui n'avait pourtant rien d'intime, déclencha chez elle un frisson langoureux. Sa large poitrine n'était qu'à quelques centimètres, sous la soie du gilet et la chemise en popeline…

En dépit du trouble qui l'envahissait, elle ne tremblait pas. Ses gestes étaient sûrs. Elle avait des années d'expérience derrière elle. Elle savait tenir ses cartes d'une main ferme au jeu, alors même que son cœur battait la chamade. Elle était la reine du bluff, savait comme personne dissimuler ses émotions derrière un masque d'impassibilité.

Libérée, l'épingle clignota dans la lumière. Marcelline désigna la cravate blanche qui pendait autour de son cou :

— Elle ne ressemble à rien, maintenant.

— Auriez-vous des remords ?

— Jamais !

C'était un cri du cœur.

— Mais votre mise négligée offense mon sens de l'esthétique, prétendit-elle.

— Dans ce cas, je vais retourner de ce pas à mon hôtel pour que mon valet trouve une autre épingle.

— Vous êtes très désireux de satisfaire mes volontés, on dirait.

— Qu'y a-t-il d'étrange à cela ?

— Du calme, Votre Grâce. J'ai une solution délicieuse.

Elle retira l'épingle piquée dans son corsage, la ficha là où se trouvait celle du duc l'instant d'avant. Celle-ci avait beaucoup moins de valeur, elle n'arborait qu'une modeste perle, cependant elle était jolie, d'un beau reflet laiteux.

Parfaitement immobile, le duc ne la quittait pas des yeux.

D'une main légère, elle lissa les plis du tissu, puis, l'œil critique, recula d'un pas pour juger de l'effet.

— Voilà, ça ira très bien.

— Si vous le dites.

— Regardez-vous dans la vitre.

Il ne bougeait toujours pas.

— La vitre, Votre Grâce. Vous pourriez au moins admirer mon œuvre.

— C'est le cas, je vous assure.

Il se tourna enfin et, avec un demi-sourire, commenta :

— Vous avez l'œil. Autant que mon valet. Et ce n'est pas un compliment que je fais à la légère, sachez-le.

— J'ai plutôt intérêt. Car, voyez-vous, je suis la plus grande couturière du monde.

Son cœur battait à tout rompre.

Cette femme était unique. Paris était un autre univers, à des années-lumière de Londres, et les Françaises étaient une race bien différente. Il connaissait la sophistication des Parisiennes, suffisamment en tout cas pour savoir prédire la rotation d'un poignet, l'essor d'un éventail, l'inclinaison d'une tête. Lois et principes. Les Français en étaient fous, décidément.

Mais cette femme n'obéissait qu'à ses propres règles.

— La plus grande couturière du monde. Et aussi la plus modeste, plaisanta-t-il.

Elle rit, mais ce n'était pas le rire cristallin auquel il s'attendait. C'était un rire bas, complice, qui n'était destiné qu'à lui. Elle n'essayait pas d'attirer l'attention des autres hommes.

— N'avez-vous donc rien remarqué ? feignit-elle de s'étonner en reculant légèrement pour faire glisser son éventail le long de sa robe. Vous seriez bien le seul de l'opéra.

Il est vrai qu'il n'avait pas prêté grande attention à sa tenue, son intérêt s'étant porté directement sur sa silhouette gracieuse, ses courbes féminines, la clarté de son teint, l'éclat de ses yeux et la brillance de sa chevelure.

À présent, il constatait à quel point ses appas étaient mis en valeur par sa toilette : la jupe et le corsage en soie rose irisée, recouverts d'une tunique ou d'un caraco – enfin, Dieu sait comment s'appelait cette chose – en dentelle noire ajourée qui laissait transparaître la couleur ; l'harmonie des teintes ; la coupe audacieuse ; le soin apporté au choix des bijoux ; et le... le...

— Le style, dit-elle.

Il connut un court moment de malaise. Elle semblait lire en lui comme dans un livre, et apparemment elle avait déjà dépassé la table des matières et l'introduction pour entamer le premier chapitre.

Mais quelle importance, en définitive ? Elle n'était pas innocente, elle savait pertinemment ce qu'il voulait.

— Non, désolé, je n'avais pas fait attention. Je n'ai vu que vous, madame.

— C'est ce qu'il faut répondre à une femme, mais surtout pas à une couturière.

— Pour l'heure, je vous supplie de redevenir une simple femme. Vos talents de couturière seraient gâchés en ma compagnie.

— Pas du tout. Si j'avais été mal fagotée, vous ne seriez jamais entré dans la loge de Mlle Fontenay. Et même si vous aviez fait fi des diktats du bon goût, le comte d'Orefeur vous aurait épargné une erreur suicidaire en refusant de procéder aux présentations.

— *Suicidaire* ? répéta-t-il, interloqué. Je crois déceler chez vous une légère propension à l'exagération.

— Quand on parle du bon goût ? Dois-je vous rappeler que nous sommes à Paris ?

— Peu importe l'endroit où nous sommes.

De nouveau, le rire bas et sensuel retentit. Il en perçut les vibrations, comme si son haleine lui avait caressé la nuque.

— Je ferais bien d'être prudente, murmura-t-elle. Vous avez décidé de me tourner la tête.

— C'est vous qui avez commencé.

— Si vous essayez de m'amadouer afin de récupérer votre diamant, ça ne marchera pas.

— Si vous croyez que je vais vous rendre votre perle, vous vous fourvoyez.

— Ce serait absurde. Votre diamant vaut cinquante fois ma pauvre petite perle. Vous êtes peut-être trop romantique pour vous arrêter à un tel détail, mais sachez que j'ai l'esprit pragmatique. Gardez donc la perle, avec ma bénédiction. Il me faut maintenant retourner auprès de Mlle Fontenay... et voici d'ailleurs votre ami, le comte d'Orefeur, qui arrive. Je dois vous quitter, Votre Grâce, et sachez que j'en suis navrée. Il est si rafraîchissant d'avoir une vraie conversation avec un homme ! Mais il ne faudrait pas qu'on m'accuse de vous privilégier. Ce serait mauvais pour les affaires. J'espère juste que nous aurons l'occasion de nous revoir. Peut-être demain à Longchamp ?

Orefeur parvint à leur hauteur au moment où la sonnerie signalait la fin de l'entracte. Mme Noirot prit congé sur une révérence mutine, sans oublier de lancer à Clevedon un regard impertinent par-dessus son éventail ouvert.

— Prenez garde, celle-ci est dangereuse, prévint Orefeur.

Clevedon la regarda s'éloigner. La foule s'entrouvrait devant elle comme sur le passage d'une reine, alors qu'elle n'était qu'une simple commerçante en définitive. Elle le lui avait dit sans ambages, avec un naturel déconcertant, et pourtant il avait du mal à le croire. Sa démarche suffisait à la démarquer des autres femmes, telle cette actrice française qu'elle venait de rejoindre.

— Dangereuse. Oui, indubitablement, acquiesça-t-il à mi-voix.

Pendant ce temps, à Londres, lady Clara Fairfax brûlait de jeter un vase à la tête de son crétin de frère. Mais le fracas de la porcelaine brisée n'aurait pas manqué d'attirer leur mère, et c'est précisément parce que la marquise ne mettait jamais les pieds dans la bibliothèque que Clara y avait entraîné son frère.

— Harry, comment as-tu pu ? s'écria-t-elle. Tout le monde en parle ! Je suis *mortifiée*.

Harry Fairfax, comte de Longmore, se renversa lentement sur le canapé, yeux fermés.

— Pas la peine de hurler. Ma tête...

— Je sais très bien pourquoi tu as mal au crâne. Et, crois-moi, je ne compatis pas du tout !

Harry avait les yeux cernés. Il était pâle. Ses habits tout chiffonnés indiquaient qu'il ne s'était pas changé depuis la veille, et ses cheveux bruns embroussaillés n'avaient sûrement pas vu le peigne dans l'intervalle. Il avait passé la nuit dans les bras d'une de ses maîtresses et n'avait pas daigné se rafraîchir quand sa sœur l'avait réclamé.

— Ton message disait qu'il s'agissait d'une question urgente, marmonna-t-il. Je suis accouru parce que j'ai cru que tu avais besoin d'aide, pas pour m'entendre sermonner.

— Et tu comptais m'aider peut-être en te ruant à Paris pour lancer un ultimatum à Clevedon : « Épouse ma sœur ou ça va barder ! » ?

Il rouvrit les yeux.

— Qui t'a dit ça ?

— Tout le monde en parle. Depuis des semaines, apparemment. Il fallait bien que cela me revienne aux oreilles.

— Les gens racontent n'importe quoi. Un ultimatum ! Il ne s'est rien passé de tel. Je lui ai juste demandé si oui ou non il comptait t'épouser un jour.

— Oh, non !

Clara se laissa tomber dans le fauteuil le plus proche, la main sur la bouche, les joues en feu. Comment son frère avait-il pu ? Mais, bien sûr, pourquoi poser la question ? Le tact n'avait jamais été la qualité première de Harry.

— Il valait mieux que ce soit moi plutôt que père, se défendit-il.

Elle ferma les yeux. Il avait raison. Le marquis aurait écrit une lettre. La méthode aurait été beaucoup plus discrète et aurait eu bien plus d'impact sur Clevedon. Le marquis aurait su exactement comment le faire culpabiliser en lui parlant d'honneur et d'obligations morales, toutes ces choses qui avaient fait fuir le duc sur le Continent trois ans plus tôt.

Laissant retomber sa main, elle croisa le regard de son frère :

— Tu crois vraiment que les choses en sont là ?

— Ma chère sœur, mère est en train de me rendre fou. Et encore, je ne vis pas sous le même toit, Dieu merci. J'en viens à éviter les visites de peur qu'elle me tombe dessus. J'ai bien compris que c'était juste une question de temps avant que père finisse par céder à ses injonctions. Tu sais qu'à l'origine, il n'était pas vraiment pour ce tour d'Europe. Du moins en ce qui concerne Clevedon, car il n'a été que trop heureux de me voir partir.

Il est vrai que depuis quelques mois, la marquise frisait l'hystérie. Les amies de Clara, qui avaient fait leurs débuts en même temps qu'elle, étaient déjà mariées pour la plupart. Et lady Warford redoutait que Clara s'amourache d'un prétendant indésirable – c'est-à-dire qui n'aurait pas été duc.

— Pourquoi donnes-tu des encouragements à lord Adderley alors qu'il est pauvre comme Job ? disait-elle. Et à cet odieux M. Bates, qui n'a aucun espoir d'hériter du titre à moins que deux hommes en parfaite santé meurent avant lui ! La propriété de campagne de lord Geddings tombe en ruine. Quant à sir Henry Jaspers... Ma fille, tu ne comptes quand même pas te laisser courtiser par un vulgaire baronnet ? Essaierais-tu de me tuer à petit feu, Clara ? Qu'est-ce qui ne va pas chez toi ? Tu sembles incapable de t'attacher un homme que tu côtoies pratiquement depuis ta naissance, et dont la fortune lui permettrait d'acheter douze fois tous ceux que je viens de citer !

Combien de fois Clara avait-elle entendu sa mère vitupérer ainsi depuis qu'elles étaient rentrées à Londres pour la saison ?

— Je sais bien que tu as agi dans une bonne intention, dit-elle à son frère, mais franchement tu aurais dû t'abstenir.

— Cela fait plus de trois ans que Clevedon est à l'étranger. La situation commence à devenir ridicule. Oui ou non, a-t-il l'intention de t'épouser ? Oui ou non, souhaite-t-il revenir vivre en Angleterre ? Il me semble qu'il a largement eu le temps de la réflexion.

Clara se troubla. Trois ans, déjà ? La première année, elle portait le deuil de sa grand-mère adorée et n'avait pas eu le cœur de faire ses débuts dans le monde. Ensuite, au fil des semaines, elle avait reçu ces lettres merveilleuses que lui envoyait Clevedon et qui avaient rythmé son quotidien.

— Je n'ai pas vu le temps passer, soupira-t-elle. Il écrit si bien, avec une telle constance, que je n'ai pas eu vraiment l'impression qu'il était loin.

Elle-même lui écrivait depuis qu'elle était capable de gribouiller sur du papier à lettre rose des fulgurances littéraires du style : *J'espère que vous allez recevoir ma lettre. Aimez-vous le collège ? J'apprends le français. C'est dur. Quelle est votre matière préférée ?*

Il avait toujours mis un point d'honneur à lui répondre. Fin observateur, il avait également un don pour la description et un humour savoureux. Clara le connaissait par cœur, mais seulement au travers de sa correspondance. De fait, elle avait passé très peu de temps en sa compagnie. Quand elle était au pensionnat, il étudiait au collège, puis il s'en était allé à la faculté, et enfin à l'étranger.

— Je pense que lui non plus n'a pas vu le temps passer, répliqua Harry. Quand je l'ai mis au pied du mur, il a ri et m'a répondu que j'avais bien fait de venir ; qu'il pensait rentrer un jour ou l'autre, mais que dans tes lettres tu paraissais tellement t'amuser dans ton rôle de débutante la plus fêtée de Londres, qu'il ne lui serait pas venu à l'esprit de gâcher ton plaisir.

Elle avait réagi de même, refusant d'être la rabat-joie de service. Clevedon avait bien le droit de se distraire un peu. Il n'avait pas eu une enfance facile. Il avait perdu son père, sa mère et sa sœur en l'espace d'un an. Le marquis de Warford avait été un tuteur bienveillant à son égard, mais il avait des principes très stricts concernant le sens du devoir et les responsabilités. Or Clevedon, contrairement à Harry, avait tout fait pour contenter le marquis et recevoir son approbation.

Quand Clevedon et Harry avaient décidé de partir pour l'Europe, Clara s'était réjouie pour eux. Son frère allait acquérir un peu de culture générale et Clevedon, loin du marquis, se trouverait enfin lui-même.

— Il ne doit pas rentrer avant de se sentir tout à fait prêt, affirma-t-elle.

Harry haussa ses noirs sourcils.

— Et *toi* ? Es-tu prête ?

— Ne sois pas ridicule.

Bien sûr qu'elle serait heureuse du retour de Clevedon. Elle l'aimait. Elle l'aimait depuis qu'elle était petite fille.

— Ne t'inquiète pas, tu ne vas pas être précipitée devant l'autel, dit encore Harry. Je lui ai conseillé d'attendre jusqu'à fin mai. Cela laisse amplement le temps à tes soupirants de se tuer pour tes beaux yeux ou de s'exiler en Italie ou ailleurs pour y expirer de désespoir. Ensuite, je lui ai suggéré de t'accorder encore un mois supplémentaire, pour que vous refassiez tranquillement connaissance. Cela nous amène à la fin de la saison. À ce stade, j'ai souligné qu'une demande en mariage en bonne et due forme, appuyée de brûlants serments d'amour et d'un fabuleux diamant, seraient tout à fait adéquats.

— Oh, Harry, tu es bête !

— Vraiment ? Pour sa part, Clevedon a jugé l'idée excellente. Et si je me souviens bien... nous avons fêté ça à l'aide de trois ou quatre ou cinq ou six bouteilles de champagne.

Paris, 15 avril

Clevedon adorait le jeu de la séduction. Pour lui, la poursuite était plus amusante que la conquête. Et poursuivre Mme Noirot promettait d'être une expérience particulièrement exaltante.

Cette aventure serait la conclusion parfaite de son séjour à l'étranger. Il n'était pas impatient de retrouver l'Angleterre et les responsabilités qui lui incombaient, mais l'heure avait sonné. Paris avait fini par perdre de son attrait à ses yeux.

Il projetait de toute façon de se rendre à Longchamp afin d'écrire à Clara une description vivante et détaillée de ces rassemblements mondains printaniers. Même s'il n'avait pas encore terminé l'épître dans laquelle il retranscrivait la soirée à l'opéra.

La promenade traditionnelle sur les Champs-Élysées et dans le bois de Boulogne avait lieu le mercredi, le jeudi et le samedi de la semaine qui précédait Pâques. Le temps, qui s'annonçait si prometteur quelques jours plus tôt, avait fraîchi avec l'arrivée d'un vent cinglant. Toute la bonne société de Paris était néanmoins présente, sur son trente et un, et paradait à bord de voitures somptueuses tirées par les plus beaux chevaux.

Les attelages remontaient la rue d'un côté et la descendaient de l'autre. Le centre était réservé aux carrosses royaux ainsi qu'aux aristocrates du plus haut rang. Mais il y avait également beaucoup de piétons, de plus ou moins grande importance d'un point de vue social, et c'est à pied que Clevedon avait choisi de participer à l'événement, afin de mieux observer son environnement et de laisser traîner ses oreilles pour suivre les conversations.

Il avait oublié à quel point la foule était dense, bien plus qu'à Hyde Park aux heures d'affluence. Comment allait-il retrouver Mme Noirot au milieu de cette cohue ?

Quelques minutes plus tard, il se demandait comment il aurait été possible de la rater.

Comme à l'opéra, elle déclenchait curiosité et admiration sur son passage. Il n'eut qu'à tourner la tête vers l'endroit où se produisaient des accidents à répétition, et il la repéra dans la foulée. Les gens tendaient le cou pour mieux la voir. Les cochers se laissaient distraire et oubliaient de guider leurs bêtes. Plusieurs véhicules étaient entrés en collision. Quelques piétons s'étaient cogné la figure contre un pied de réverbère.

Oh, elle devait s'amuser comme une petite folle, il n'en doutait pas !

Cette fois, comme il se tenait à distance, sans être perturbé par l'éclat de ses yeux noirs et le ronronnement sensuel de sa voix, il put étudier tout à loisir sa robe, son allure. Des détails lui sautèrent aux yeux : le chapeau de paille agrémenté de rubans vert pâle et de dentelle blanche, la jaquette lilas qui s'ouvrait sur une jupe en soie du même vert que les rubans.

Les hommes s'agglutinaient autour d'elle. Chacun voulait lui parler. Elle s'arrêtait un instant, souriait, échangeait quelques mots polis, puis reprenait son chemin sous les regards éblouis.

Clevedon avait dû arborer un air aussi niais la veille à l'opéra, quand elle s'était éloignée.

Il se fraya un chemin jusqu'à elle.

— Bonjour, madame Noirot.

— Ah, vous voici. J'avais très envie de vous voir.

— Je l'espère bien, puisque vous m'avez convié à vous rejoindre.

— Il ne s'agissait pas d'une invitation, plutôt d'une fine allusion.

— Alors vous avez dû faire le même genre de sous-entendus à tous les hommes du Théâtre-Italien, car on dirait bien qu'il ne manque personne à l'appel aujourd'hui.

— Non, vous vous trompez. Ces gens sont ici parce que Longchamp durant la semaine sainte est l'endroit où il faut être vu. Moi aussi, je viens pour me montrer.

— Et le spectacle est charmant. Très *stylé*. Les autres femmes sont vertes de jalousie. Quant aux hommes, ils sont subjugués, mais ce n'est pas la peine de vous le préciser, je suppose que vous vous en êtes déjà rendu compte.

— C'est un équilibre très délicat à maintenir. Je me dois d'être agréable avec les messieurs qui paient les factures. Mais ce sont les dames qui portent mes toilettes. Et elles ne fréquenteront pas ma boutique si elles me considèrent comme une rivale ayant des vues sur leur compagnon.

— Pourtant, vous m'avez subtilement fait comprendre que vous souhaitiez me voir aujourd'hui.

— C'est vrai. Mais c'est parce que je voudrais vous faire payer des factures.

Clevedon s'attendait à tout sauf à cela. Une fois de plus elle le prenait au dépourvu, mais il ne fut pas amusé. Méfiant tout à coup, il demanda :

— Quelles factures ? Qui vous devrait de l'argent ?

— Des dames de votre famille.

— Mes tantes ? Vous êtes venue jusqu'à Paris pour me relancer ? s'exclama-t-il, incrédule.

— Ces personnes n'ont jamais mis les pieds chez moi. C'est justement le problème. Enfin, un des problèmes. Mais ce ne sont pas vos tantes qui me préoccupent. Je m'intéresse surtout à votre femme.

— Je ne suis pas marié !

— Vous le serez sous peu. Et si quelqu'un doit habiller votre future épouse, c'est bien moi. J'espère vous en avoir convaincu.

Il mit un moment à digérer ceci. Et encore un peu plus de temps à museler son indignation.

— Vous voulez dire que vous êtes venue à Paris pour me persuader de vous assurer la clientèle de la future duchesse de Clevedon ?

— Pas du tout. Je viens à Paris deux fois l'an, pour deux raisons. Primo, dit-elle en levant son index ganté, pour attirer l'attention des chroniqueurs de mode parisiens qui évoquent les dernières tendances dans les magazines féminins. Au printemps dernier, on a pu lire dans la presse une description très flatteuse de la robe que j'ai portée lors de cette même promenade, et qui m'a valu de compter Mme Sharpe parmi mes nouvelles clientes. Ensuite, Mme Sharpe a recommandé la maison Noirot à sa bonne amie lady Renfrew. Nous espérons ainsi voir s'étoffer notre clientèle.

— Et la deuxième raison ? demanda-t-il avec impatience.

— Je viens ici chercher l'inspiration. Le cœur de la mode ne bat-il pas à Paris ? Je fréquente les endroits où se rendent les gens élégants, et cela me donne des idées.

— Je vois. Et moi, au milieu de tout ça ? Je suis quantité négligeable ?

Ça lui apprendrait à flirter avec une commerçante, une femme du commun, vénale et vulgaire. Et dire qu'il aurait pu partager le lit de Mme Saint-Pierre la veille, et qu'il avait loupé l'occasion pour aller faire le joli cœur auprès de cette… cette bonne femme !

— Je pensais que vous étiez assez intelligent pour ne pas vous froisser, rétorqua-t-elle sans s'émouvoir. Mon plus vif désir est de me mettre à votre service.

Il plissa les paupières. Cette femme le prenait pour un benêt. Sous prétexte qu'il était venu à son rendez-vous, elle s'imaginait pouvoir lui imposer ses quatre volontés. Elle allait vite déchanter.

Avant qu'il puisse répliquer, elle reprit :

— Je vous demande simplement de réfléchir à ma proposition. Vous souhaitez que votre future épouse soit la femme la mieux habillée de Londres, n'est-ce pas ? Oui, bien entendu. Et vous aimeriez qu'on l'admire. Alors il faut changer ses habitudes vestimentaires. Les tenues qu'elle porte actuellement sont totalement dénuées de chic, convenez-en.

— Je me moque de ce que porte Clara, répondit-il d'un ton crispé. C'est sa personnalité qui me plaît.

— Voilà qui est tout à fait charmant, mais vous oubliez qu'elle aura un rang à tenir. Que vous le vouliez ou non, l'apparence est primordiale. Si ce n'était pas vrai, nous irions encore vêtus de peaux de bête, comme nos ancêtres. Vous ne pouvez pas me soutenir que la tenue ne compte pas lorsque l'on occupe une place privilégiée dans la société. Regardez-vous donc.

Même s'il conservait son calme, à l'intérieur il bouillait de rage. Comment osait-elle parler de Clara en ces termes ? Comment osait-elle adopter ce ton condescendant vis-à-vis de lui ? Il aurait voulu la prendre par les épaules et… et…

La peste soit de cette femme !

— Si je suis bien habillé, c'est que je suis à Paris – le temple de la mode, comme vous dites – lors d'une manifestation publique, de surcroît, se défendit-il d'une voix sourde.

— Mais quand vous êtes à Londres, vous ne vous promenez pas en vieilles nippes, que je sache ?

Il faisait de si gros efforts pour ne pas l'étrangler sur place qu'il ne put trouver une réplique appropriée et se borna à la fusiller du regard.

— Inutile de me regarder comme ça. Si j'étais impressionnable, je ne serais pas venue vous trouver en premier lieu.

— Madame Noirot, articula-t-il, je crains qu'il n'y ait erreur sur la personne. Vous m'avez pris pour un fieffé imbécile. Bien le bonjour !

Il se détourna, eut juste le temps de la voir ébaucher un geste vague de la main :

— Oui, oui, faites votre sortie fracassante. C'est de bonne guerre. Nous nous verrons au Frascati, alors.

3

« HÔTEL FRASCATI, n° 108, rue de Richelieu. C'est un casino, le deuxième de Paris en termes de respectabilité. La clientèle est huppée. Les dames sont admises. »

Nouveau guide parisien, Galignani, 1830

Clevedon s'était figé. Puis il pivota lentement. Ses yeux verts étincelaient entre ses paupières étrécies. Sa bouche était pincée et un petit muscle tressautait sur sa mâchoire.

C'était un homme d'une force physique peu commune. Qui plus est, un duc anglais, une espèce réputée pour sa propension à écraser tout obstacle se dressant sur son chemin.

Son expression et son attitude auraient terrifié n'importe qui.

Mais Marcelline n'était pas n'importe qui.

Elle savait bien que ce qu'elle était en train de faire équivalait à agiter une muleta sous le nez d'un taureau. Elle avait pourtant agi délibérément, tel un matador chevronné. À présent, à l'instar d'un taureau furibond, il concentrait sur elle toute son attention.

— Maintenant, je ne peux plus partir, dit-il.

— Je ne vous en voudrai pas si vous le faites. Je vous ai provoqué. Mais je vous préviens, vous n'avez jamais rencontré femme plus déterminée que moi. Je suis farouchement décidée à habiller votre duchesse.

— Je serais tenté de dire « Il faudra d'abord marcher sur mon cadavre », mais j'ai l'intuition que vous me répondrez « Pourquoi pas, si nécessaire ? ».

Elle sourit.

Son expression s'adoucit quelque peu, et une flamme sardonique s'alluma dans ses yeux.

— Cela signifie-t-il que vous êtes prête à tout... *si nécessaire* ?

— Je vois où vous voulez en venir, mais *ceci* ne sera pas nécessaire. Réfléchissez, Votre Grâce. Quelle femme respectable serait cliente d'une couturière qui a pour spécialité de séduire les messieurs ?

— Parce que c'est une spécialité ?

— Vous savez bien que la séduction est un art, pour lequel certains sont beaucoup plus doués que d'autres. Personnellement, j'ai choisi de mettre tout mon talent à habiller les dames.

Fascinée, elle étudiait son beau visage aux traits expressifs. Peu à peu sa colère retombait, il la jaugeait, semblait réviser sa stratégie à mesure qu'il pensait la cerner. C'était un homme intelligent et elle devait se montrer prudente.

— Le Frascati. Vous êtes donc joueuse ?

— J'adore les jeux de hasard. En particulier la roulette.

Parier en général était un art de vivre et un moyen de subsistance pour la famille Noirot.

— Cela explique que vous preniez de tels risques avec des inconnus, observa-t-il.

— La couture n'est pas un métier pour les âmes délicates.

La lueur d'amusement s'était rallumée dans ses yeux verts. Le coin de sa bouche se retroussa. Chez un autre, l'expression aurait été charmante. Chez lui, elle était dévastatrice. Ce petit sourire canaille frappait une femme en plein cœur.

— On dirait bien, en effet, que c'est un commerce beaucoup plus dangereux qu'il n'y paraît à première vue.

— Vous n'avez pas idée à quel point !

— Cela promet d'être intéressant. Alors, à plus tard. Au Frascati.

Il s'inclina devant elle, dans un mouvement d'une grâce insolente, avec l'aisance d'un homme qui maîtrise parfaitement son corps puissant.

Elle le regarda s'éloigner tandis que, sur son passage, les chapeaux hauts de forme et les capelines pivotaient.

Elle l'avait provoqué et il avait relevé le défi, exactement comme elle l'avait prévu. Elle n'avait plus qu'à se débrouiller pour ne pas finir renversée sur le dos, ce splendide spécimen mâle entre les cuisses.

Ce qui ne s'annonçait pas facile.

Mais ce qui était facile ne l'amusait pas, de toute façon.

Londres, mercredi soir

Mme Moss attendait dans sa voiture, non loin du logis de la petite main. Peu après neuf heures et demie, cette dernière passa le long du trottoir. Elle releva la tête, mais ne s'arrêta pas. Un moment plus tard, Mme Moss descendit de voiture et se mit à longer la rue. Elle héla la jeune femme et la salua chaleureusement, comme de vieilles connaissances qui se retrouvent par hasard. Elles prirent des nouvelles l'une de l'autre, puis parcoururent les quelques mètres qui les séparaient de la maison.

Au bout de deux minutes de conversation, la petite main tira de sa poche un morceau de papier plié.

Mme Moss tendit la main pour s'en saisir.

— L'argent, objecta la jeune fille.

— Montrez-moi d'abord de quoi il s'agit. Si ça se trouve, ça ne vaut rien.

La petite main s'approcha du réverbère et déplia la feuille de papier. Mme Moss émit un reniflement dédaigneux :

— C'est tout ? Mes filles peuvent fabriquer cela en une heure. Cela vaut à peine une demi-couronne, sans parler d'un souverain !

La petite main replia le papier :

— Eh bien, qu'elles le fassent si elles en sont capables. J'ai pris quelques notes explicatives au dos du feuillet, mais si vos ouvrières sont si intelligentes, elles n'ont sûrement pas besoin d'aide pour parvenir à reproduire ce plissé et ce type de nœud. Par conséquent, vous ne voulez sûrement pas savoir non plus quelle sorte de rubans elles utilisent et à qui elles les achètent. Je vais donc garder ceci et le jeter au feu. *Moi*, je sais comment le travail est fait, je connais toutes les astuces.

Cette petite main avait une haute opinion d'elle-même, elle s'estimait supérieure aux autres filles de l'atelier, sinon elle ne se serait pas trouvée dans la rue en cet instant, si tard le soir, alors que son estomac grondait de faim. Et elle n'aurait pas été obligée de marchander avec la concurrence si ses patronnes l'avaient estimée à sa juste valeur.

— Non madame, vous n'avez sûrement pas besoin de toutes ces informations, et d'ailleurs je me demande bien ce que vous faites ici à cette heure, à perdre votre précieux temps, ajouta-t-elle.

Mme Moss ouvrit son réticule :

— Certes, j'en ai assez perdu comme ça. Voici votre argent. Mais si vous en voulez davantage, vous feriez bien de faire un effort la prochaine fois.

— Davantage ? Dans quelle mesure ? s'enquit la jeune fille en empochant les pièces.

— On ne peut pas faire grand-chose avec de simples échantillons, et une robe à la fois. Mais si vous m'apportiez leur portfolio, *ça*, ça vaudrait de l'or !

— Tu parles ! ricana la petite main. Ça me coûterait ma place, oui. C'est une chose de copier un motif, mais voler le portfolio... Elles s'en apercevraient tout de suite. Ce sont des malignes, vous savez.

— Si elles perdent ce carnet, elles perdront tout, objecta Mme Moss. Il vous faudra alors chercher un emploi ailleurs. Et il est beaucoup plus facile d'être au chômage quand on a vingt guinées en poche.

Vingt guinées équivalaient aux gages annuels d'une caméristе dans une grande maison. Une petite main, même expérimentée, était loin de gagner cela.

— Cinquante, contra-t-elle. Cela les vaut. C'est ce que vous devrez payer si vous voulez vous débarrasser d'elles. Je ne prendrai pas de risque pour moins que cela.

Mme Moss laissa échapper un long soupir sifflant, tandis qu'elle se livrait à de rapides calculs.

— D'accord pour cinquante. Mais je veux tout. Vous avez intérêt à noter chaque détail. Si je ne parviens pas à produire une copie conforme, vous n'aurez pas un penny, je vous le garantis !

Sur ces mots, elle tourna les talons et s'éloigna d'un pas vif. La petite main l'observa un moment, avant de marmonner entre ses dents :

— Comme si tu étais capable de copier quoi que ce soit si je ne te donnais pas tout dans les moindres détails, vieille peau !

La main au fond de sa poche, elle fit tinter les pièces entre ses doigts, puis rentra chez elle.

Paris, le même soir

Le Théâtre-Italien étant fermé le mercredi, Clevedon se rendit au théâtre des Variétés où il était sûr de se distraire tout en assistant à un spectacle de qualité.

Et puis, il n'était pas exclu d'y rencontrer Mme Noirot.

Mais elle ne se montra pas et, gagné par l'ennui, il songea à rejoindre directement le Frascati sans voir la fin de la représentation. Seulement, Clara attendait ses lettres, et il n'avait pas encore rédigé le compte rendu du *Barbier de Séville*, qui était un des opéras favoris de la jeune fille. Et maintenant qu'il y pensait, il n'avait rien à écrire non plus sur sa journée passée à Longchamp. Du moins, rien qu'il souhaitât partager avec Clara.

Il resta donc et entreprit de noter quelques commentaires spirituels dans son petit calepin où il consignait tout ce qui frappait son esprit. Enfin... presque. Le carnet ne contenait bien sûr aucune des remarques que Mme Noirot avait formulées au sujet du style de Clara, ou plutôt de son manque de style. Ces critiques, il croyait les avoir oubliées, mais elles revenaient le tourmenter sans répit, comme si cette maudite couturière les avait cousues sur son cerveau.

La dernière fois qu'il avait vu Clara, elle pleurait sa grand-mère. On n'était pas vraiment à son avantage en de telles circonstances et... Oh, elle était en deuil, bon sang ! Qui se souciait de la mode quand on perdait un être cher ? Clara était ravissante, et une jolie fille pouvait se permettre de porter n'importe quoi. D'ailleurs il ne s'intéressait pas à ces histoires de fanfreluches. Il l'aimait pour elle-même, il l'avait toujours aimée.

Néanmoins, si Clara avait porté une toilette au chic extravagant, comme cette insupportable couturière...

Cette idée parasita ses pensées alors que s'enchaînaient les dernières scènes de l'opéra. Il imagina Clara dans une robe flamboyante, la tête des hommes qui se retourneraient sur son passage, la convoitise dans leurs yeux, l'envie avec laquelle ils le regarderaient, *lui*, le seigneur et maître de cette splendeur…

Dans un sursaut, il se reprit :

— Le diable emporte cette sorcière ! Elle m'a empoisonné l'esprit !

— Qu'y a-t-il donc, mon ami ?

Clevedon se tourna vers Gaspard Aronduile qui le considérait d'un air perplexe.

— Les atours d'une femme sont-ils donc si importants ? grommela Clevedon.

Le Français écarquilla les yeux, puis renversa la tête en arrière et éclata de rire.

— C'est une plaisanterie ? demanda-t-il.

— Non, une vraie question. En quoi la mode féminine serait-elle essentielle ?

— Il n'y a qu'un Anglais pour poser une telle question. Bien sûr que c'est crucial !

— Seul un Français ferait cette réponse, riposta Clevedon.

— Vous avez raison, et je vais vous expliquer pourquoi.

Le rideau était retombé sur la scène, mais la discussion ne faisait que commencer. Aronduile battit le rappel de ses amis et connaissances afin qu'ils vinssent soutenir ses arguments. Alors que tout ce petit monde se dirigeait vers l'hôtel Frascati, on débattit longuement du sujet, en prenant soin de comparer tous les points de vue.

Puis le groupe se sépara et chacun gagna sa table de jeu préférée.

Comme d'habitude, il n'y avait plus une place à la table de la roulette, cernée de spectateurs contraints de rester debout. Clevedon ne détecta tout d'abord aucune présence féminine. Puis, comme il contournait lentement la table, la muraille humaine se clairsema et…

Le monde bascula.

Un dos magnifique et familier apparut dans son champ de vision. Cette fois encore, sa coiffure était artistement négligée, comme si elle venait de quitter les bras d'un amant quelques minutes plus tôt. Des bouclettes retombaient sur ses oreilles et la masse volumineuse de son chignon semblait lui peser sur la nuque. Attiré, le regard poursuivait son chemin, descendait le long des manches bouffantes qui s'arrêtaient au coude. La robe était d'un rouge rubis éclatant qui jetait comme une éclaboussure de couleur parmi les costumes sombres des messieurs. Le décolleté scandaleusement profond révélait le modelé délicat des omoplates.

L'espace d'un instant, il regretta de ne pouvoir figer cette image sur la toile d'un tableau. Il l'aurait intitulé *Le Péché incarné*.

Il eut envie de s'approcher pour respirer son parfum, sentir la soie de sa toilette lui frôler la jambe. Mais on ne flirtait pas à une table de jeu, et d'ailleurs elle semblait aussi captivée que les autres par les ricochets de la petite bille capricieuse.

Il se déplaça de manière à lui faire face. C'est alors qu'il reconnut l'homme qui se tenait près d'elle : le marquis d'Émilien, célèbre libertin parisien.

— Vingt et un… rouge… impair… et passe, annonça le croupier.

À l'aide de son râteau, un autre poussa une pile de pièces en direction de la jeune femme. Émilien inclina la tête pour lui glisser quelques mots à l'oreille, et Clevedon serra les dents.

— Faites vos jeux, messieurs ! lança le croupier qui jeta la petite bille d'ivoire sur la roue tournoyante.

Cette fois, Mme Noirot perdit. Le râteau emporta une grosse somme, ce qui ne parut pas la contrarier. Riant, elle misa de nouveau.

La fois suivante, Clevedon s'engagea lui aussi dans la partie. Il misa sur le rouge. La bille se mit à caracoler. Noir, pair, manque.

Elle avait gagné. Le râteau récupéra les pièces de Clevedon et les poussa vers Mme Noirot. Le marquis d'Émilien se mit à rire et se pencha une fois encore pour lui parler. Sa bouche frôla sa pommette. Elle lui répondit d'un sourire.

Clevedon quitta la table de la roulette pour disputer une partie de rouge et noir. Il serait venu ce soir quoi qu'il advienne, qu'elle soit là ou pas, se disait-il. Il n'était sans doute pas sa seule cible, elle devait avoir bien d'autres clients potentiels à Paris. Émilien, par exemple, avait de la fortune, une épouse et une maîtresse attitrée, sans compter les trois cocottes qu'il entretenait.

Pendant environ une demi-heure, Clevedon joua. Il gagna plus qu'il ne perdit et, en conséquence, recommença à s'ennuyer. Finalement il quitta la table et rejoignit Aronduile.

— Il y a une mauvaise ambiance, ici. Je vais au Palais-Royal, annonça-t-il.

— Très bien, je vous accompagne. Voyons si les autres souhaitent se joindre à nous, répondit Aronduile.

Les gens avec qui ils étaient arrivés jouaient maintenant à la roulette.

Mme Noirot était toujours assise en bout de table, dans sa toilette écarlate que personne n'aurait pu ignorer. Le marquis ne la quittait pas. Au moment où Clevedon se décidait à s'en aller, elle releva la tête et leurs regards se croisèrent. Une éternité s'écoula avant qu'elle lui fasse signe de son éventail.

Oui, il serait venu de toute façon, se répéta-t-il. Et il se fichait bien que ce type reste collé à elle. Paris regorgeait de femmes éblouissantes. Il n'avait qu'à hocher la tête, ou s'incliner, ou la saluer d'un simple sourire, puis tourner les talons et partir.

Mais elle était là, face à lui, le Péché incarné, et elle le bravait de son regard d'obsidienne.

Et il y avait Émilien.

Le duc de Clevedon n'avait jamais abandonné à un autre une femme qu'il désirait.

Il les rejoignit.

— Ah, Clevedon ! J'ai cru comprendre que vous connaissiez Mme Noirot, dit Émilien.

— J'ai cet honneur, oui.

— Elle m'a vidé les poches, la gredine.

— C'est la roulette qui vous a vidé les poches, protesta-t-elle.

— Non, c'est vous. Vous n'avez qu'à regarder la roue pour qu'elle s'arrête juste à l'endroit où vous le souhaitez.

— Vous dites des bêtises, très cher, rétorqua-t-elle en agitant gracieusement son éventail, avant d'ajouter à l'intention de Clevedon : C'est impossible de discuter avec lui. Mais je lui ai promis une chance de se refaire. Nous allons jouer aux cartes.

— Vous nous ferez peut-être le plaisir de vous joindre à nous ? suggéra Émilien. Ainsi que vos amis ?

Ils se rendirent dans un club de jeu parisien plus discret et plus sélectif sur la clientèle, s'installèrent dans un salon privé où plusieurs parties étaient en cours.

Vers trois heures du matin, il ne restait plus grand monde de leur petite troupe initiale : le marquis d'Émilien, une jolie blonde nommée Mme Jolivel, Mme Noirot et Clevedon. Autour d'eux s'attardaient encore quelques corps alanguis qui avaient succombé à la fatigue ou à l'abus d'alcool. Certains jouaient pendant des jours et des nuits sans interruption.

À la roulette où seul le hasard comptait, Mme Noirot avait souvent gagné. Curieusement, aux cartes où l'expérience et l'habileté primaient, elle n'était pas aussi redoutable.

La chance du marquis avait tourné depuis longtemps, et il s'affaissait petit à petit dans son fauteuil. Quant à Clevedon, il était en veine.

— C'est assez pour moi ce soir, annonça Mme Jolivel.

Elle se leva, et les hommes l'imitèrent.

— Pour moi aussi, marmotta Émilien qui repoussa ses cartes vers le centre de la table.

Tous deux prirent congé et quittèrent le salon ensemble. Clevedon demeura debout, s'attendant à ce que la couturière se lève à son tour. Enfin, il l'avait pour lui seul ! Il avait hâte de l'escorter quelque part. N'importe où.

— On dirait bien que la fête est finie, commenta-t-il.

— Elle ne fait que commencer, voulez-vous dire.

Les yeux brillants, elle prit le tas de cartes, les battit rapidement.

Il se rassit.

Ils démarrèrent par une partie de black-jack classique, un des jeux de cartes préférés de Clevedon, dont il appréciait la simplicité, encore plus lorsque le nombre de joueurs se limitait à deux.

Tout à coup, elle devint insondable. Alors que mille petits signes avaient trahi ses émotions tout à l'heure – tapotement nerveux du doigt contre les cartes, moue contrariée –, cette fois il avait l'impression d'être avec une tout autre personne.

Il remporta la première donne, puis la seconde, et aussi la troisième.

Par la suite, elle ne fit que gagner, et son tas de pièces grossit avec régularité tandis que celui de Clevedon diminuait.

Lorsque ce fut son tour de distribuer, il remarqua :
— On dirait que ma chance a tourné.
— Oui, on dirait, opina-t-elle.
— À moins que vous ne vous soyez jouée de moi, madame, à plus d'un titre ?
— C'est juste que je me concentre davantage sur le jeu. Vous m'avez pris beaucoup d'argent au cours de la soirée. Mes ressources, contrairement aux vôtres, sont limitées. Je veux juste me refaire.
Il distribua. Elle jeta un coup d'œil à son jeu, poussa une pile de pièces sur le côté. Clevedon regarda ses cartes. Neuf de cœur.
— Double, annonça-t-il.
Elle indiqua d'un signe de tête qu'elle acceptait une autre carte, la regarda. Imperturbable. Où avait-elle appris cette maîtrise absolue d'elle-même ?
Elle gagna.
Et la fois suivante encore.
Quand ce fut de nouveau son tour de distribuer, elle rassembla son tas de pièces et déclara :
— Il est un peu tard pour moi. Je vais m'arrêter là, je crois.
— Vous n'avez plus du tout la même manière de jouer. Je ne sais pas si vous avez une chance inouïe ou si, d'une manière ou d'une autre, vous réussissez à aider le hasard.
Elle souleva une bouclette qui lui retombait devant les yeux.
— Je suis juste très observatrice, et je vous ai regardé jouer auparavant.
— Pourtant, vous perdiez.
— C'est votre charme qui devait me distraire, répliqua-t-elle en se renversant contre son dossier, un sourire aux lèvres. Maintenant, je m'y suis accoutumée. Et j'arrive à discerner les signaux que vous émettez lorsque vous avez du jeu.
— Quels signaux ?

Elle agita la main.
— Ils sont presque imperceptibles. J'ai eu du mal à déchiffrer vos expressions, et pourtant je joue aux cartes depuis que je suis toute petite.
— Ah, vraiment ? Et moi qui croyais que les bourgeois étaient de respectables citoyens peu enclins aux vices, surtout celui du jeu.
— C'est que vous n'êtes pas assez attentif. De nombreux clients du Frascati sont des employés de bureau et des commerçants tout à fait ordinaires. Mais ces gens sont invisibles aux yeux des aristocrates tels que vous et Émilien.
— On peut tout vous reprocher, sauf de passer inaperçue !
— Là encore, vous vous trompez. À plusieurs reprises je suis passée à quelques mètres de vous sans jamais éveiller votre intérêt.
Il se redressa brusquement.
— Ce n'est pas possible !
Elle se mit à battre les cartes d'une main experte.
— Voyons... réfléchit-elle. Dimanche dernier, vers quatre heures, vous avez fait une promenade à cheval au bois de Boulogne, en compagnie d'une jolie dame. Le lundi, à sept heures, vous étiez dans une loge de l'Académie royale de musique. Le mardi, peu après midi, vous vous êtes promené sous les arcades du Palais-Royal.
— Vous m'avez suivi ? Ou devrais-je dire *épié* ?
— J'étudie souvent les personnalités importantes. Elles fréquentent toutes les mêmes endroits. Et on ne peut pas vous manquer.
— Vous aussi, vous vous faites remarquer dans les lieux publics.
— Cela dépend si je souhaite être vue ou non. Je ne m'habille pas toujours de cette manière, vous savez, précisa-t-elle en désignant le corsage de sa robe couleur rubis.

Il remarqua alors son épingle à tête de diamant piquée à la pointe du décolleté, entre ses seins. Elle déposa les cartes en un petit rectangle bien net sur la table, croisa les doigts.

— Une bonne couturière est capable d'habiller n'importe qui. Et certaines femmes, pour des raisons qui leur appartiennent, préfèrent ne pas attirer l'attention. Si ma présence vous a échappé alors que je me tenais tout près de vous, cela prouve que je suis une professionnelle hors pair.

— On en revient toujours aux affaires, avec vous, maugréa-t-il.

— Il faut bien que je gagne ma vie.

Elle tourna la tête, laissa errer son regard sur les quelques corps inertes qui gisaient sur les canapés, ou parfois à même le plancher. Son expression était assez éloquente. S'il n'avait été aussi irrité, il aurait fait semblant de ne pas comprendre, mais, piqué au vif par son sourire narquois, il ne put résister à la provocation :

— Vous voulez dire, contrairement à moi et à ces aristocrates aux mœurs dissolues ? La bourgeoisie vertueuse est toujours prompte à donner des leçons. C'est assommant !

Elle eut un léger haussement d'épaules, décroisa les doigts.

— Oui, nous sommes des rabat-joie, nous ne pensons qu'à l'argent et à la réussite.

Elle fit glisser ses gains à l'intérieur de son réticule, signe que pour elle, la soirée était terminée. Clevedon se leva, contourna la table pour remonter sur ses épaules son châle qui avait glissé.

Il la sentit tressaillir lorsque ses doigts l'effleurèrent. Une bouffée de satisfaction dissipa son agacement. Heureusement, elle ne contrôlait pas *toutes* ses émotions.

Il se pencha pour murmurer à son oreille :

— Et où vous reverrai-je, la prochaine fois ?

— Je ne sais pas, répondit-elle en s'écartant légèrement. Demain. Enfin... ce soir, plutôt. Je dois me rendre au bal de la comtesse de Chirac. Mais je suppose que cette réception sera trop guindée à votre goût ?

L'espace d'un instant, il ne put que la dévisager, les yeux écarquillés. Il lui fallut quelques secondes pour se reprendre. Cette femme était décidément imprévisible, elle le désarçonnait à tout bout de champ.

— Vous avez été invitée... au bal de Mme de Chirac ? articula-t-il enfin.

— Qui a dit que j'avais été invitée ?

— Mais vous comptez y assister, même sans carton d'invitation ?

— Évidemment. C'est l'événement majeur de la saison parisienne.

— Précisément. Les invités sont triés sur le volet. Il est probable que le roi fasse une apparition. Les gens marchandent, complotent et vont jusqu'au chantage pour y être conviés. Il ne vous est pas venu à l'esprit qu'une intruse se ferait fatalement repérer ?

— Vous ne me croyez pas capable de forcer l'entrée ?

— Pas à ce bal-ci. À moins que vous ne projetiez de vous déguiser en domestique ?

— Ce ne serait pas drôle.

— Alors vous ne franchirez jamais la porte. Ou du moins, on vous jettera dehors dans la seconde qui suivra. Si vous avez de la chance, on se contentera de vous raccompagner dans la rue, mais Mme de Chirac n'a pas beaucoup d'humour, et elle est capable de vous faire traîner au poste de police en affirmant que vous vouliez l'assassiner. On ne plaisante pas avec ces choses-là en France, depuis la Révolution. Au mieux, vous finirez en prison où vous croupirez de longues années. Au pire, vous ferez connaissance avec Mme Guillotine.

— Je ne me ferai pas prendre.

— Vous êtes folle.

— Les femmes les plus riches de Paris seront là et porteront les robes des plus grands couturiers français. Ce bal est la plus féroce compétition d'élégance de l'année, un cran au-dessus de l'exhibition de Longchamp. Je dois absolument voir ces toilettes.

— Et vous ne pouvez pas vous contenter de regarder du dehors, comme les autres curieux ?

Elle redressa la tête, paupières plissées. Lorsqu'elle répondit, sa voix était aussi cinglante et hautaine que celle de la comtesse de Chirac :

— Comme une gamine, le nez pressé contre la vitrine du pâtissier ? N'y songez même pas. Je veux voir ces robes de près, étudier les bijoux, le détail des coiffures. Une telle occasion ne se produit pas souvent, cela fait des semaines que je m'y prépare.

Il pouvait comprendre, dans une certaine mesure, son envie de devenir la couturière attitrée de Clara. Habiller une duchesse garantissait de gros profits. Mais prendre un tel risque, défier l'autorité de la toute-puissante comtesse de Chirac, alors qu'elle-même n'était qu'une simple roturière…

L'enjeu était totalement insensé.

Mme Noirot affichait pourtant un flegme déroutant. Il n'aurait pas dû être surpris. N'était-elle pas une joueuse accomplie ?

— Cette fois, la barre est trop haute. Vous n'y arriverez pas, affirma-t-il.

— Vous pensez que je ne peux pas faire illusion ?

— Chez une autre, peut-être. Mais pas chez Mme de Chirac. Vous n'avez pas la moindre chance de la berner.

C'était peut-être un brin exagéré, mais il cherchait à l'appâter afin de la pousser à en révéler plus sur elle-même.

— Eh bien, vous verrez de vos propres yeux. Car je suppose que vous avez été invité ?

— Eh bien oui, bizarrement. La comtesse considère les Anglais comme une race inférieure, et cependant elle m'aime bien.

— Dans ce cas, nous nous verrons là-bas, conclut-elle en commençant à se lever.

— Je ne l'espère pas. Cela me chagrinerait beaucoup de vous voir menottée entre deux gendarmes, même si une telle péripétie sauverait la soirée de l'ennui.

— Vous avez une imagination débordante. En cas de problème – ce que je pense hautement improbable –, je me ferai simplement refouler. Et avec l'attroupement qu'il y aura devant chez elle, la comtesse ne voudra sûrement pas déclencher une émeute. Après tout, la foule pourrait bien se ranger de mon côté.

— Ce serait stupide de courir un tel danger. Et tout cela pour une stupide petite boutique !

— Stupide... petite... boutique, répéta-t-elle sans élever la voix.

Elle leva les yeux vers le plafond peint de satyres et de demi-dieux lubriques caracolant après des vestales, puis soutint de nouveau son regard, sans ciller. Il nota que l'épingle à tête de diamant se soulevait et retombait plus rapidement au rythme de sa respiration. Elle était en colère, bien qu'elle sache le cacher admirablement.

Que se passait-il lorsque cette colère se déchaînait ? ne put-il s'empêcher de se demander.

— Cette *petite boutique* est mon gagne-pain, répliqua-t-elle enfin. Et pas seulement le mien. Vous n'avez pas la moindre idée des efforts qu'il faut déployer à Londres pour monter dans l'échelle sociale. Vous ignorez comment il faut se battre sans répit contre les maisons établies depuis des décennies quand on veut se faire un nom. Il faut non seulement lutter contre ses concurrents, mais aussi contre le conservatisme propre à votre classe. Les grands-mères françaises s'habillent avec plus de goût que vos compatriotes. Oui, c'est une sorte de guerre. Et oui, elle m'obsède, et je suis prête à tout pour mener mon affaire au succès. Et si je me retrouve jetée à la rue ou en prison, croyez-moi, je ne penserai qu'aux retombées publicitaires qui en découleront !

— Mais justement, ne vous semble-t-il pas absurde d'en arriver à de telles extrémités pour des Anglaises mal fagotées ? Pourquoi vous fatiguer autant ? Pourquoi ne pas vous contenter de leur fabriquer de bonnes vieilles robes sans grâce ?

— Parce que je peux les rendre *inoubliables*. Êtes-vous donc si détaché de la vie réelle pour ne pas comprendre ? N'avez-vous donc aucun rêve, aucune ambition, aucun projet pour lequel vous vous battriez coûte que coûte en dépit des obstacles ? Mais je suis bête. Si vous aviez une telle motivation, vous vous y consacreriez corps et âme au lieu de venir perdre votre temps à Paris.

Il était tellement fasciné par le spectacle qu'elle offrait dans sa diatribe passionnée, qu'il mit un temps à se rendre compte qu'elle venait de contre-attaquer.

Il se souvint du petit monde ennuyeux qu'il avait fui, des jours et des nuits interminables qu'il avait tenté de combler par des distractions frivoles, et aussi des critiques de lord Warford qui avait employé à peu près les mêmes mots que Mme Noirot :

— Pourquoi perds-tu ton temps de la sorte, mon garçon ?

La honte le submergea, aussitôt remplacée par la fureur. Elle avait touché le point sensible.

— Vous avez raison, madame. Tout n'est qu'amusement pour moi. À tel point que nous allons parier. Faisons encore un tour de cartes, si vous le voulez bien. Cette fois, si vous gagnez, c'est moi qui vous emmènerai au bal de la comtesse.

Les yeux noirs étincelèrent. De colère ? D'orgueil froissé ? Ou simplement de mépris ? Quoi qu'il en soit, il s'en fichait.

— Vous m'emmèneriez ? murmura-t-elle. Et que pensez-vous démontrer ainsi ? Mais j'oubliais : vous ne pensez pas, n'est-ce pas ? Et par conséquent, vous ne vous êtes pas demandé quelle serait la réaction de vos amis ?

Il écoutait à peine ce qu'elle disait. Il se repaissait de ces marques d'émotion qu'elle laissait maintenant entrevoir : ses joues rosies, l'étincelle dans ses prunelles sombres, sa respiration saccadée. Mais il était toujours ulcéré de s'être fait traiter d'oisif inutile.

— Je n'ai rien à prouver, rétorqua-t-il. Je veux juste vous voir perdre. Et, en guise d'aveu de votre défaite, vous me donnerez un baiser.

Elle se mit à rire.

— Un baiser ! Un simple baiser d'une vulgaire boutiquière. C'est une piètre mise, ne trouvez-vous pas ?

— Je ne vous parle pas d'un bécot sur la joue. Je parle du baiser qu'une femme donne à un homme auquel elle se rend. Si l'on considère cette précieuse respectabilité à laquelle vous vous cramponnez, c'est un enjeu plutôt élevé.

Et s'il n'était pas capable d'obtenir sa reddition en l'embrassant, autant rentrer à Londres cette nuit même, ajouta-t-il en son for intérieur.

Les yeux noirs scintillèrent une dernière fois, puis elle reprit son masque impassible :

— Peu importe, de toute façon. N'avez-vous pas compris, Votre Grâce ? Vous ne *pouvez* pas gagner au jeu contre moi.

— Alors, disputons cette partie et vous obtiendrez un accès facile au bal le plus ennuyeux de la saison.

— Très bien. Vous ne direz pas que je ne vous avais pas prévenu, commenta-t-elle en secouant la tête.

Et elle s'empara des cartes.

Durant la Révolution, le grand-père de Marcelline, un aristocrate français, avait réussi à conserver sa tête en la gardant froide. Les générations suivantes de Noirot – le nom passe-partout qu'il avait emprunté après avoir fui la France – avaient hérité de son flegme et de son esprit pragmatique.

Bien sûr, Marcelline avait le sang chaud, à l'instar de ses aïeux, côtés maternel et paternel. Mais, comme eux, elle avait appris à canaliser ses émotions et à les dissimuler. C'était un réflexe chez elle.

Cependant, la manière condescendante dont Clevedon avait évoqué sa profession l'avait mise hors d'elle. Elle aussi avait du sang bleu dans les veines – bien qu'il s'agît sans doute du sang le plus corrompu du continent européen. À présent, il ne restait presque plus personne de cette famille de voyous, la plupart des membres ayant emporté leurs vices dans la tombe. N'empêche. Ses racines remontaient aussi loin que celles de Clevedon, et elle doutait que les ancêtres de ce dernier se soient comportés comme des saints.

Aujourd'hui il n'y avait qu'une seule différence entre eux : il était riche et n'avait pas besoin de travailler pour assurer sa subsistance.

Elle savait bien qu'elle avait tort de mordre à l'hameçon. D'ordinaire, elle était moins susceptible. Elle avait l'habitude des clientes qui la regardaient de haut ou qui parlaient devant elle comme si elle était invisible.

Pour les élites, un commerçant n'est guère plus qu'une sorte de domestique. Marcelline s'en accommodait parfaitement, elle en profitait souvent et parfois même s'en amusait.

Mais cet homme…

À présent, il lui fallait décider si elle allait le laisser gagner ou non.

Elle mourait d'envie de lui rabattre son caquet. Mais s'il perdait, il y aurait un sérieux inconvénient. Elle ne pouvait pas se permettre de faire son entrée au bal de la comtesse au bras du duc de Clevedon. Cela déchaînerait une tempête de ragots. Exactement ce qu'elle voulait éviter.

— Jouons jusqu'à épuisement du paquet, proposa-t-il. Chaque main sera jouée normalement, à ceci près : les cartes resteront cachées. À la fin, celui qui aura remporté le plus de mains gagnera la partie.

Naturellement, ne pas voir les cartes de l'autre empêchait de calculer les probabilités et accentuait la difficulté du jeu. Mais elle pouvait se fier aux émotions qu'elle lisait sur ses traits, alors que lui n'avait pas cet avantage. De plus, on jouerait vite et en un rien de temps elle saurait s'il était un joueur prudent ou téméraire.

Il distribua. Deux cartes chacun. Marcelline reçut un black-jack naturel : l'as de carreau et le valet de cœur. Clevedon resta à deux cartes, ce qu'il n'aurait pas fait s'il avait eu moins de dix-sept points en main.

À la donne suivante, elle reçut l'as de cœur, un quatre et un trois. À la suivante, elle resta à dix-sept aux trèfles. Puis elle reçut un autre black-jack naturel : l'as de pique et le roi de cœur. Et ensuite la reine de cœur et le neuf de carreau.

La partie se poursuivit. Il tirait souvent une troisième carte quand elle demeurait à deux, mais il était concentré, ce qui constituait un changement notable. Désormais, elle ne pouvait plus détecter cette petite étincelle dans son regard vert qui indiquait que son jeu lui déplaisait.

En dépit de son jeu très correct, elle sentait son cœur battre de plus en plus vite. Lui continuait de jouer avec un calme déroutant, et elle était incapable de dire s'il prenait de gros risques ou pas.

Dix donnes furent ainsi distribuées.

Puis chacun retourna ses cartes sur la table dans un petit claquement sec, un sourire confiant aux lèvres.

D'un coup d'œil, Marcelline constata qu'elle l'avait battu par six fois. Mais elle aurait pu se borner à lire l'expression de son adversaire.

En découvrant les cartes, Clevedon s'était figé avec un imperceptible froncement de sourcils. Dans la foulée, il reprit sa maîtrise d'homme du monde, mais elle avait eu le temps d'entrevoir le garçon qu'il avait été. Et elle faillit éprouver des regrets. S'ils ne s'étaient pas rencontrés en de telles circonstances… S'ils n'avaient pas vécu dans des univers diamétralement opposés… S'ils avaient fait connaissance avant qu'il ne perde son innocence…

Puis leurs regards se croisèrent et, à son changement de physionomie, elle devina qu'il prenait soudain conscience du guêpier dans lequel il s'était lui-même jeté.

Une fois de plus, il se ressaisit dans la seconde. Comme elle, il maîtrisait l'art de la dissimulation.

— Vous avez été très imprudent, Votre Grâce. Une fois de plus. Cette fois, l'enjeu est de taille.

Avec un haussement d'épaules, il rassembla les cartes. Mais elle savait ce que cachait ce prétendu détachement. Sa fierté était mise à rude épreuve.

Ses amis l'avaient tous vu entrer dans sa loge à l'opéra afin de lui être présenté. Émilien savait quelle profession exerçait Marcelline, et il n'avait sans doute fallu que quelques heures pour que tout Paris apprenne qu'elle n'était ni une actrice étrangère, ni une courtisane, encore moins une noble dame.

Que penseraient ses amis lorsqu'ils le verraient faire son entrée à un bal en compagnie d'une simple couturière ?

— Quelle bande d'hypocrites vous faites, vous autres gens de la haute, dit-elle à mi-voix. Vous n'avez pas de scrupules à lutiner les femmes de condition inférieure, mais l'idée de paraître à leur côté en société vous horrifie. Pour vous, c'est juste impensable. Vos amis croiraient que vous avez perdu l'esprit. Ils seraient persuadés que je cherche à vous ridiculiser. Ils diraient que je vous ai entortillé autour de mon petit doigt, moi, une petite-bourgeoise arriviste.

— Et après ? Ce sera plutôt amusant de voir leurs yeux prêts à jaillir de leurs orbites. Porterez-vous du rouge ?

Elle se leva, et il l'imita. Sa bonne éducation lui interdisait de faire autrement, quelles que soient les circonstances.

— Vous faites bonne figure, je vous l'accorde, mais je sais que vous regrettez de vous être laissé emporter par le jeu. Cela tombe bien, je suis une femme généreuse. Tout ce que je veux, c'est habiller votre femme. Je vais donc vous délivrer de votre promesse.

Elle remonta son châle sur ses épaules, saisit son réticule et s'éloigna en direction de la porte.

— Adieu, Votre Grâce. J'espère qu'après quelques heures de sommeil réparateur, vous aurez recouvré vos esprits et que nous pourrons de nouveau deviser entre amis. Dans ce cas, j'espère vous revoir vendredi. Nous nous retrouverons peut-être quai Voltaire ?

Il lui emboîta le pas.

— Vous êtes impossible ! Sachez que je n'ai pas l'habitude qu'une femme me donne des ordres !

— Que voulez-vous, nous autres bourgeoises manquons de subtilité.

Elle passa dans le couloir désert. D'un salon voisin s'échappait un bruit de conversation étouffé. Certains n'avaient pas fini de jouer. Plus loin, on entendait des ronflements sonores.

Il la suivait toujours.

— Vous êtes vexée.

— Je suis couturière, j'ai affaire à des clientes désagréables toute la journée. Si vous voulez me vexer, il faudra faire mieux que cela.

— N'empêche, j'ai froissé votre fierté. Vous voulez absolument habiller ma duchesse et vous êtes effectivement très déterminée, pourtant en cet instant vous êtes prête à renoncer.

— Vous me sous-estimez.

— Alors pourquoi m'envoyez-vous au diable ?

— Je n'ai rien fait de tel. Je vous ai libéré de votre promesse, ce qui est la prérogative du gagnant. Si vous aviez eu toute votre tête, vous ne m'auriez jamais proposé ce pari, mais vous n'avez pas pensé avec votre cerveau, vous avez pensé avec... une autre partie de votre corps. Moi-même, je n'aurais pas dû réagir à la provocation. Voilà, nous avons tous deux cédé au démon du jeu. Torts partagés. Maintenant, allez récupérer vos amis et faites en sorte qu'on les ramène chez eux. Pour ma part, une longue journée m'attend. Contrairement à vous, je ne peux pas me permettre de faire la grasse matinée.

— Vous avez peur, articula-t-il.

Elle pila net, pivota lentement vers lui.

— Que dites-vous ? demanda-t-elle d'un ton mesuré.

— Vous avez peur. C'est vous qui redoutez le qu'en-dira-t-on et l'attitude qu'auront les gens vis-à-vis de vous. Vous êtes toute prête à investir la place comme une voleuse, mais vous êtes terrifiée à l'idée de passer par la grande porte à mon bras, sous le regard de tous ces gens.

— Je m'en veux terriblement de briser vos illusions, Votre Grâce. J'essaie de me rendre invisible, un peu comme un espion qui veut mener à bien sa mission. Et il vous a échappé, il me semble, que parvenir à s'introduire dans un lieu qui vous est en théorie fermé constitue un petit exploit assez divertissant.

Elle reprit sa marche, consciente de respirer un peu trop vite. De nouveau il l'avait provoquée, et sa colère refaisait surface. Elle voulait juste habiller sa future femme, et voilà qu'elle se trouvait aspirée dans un drôle de jeu où elle n'avait pas sa place.

Tout à coup, elle se demandait si elle n'avait pas échoué sur toute la ligne. Ne l'avait-il pas embobinée avec son charme canaille et ses sourires faussement innocents ?

Sa voix basse et veloutée s'éleva dans son dos :

— Froussarde.

Le mot parut se répercuter sur les murs du couloir vide.

Froussarde. Elle qui était partie pour Londres avec une poignée de pièces en poche, portant sur ses épaules le fardeau d'une responsabilité écrasante : subvenir aux besoins d'une enfant et de ses deux jeunes sœurs ; elle qui, malgré l'adversité, avait cru à son rêve, s'y était cramponnée et avait bataillé sans relâche !

Elle marcha droit sur lui, s'arrêta à quelques centimètres.

— Froussarde, lui souffla-t-il au nez.

Elle lâcha son réticule, l'agrippa par la cravate et tira. Puis, comme il inclinait le buste, elle lui saisit le menton d'une main et la nuque de l'autre pour l'embrasser à pleine bouche.

4

« Mme Clark reçoit continuellement des modèles du meilleur modéliste de Paris, ce qui lui permet de proposer chaque mois aux dames des articles à la toute dernière mode et de satisfaire ainsi la clientèle élégante qui l'honore de sa fidélité. »

La Belle Assemblée, magazine de mode, juin 1807

Ce n'était pas une reddition. Son baiser s'apparentait plus à une gifle en pleine face.

Sa bouche ouverte s'était plaquée contre la sienne, le percutant avec violence. On aurait dit deux amants de longue date qui se haïssaient désormais, deux passions qui auraient fusionné en une même émotion – haine ou amour, peu importe.

Ses doigts lui enserraient la mâchoire avec une telle force qu'il n'aurait pas été étonné qu'elle le griffe. Elle jouait de ses lèvres douces et de sa langue comme autant d'armes. Ce baiser était un duel dont elle entendait sortir vainqueur. Elle avait le goût intense et corsé du cognac qu'elle avait bu un peu plus tôt. Le goût du fruit interdit. Du danger.

Tout d'abord il réagit d'instinct, avec la même ardeur, submergé par une bouffée de désir. Des détails assaillirent sa conscience : la saveur de sa bouche, le parfum de sa peau, le volume de ses seins et le bruissement de sa robe contre son pantalon.

Il l'enlaça, laissa descendre ses mains le long de son dos, jusque sur la chute de reins, puis la plaqua brusquement contre son érection. Elle émit un petit bruit qui semblait trahir son plaisir. Lâchant son visage, elle fit glisser ses mains sur son gilet, puis plus bas, au niveau de la taille. Il retint son souffle, dans l'expectative.

Elle le repoussa alors avec une vigueur singulière et, surpris, il relâcha son étreinte. Elle tituba, se rattrapa au mur. Un rire bref lui échappa. Elle se baissa pour ramasser son réticule, prit le temps de glisser derrière son oreille une mèche folle qui caracolait devant ses yeux, avant d'ajuster les plis de son châle d'un geste désinvolte.

— Cela s'annonce divertissant, déclara-t-elle. Je suis très impatiente. Oui, maintenant que j'y réfléchis, j'aimerais beaucoup que vous m'escortiez au bal de la comtesse de Chirac. Passez donc me chercher à l'hôtel Fontaine à neuf heures précises. Adieu.

Et elle s'éloigna en direction de la porte.

Il ne tenta pas de la poursuivre. C'était une sortie magnifique, il s'en serait voulu de la gâcher.

Du moins, c'est ce qu'il se disait.

Il mit un moment à reprendre ses esprits. Intérieurement, il tremblait comme s'il venait de courir au bord d'un précipice pour s'arrêter à quelques millimètres du vide. Tout cela était absurde. Ce n'était qu'une femme parmi d'autres, du genre volcanique certes, et s'il était un tantinet... décontenancé, c'est juste qu'il n'avait pas eu affaire à ce genre de créature depuis un moment.

Il se mit en quête des personnes avec lesquelles il était arrivé et qu'il retrouva un peu partout dans la maison, endormies et avinées pour la plupart. Tout en prenant ses dispositions pour que chacun soit ramené chez soi, il ne put s'empêcher d'entendre résonner dans sa tête la voix moqueuse qui lui reprochait l'inanité de son style de vie.

Plus tard, de retour à son hôtel, incapable de trouver le sommeil, il décida d'écrire à Clara. Sans succès. Les mots le fuyaient. Il ne se rappelait pas le moindre détail du *Barbier de Séville*. Sur le papier, les gribouillis ineptes se brouillaient, se mettaient à danser. Il ne pouvait penser qu'à une chose : il s'était mis dans une situation impossible et allait devoir se présenter au bal de Mme de Chirac en compagnie de cette maudite couturière, au risque de devenir la risée du Tout-Paris.

De retour à son hôtel, Marcelline trouva Selina Jeffreys en train de somnoler sur une chaise près du feu. Sa plus jeune petite main avait beau sortir d'un hospice qui recueillait les « créatures perdues », elle était la plus sensée de ses employées. Aussi Marcelline l'avait-elle choisie pour faire office de femme de chambre durant son séjour à Paris, car une voyageuse accompagnée d'une domestique était traitée avec plus de respect.

Frances Pritchett, la plus âgée des petites mains, n'avait sans doute pas encore digéré d'avoir été écartée, mais lors du dernier déplacement de Marcelline, elle n'avait pas pris au sérieux son rôle de camériste. Jamais elle n'aurait veillé tard le soir en attendant le retour de sa maîtresse, par exemple, ou alors cela aurait été pour se plaindre des Français en général et des employés de l'hôtel en particulier.

Jeffreys se réveilla dans un sursaut lorsqu'elle lui tapota l'épaule.

— Voyons, je t'avais dit de ne pas m'attendre, la gronda gentiment Marcelline.

— Mais qui vous aidera à quitter votre robe, madame ?

— J'aurais pu dormir avec. Ce ne serait pas la première fois.

— Oh non, madame ! Pas dans cette belle robe !

— Elle n'est plus si belle, elle est toute chiffonnée et imprégnée de la fumée des cigares.

— Alors, allons vite l'enlever. Vous devez être épuisée.

— Il faut bien suivre le rythme de vie des aristocrates, que veux-tu.

— J'ignore comment ils font pour faire la fête jusqu'à une heure pareille…

— Ils ne sont pas obligés d'être à neuf heures au travail tous les matins, lui rappela Marcelline.

— C'est vrai, soupira la jeune fille.

Jeffreys était habile. En un rien de temps, elle libéra Marcelline de sa robe écarlate, puis lui apporta une aiguière d'eau chaude. Pour un bain, il faudrait attendre que les employés de l'hôtel soient réveillés. Mais Marcelline voulait avant tout effacer les odeurs qui lui collaient à la peau.

Elle se rendit compte qu'on ne se débarrassait pas si aisément du goût et du parfum d'un homme. Elle eut beau se frotter le visage, se brosser les dents, son corps et son esprit n'oubliaient ni la stupeur de Clevedon, ni les battements précipités de son cœur, ni la réponse fougueuse de sa bouche et de sa langue, ni le désir insensé qu'il avait éveillé en elle, simplement en faisant glisser ses mains le long de son dos.

Elle n'avait pas été très inspirée de l'embrasser de la sorte, mais quel autre choix avait-elle ? Le gifler ? Tellement banal. Lui donner un coup de poing ? Elle se serait fait mal et il se serait moqué d'elle.

Mais, en cet instant, il ne devait sûrement pas s'amuser. La perspective de ce bal devait l'emplir d'appréhension et d'incertitudes. Il ne se dédirait pas. Il était trop fier, trop désireux de garder la main. Et ce serait fort divertissant de voir comment il s'y prendrait pour introduire Marcelline chez la comtesse.

Si tout se terminait par une cuisante humiliation, ce serait bien fait pour lui. Mais il risquait de la détester et d'interdire à sa future femme de franchir le seuil de la maison Noirot... Néanmoins, l'instinct de Marcelline lui prédisait le contraire. Quels que soient les défauts du duc, il ne lui semblait pas du genre rancunier et vindicatif.

— Va te coucher, ordonna-t-elle à Jeffreys. Nous allons être très occupées pour les préparatifs du bal.

Ce qui aurait dû n'être qu'une simple opération commerciale se trouvait singulièrement compliqué par la faute de Clevedon. Marcelline avait pensé se faire accepter chez la comtesse en usant de ses tactiques habituelles : camouflage, réponses évasives et, surtout, aplomb inébranlable. Mais la vie venait une fois de plus de bouleverser ses plans.

Le jeu de la roulette était bien plus prévisible que l'existence, en définitive. Pas étonnant qu'il lui réussisse tellement.

La vie n'était pas une roue en mouvement perpétuel, elle ne vous ramenait jamais au même endroit, se moquait du noir, du rouge, des chiffres et de la logique. Sous une façade que l'homme avait voulue propre et ordonnée, la vie était un cheminement totalement anarchique.

Marcelline n'allait pas se laisser démonter pour si peu. Comme d'habitude, elle s'adapterait et finirait par tirer les marrons du feu.

Rien ne pouvait l'abattre.

Le soir

Neuf heures précises. Pour qui se prenait-elle, cette insolente ? Il n'avait pas l'habitude de recevoir des ordres, surtout d'une petite boutiquière imbue d'elle-même. Il n'était pas son laquais ! Il aurait aimé la faire poireauter quelques heures, cela lui aurait donné une bonne leçon.

Mais elle lui avait déjà attribué toute une liste de défauts, il préférait ne pas y ajouter la puérilité. Sans compter qu'elle l'accuserait certainement d'arriver en retard par lâcheté. Et elle l'avait déjà plus ou moins traité de couard en proposant de le libérer de leur pari.

Il arriva à l'hôtel Fontaine juste après neuf heures. À sa descente de voiture, il l'aperçut sous l'auvent de l'établissement, installée à une table en terrasse. Un homme au maintien tout britannique était penché vers elle et lui parlait.

Clevedon s'était bien préparé. Il avait essayé et rejeté une demi-douzaine de gilets qu'il avait abandonnés par terre, laissant le soin à Saunders, son valet, de les repasser et de les ranger. Il avait imaginé une dizaine de petits laïus plus ou moins spirituels, avait dû finir par en choisir un, plus susceptible d'amadouer leur hôtesse. Bref, il était d'une nervosité extrême.

Mme Noirot en revanche semblait très à son aise, occupée à se détendre en terrasse en compagnie d'un admirateur. Mais pourquoi se serait-elle tracassée ? Elle n'avait pas à craindre que ses amis se mettent à chuchoter en secouant la tête d'un air navré dès qu'elle aurait le dos tourné...

Clevedon imaginait sans peine la teneur des propos qui seraient échangés ce soir. Ce pauvre duc ! La flèche de Cupidon l'avait atteint en plein cœur. Hélas, il ne s'était pas épris d'une beauté parisienne, d'une irrésistible courtisane ou d'une héritière. Non, c'est une couturière anglaise qui l'avait mis à genoux...

En silence, il maudit ses amis et sa propre stupidité, et s'approcha de la terrasse. Le regard sombre de Mme Noirot se posa sur lui. Elle glissa un mot à son compagnon qui hocha la tête et, sans prêter attention à

Clevedon, s'inclina pour disparaître à l'intérieur de l'hôtel.

À sa grande surprise, elle l'accueillit d'un sourire délicieux qui faillit le terrasser. Mais non, il n'était pas encore vaincu.

— Vous êtes à l'heure, le félicita-t-elle.

— Je n'ai jamais fait attendre une dame.

— Je ne suis pas une dame.

— Non, vous êtes une énigme. Êtes-vous prête ? Ou préférez-vous boire un verre tout d'abord, afin de vous donner du courage avant l'épreuve ?

— Je n'en ai nul besoin.

Sur ces mots, elle se leva avec un large geste de la main pour attirer son regard sur sa toilette.

Ce style devait porter un nom particulier dans le domaine de la mode. Pour lui, ce n'était qu'une robe. La forme des manches était sûrement spécifique - on devait dire « à la Taglioni » ou « à la Clotilde », ou toute autre épithète qui n'avait de sens que pour les femmes.

Lui, pauvre béotien, tout ce qu'il aurait pu dire sur les tenues féminines, c'est qu'elles avaient des manches bouffantes, des jupes tourbillonnantes, et une taille étroite au milieu.

La robe que portait Mme Noirot était en soie, d'une couleur originale, une sorte de gris très clair bleuté qu'il aurait trouvé sans doute fade s'il l'avait vu dans la vitrine d'une boutique. Mais le tissu moiré était rebrodé de petits nœuds de dentelle argentée qui scintillaient. Chaque nœud était fixé par une perle de cristal, et toutes ces perles, au moindre de ses mouvements, évoquaient le flot d'une eau miroitante.

Comme elle pivotait sous son regard, les mains gracieusement relevées, il fut ébloui malgré lui par ce ruissellement de lumière.

— Quel est le nom de... cette couleur ? demanda-t-il alors qu'elle se dirigeait déjà vers la voiture.

— Givre.

— Mes félicitations, madame. Avec vous, l'hiver devient très attrayant.

— Le gris est une couleur difficile à porter, surtout quand on est brune. Il peut vite vous donner un teint livide. Mais celui-ci comporte une nuance de bleu nacré, vous comprenez ?

— Combien de fois va-t-il falloir vous le dire ? Je n'entends rien à ces choses-là.

— Mais si. Vous ne maîtrisez pas le vocabulaire, c'est tout. Néanmoins, vous avez dit que le résultat était attrayant. Ainsi travaillée, la couleur devient flatteuse. La dentelle et le cristal ajoutent une note un peu théâtrale, quoique chic. Je ne suis pas seulement élégante, j'ai de l'allure.

Il lui donna la main pour l'aider à s'installer sur la banquette. Il s'était préparé à poursuivre leur joute de la veille, et voilà qu'elle bavardait comme s'ils étaient de vieux camarades. Désarmé, il ne savait quelle contenance adopter.

Heureusement, son instinct le sauva. Comme elle posait une mule à talon sur le marchepied, les plis de soie *givre* se retroussèrent pour révéler une fine cheville et un mollet gainé de soie blanche. Aussitôt, il imagina sa main qui remontait jusque sur le genou, puis plus haut encore...

Plus tard, se promit-il, avant de grimper à son tour dans la voiture.

Peu après

— J'espère que vous aurez l'obligeance de me laisser vous présenter Mme Noirot, une couturière londonienne de ma connaissance, dit le duc de Clevedon à la comtesse de Chirac.

Durant quelques secondes, le brouhaha ambiant se poursuivit. Mais dès que la comtesse comprit qu'elle avait bien entendu, que le duc avait prononcé les mots « couturière londonienne », qu'il faisait allusion à la personne qui se tenait à son côté et n'avait pas été invitée, la nouvelle se mit à circuler à travers la salle de réception, et un silence de mort s'étala peu à peu en ondes implacables, telles celles qu'aurait créées un gros rocher jeté au milieu d'une mare.

Mme de Chirac parut se raidir davantage – si c'était humainement possible – et son regard gris comme l'acier se durcit.

— Je ne comprends pas l'humour anglais, articula-t-elle. Est-ce une plaisanterie ?

— Pas du tout, répondit Clevedon avec un sourire aimable. Je vous amène ce soir une curiosité, un peu comme autrefois les érudits rapportaient de remarquables antiquités de leurs périples en Égypte. J'ai fait la connaissance de cette personne tout à fait extraordinaire l'autre soir, à l'opéra. Hier déjà, sa présence à Longchamp a été fort remarquée. Voyez-vous, madame, je me sens un peu dans la peau d'un naturaliste qui vient de découvrir une espèce d'orchidée très rare et qui brûle de la faire découvrir au monde.

Il se tourna à demi vers Mme Noirot qui, apparemment, ne goûtait pas non plus son humour. Ses yeux noirs annonçaient la tempête. Les petits nœuds argentés semblaient jeter des éclairs.

Après lui avoir lancé un regard qui promettait mille supplices, elle inclina la tête pour saluer la comtesse, puis plongea dans une révérence à couper le souffle. La soie aérienne de sa robe se gonfla doucement dans un doux miroitement, tandis que les petits nœuds clignotaient, telles les ailes irisées de centaines de papillons fragiles.

Il y eut un murmure collectif. Les gens réunis là étaient français, ils savaient reconnaître une œuvre d'art.

Leur réaction n'échappa pas à la comtesse. Dans la salle, tout le monde avait maintenant les yeux rivés sur Mme Noirot. On retenait son souffle. La scène ferait gloser des jours durant. Chaque mot, chaque geste serait disséqué sans fin. Ce serait l'anecdote la plus excitante survenue depuis qu'elle donnait son grand bal annuel. Elle le savait tout autant que Clevedon.

La question était de savoir si, pour autant, elle se déciderait à enfreindre la tradition.

La comtesse se redressa, dans la posture d'un juge qui s'apprête à rendre son verdict.

Dans la salle, le silence devint assourdissant.

— Très jolie, commenta-t-elle enfin du bout des lèvres, comme si Clevedon lui avait réellement présenté une orchidée.

Puis, d'un geste condescendant de la main, elle permit à la couturière de se relever, ce que fit Mme Noirot avec la même légèreté dansante qui déclencha un soupir général.

Et ce fut terminé. Les invités se remirent à respirer. Clevedon et sa « découverte » furent autorisés à se joindre aux convives.

— Couturière ? À Londres ? Voyons, c'est impossible ! Vous ne pouvez pas être anglaise.

Les messieurs avaient tenté d'encercler Marcelline, mais avaient rapidement été délogés par les dames qui les avaient poussés du coude et faisaient maintenant cercle autour d'elle pour la bombarder de questions.

Sa robe avait suscité curiosité et envie. La couleur, le soin apporté aux détails, et le style avec lequel elle la portait en faisaient une création unique. Étant françaises, ces dames s'attachaient justement aux petites touches qui faisaient toute la différence, et elles étaient suffisamment intriguées pour approcher une anomalie sociale comme Marcelline.

En fait, on la considérait un peu comme l'animal de compagnie de Clevedon.

Elle bouillait encore intérieurement, même si au fond elle admirait l'habileté dont il avait fait preuve. C'était le genre de toupet infernal et d'argumentaire absurde dont les Noirot usaient pour se tirer des situations épineuses.

Mais elle réglerait son compte plus tard à Sa Suffisance.

— Je suis anglaise *et* couturière. Et je suis venue à Paris chercher l'inspiration, dit-elle en ouvrant son réticule dont elle sortit un joli petit étui en argent.

Elle en tira une carte professionnelle à la sobriété presque masculine.

— Mais c'est ici, alors, que vous devriez monter votre boutique, suggéra une des dames.

— Oh, les Françaises n'ont pas besoin de mes talents. Les Anglaises, en revanche… désespérément ! conclut-elle sur un ton de complicité ironique.

Ces dames sourirent et se dispersèrent enfin, visiblement séduites.

Les messieurs purent enfin s'agglutiner autour d'elle, telles des abeilles autour d'un pot de miel.

— C'est un mystère, dit Aronduile.

— Comme toutes les femmes, ajouta Clevedon.

Au bord de la piste de danse, ils regardaient le marquis d'Émilien valser avec Mme Noirot.

— Non, ce n'est pas ce que je veux dire, reprit Aronduile. Où donc une couturière trouve-t-elle le temps d'apprendre à danser avec tant de grâce ? Où diable a-t-elle appris à parler un français aussi pur et distingué ? Et vous avez vu cette révérence ?

Il embrassa le bout de ses doigts avant d'ouvrir la main :

— Jamais je n'oublierai ce spectacle !

— Oui, j'admets que cette femme est intrigante, acquiesça Clevedon. Et très divertissante.

— Vous avez vu comme les dames l'ont entourée ?

— Certes.

Cela avait été une vraie surprise. Clevedon n'aurait jamais imaginé que Mme Noirot serait approchée par les femmes. Les hommes, oui, évidemment. Mais les femmes ?

Bien sûr, la comtesse l'avait admise chez elle, passant poliment l'éponge sur le caprice d'un invité excentrique. Mais de là à voir la brebis galeuse se mêler à la foule d'invités et participer aux conversations... Si « Noirot » – ainsi la désignait-il pour lui-même désormais – avait été une actrice ou une courtisane, ou n'importe quelle autre couturière, au demeurant, les dames l'auraient totalement ignorée.

— C'est son métier de rendre les femmes heureuses, remarqua-t-il.

Oui, mais il y avait cette révérence. Comment expliquer cette distinction naturelle ? Sa démarche altière ? Sa façon de danser comme si elle avait évolué toute sa vie chez les plus grands de ce monde ?

D'ailleurs, Émilien ne l'avait que trop monopolisée.

À mon tour, se dit-il en se dirigeant vers la piste.

Bien que Marcelline n'ait pas quitté des yeux son cavalier, elle avait toujours su où se trouvait Clevedon. Ce n'était pas bien difficile : le duc faisait une tête de plus que les autres hommes. Une tête bien particulière, aussi. Sous la masse brillante de ses cheveux sombres, son profil n'aurait pas déparé une statue grecque. Et puis, il y avait ses épaules. Personne n'en avait de telles. Et personne n'avait ce corps.

Avec un physique pareil, il aurait pu raconter n'importe quelle ânerie à leur hôtesse pour qu'elle se plie sans discuter à toutes ses exigences.

Pour la première fois, il se mêla aux danseurs, invita une dame à valser.

De temps en temps, les figures rapprochaient leurs deux couples, et le duc semblait aussi attentif à sa cavalière que Marcelline à son cavalier. On aurait pu le croire complètement indifférent, comme s'il entendait la laisser se débrouiller maintenant qu'il lui avait ouvert les portes de la comtesse.

Mais il aurait fallu être stupide ou d'une grande naïveté pour le croire.

Marcelline savait bien qu'il l'observait à la dérobée.

Enfin il approcha, faisant fi des hommes qui se bousculaient autour d'elle et qu'il parut ne pas remarquer. Il s'avança simplement, tel un grand navire rentrant au port, et la cohue s'écarta devant lui comme l'aurait fait la mer sous l'assaut d'une étrave.

Marcelline se demanda tout à coup si jadis son grand-père, à l'époque où il était jeune, beau et membre d'une puissante famille, avait lui aussi parcouru le monde de cette démarche impérieuse...

— Ah, vous voici, dit-il comme s'il l'avait retrouvée par le plus grand des hasards.

— Oui, vous voyez. Êtes-vous rassuré ? Je n'ai rien cassé et je n'ai pas lacéré les tentures.

— Je suppose que vous rentrez vos griffes pour mieux me déchiqueter plus tard. Voulez-vous danser ?

— Mais... madame m'a promis la prochaine danse, tenta de s'interposer M. Tournadre.

Clevedon tourna la tête et abaissa sur lui un regard froid. M. Tournadre bafouilla :

— À moins... que je me sois trompé. La prochaine, peut-être ?

Il battit promptement en retraite, comme n'importe quel élément de la meute face au loup dominant.

Elle n'aurait pas dû ressentir ce petit frisson d'excitation. Seule une gamine impressionnable se serait réjouie qu'un homme montre les dents pour éloigner les autres mâles. Cependant, il était le plus beau spécimen de toute l'assemblée, et une telle démonstration de possessivité aurait exalté n'importe quelle femme.

Il posa une main au creux de sa taille, tandis qu'elle calait la sienne sur son épaule.

Et le temps s'arrêta.

Dans ses yeux verts, elle lut une stupeur identique à celle qu'elle éprouvait. Elle avait dansé avec une dizaine d'hommes. Tous l'avaient tenue de la même manière. Mais cette fois, le contact de sa main la bouleversait. Un calme étrange montait du plus profond d'elle-même, alors que son cœur s'était mis à battre la chamade.

Elle réussit néanmoins à conserver les traits lisses et impassibles, à son image.

Puis leurs mains libres se joignirent et il l'entraîna dans la danse.

Pendant un moment, ils dansèrent en silence.

Il n'était pas encore prêt à parler. Ce qui venait de se passer l'avait ébranlé. Il savait qu'elle avait ressenti la même chose, bien qu'il ne puisse expliquer ce que c'était.

Pour le moment, elle regardait un point par-dessus son épaule, et il pouvait l'étudier tout à loisir. Elle n'était pas vraiment d'une grande beauté, et pourtant elle en donnait l'impression. Elle était ravissante, piquante, pleine de charme et résolument différente.

S'ils n'avaient été en public, il aurait pu enfouir les doigts dans les mèches brunes qui encadraient son visage, faire tomber les épingles sur le sol, répandre les boucles sur ses épaules.

Comme elle tournait légèrement la tête, il remarqua son oreille, délicatement modelée, dont le lobe s'ornait d'un pendant de grenat. S'ils avaient été seuls, il se serait penché pour faire courir sa langue le long de la petite virgule rose...

Mais ils étaient au bal, aussi valsaient-ils, encore et encore. À chaque tour, leur danse devenait plus intime et sensuelle. Sa peau laiteuse rosissait, devenait moite. La chaleur de son corps exaltait son parfum, mélange d'épices et de jasmin.

Toute l'attention de Clevedon se concentrait sur elle. Les autres danseurs ne formaient plus que de vagues silhouettes tourbillonnantes en arrière-plan. Leurs couleurs – celles de l'arc-en-ciel pour les dames, le noir et l'anthracite pour les hommes – devenaient floues. Tandis que la femme vêtue de *givre* qu'il enlaçait était plus réelle que jamais.

Enfin, elle chercha son regard.

— Je dois dire que de toutes les ruses que vous auriez pu inventer, celle-ci ne m'était pas venue à l'esprit, déclara-t-elle de sa voix voilée, légèrement haletante. Je ne me suis pourtant jamais considérée comme une antiquité égyptienne.

— Je vous ai comparée à une fleur exotique.

— Autrement dit, à une curiosité qu'on exhibe.

— Vous vouliez être introduite dans le beau monde, non ?

— Je n'aime pas votre attitude. On croirait que c'est vous qui avez gagné le pari, alors que vous avez *perdu*.

Son regard glissa sur sa cravate aux plis compliqués, maintenus par une épingle surmontée d'une pierre précieuse.

— Quelle jolie émeraude, commenta-t-elle.

— Vous n'aurez pas celle-ci. Ce soir, je ne parierai pas avec vous. Il n'est pas exclu que l'on finisse par nous chasser. La vicomtesse de Montpellier m'a montré la carte professionnelle que vous lui avez remise. Personne ne vous a jamais dit qu'il y avait une différence entre un bal et une foire commerciale ? Nous ne sommes pas au banquet de la guilde des tailleurs, au cas où vous ne l'auriez pas remarqué.

— Je le sais bien. Les tailleurs seraient bien mieux habillés que tous ces gens.

— Êtes-vous aveugle ? Regardez autour de vous : nous sommes à Paris !

Elle leva les yeux au plafond avec un soupir d'ennui.

— J'ai déjà vu tout cela mille fois. Et je parlais des hommes, pas des femmes. Vous êtes le seul ici qu'un tailleur londonien n'aurait pas honte de compter parmi sa clientèle.

— J'ai donc votre approbation ? Quel soulagement ! ironisa-t-il.

— Je n'ai pas dit que j'approuvais tout chez vous.

— C'est vrai, j'oubliais : je suis un oisif, je ne sers à rien…

— Vous n'êtes pas complètement inutile, sinon je ne perdrais pas mon temps à vous faire les yeux doux. N'oubliez pas que je suis en voyage d'affaires.

— Comment pourrais-je l'oublier ? J'en ai à peine cru mes yeux quand mes amis m'ont montré les cartes que vous leur avez distribuées comme autant de bonbons !

— Auriez-vous honte de votre fleur exotique, monsieur le duc ? Si ma mémoire est bonne, c'est vous qui avez insisté pour m'accompagner ici. Vous m'avez même traitée de froussarde. Et pourtant…

— Il serait du dernier vulgaire de vous étrangler ici, au beau milieu de la piste de danse. Pourtant, j'avoue être très tenté.

— Menteur. Cela fait une éternité que vous ne vous étiez autant amusé. Vous m'avez certifié qu'il était impossible d'entrer chez la comtesse sans carton d'invitation, et vous avez réussi cette prouesse dont on parlera encore dans dix ans. Vous venez de faire un immense pied de nez à la haute société française, et vous êtes en train de danser avec la femme la plus intéressante de la soirée.

Son cœur battait à tout rompre, sans doute parce qu'ils parlaient en dansant et qu'il refusait de lui laisser le dernier mot. Un malaise grandissait en lui, sensation qu'il avait déjà éprouvée en sa compagnie, parce qu'elle venait de lui jeter à la figure une vérité incontestable.

— Vous avez vraiment une très haute opinion de vous-même, dit-il enfin.

— Il le faut bien. Regardez la concurrence.

— Je ne peux pas, je n'ai d'yeux que pour vous. Vous êtes tellement exaspérante.

Ils tournoyaient, tournoyaient, sans cesser de parler, et le souffle leur manquait. La tête légèrement renversée, elle ne le quittait pas des yeux. L'ombre d'un sourire flottait sur ses lèvres – ces lèvres qui avaient fondu sur les siennes tel un aigle sur sa proie.

— Exaspérante ? Vous voulez dire « fascinante », je suppose ?

— Il est vrai que vous fascinez mon ami Aronduile. Il se demande où vous avez appris à faire la révérence, à danser et à vous exprimer si bien.

— Comme une dame, voulez-vous dire ? Bah, je me contente de singer mes clientes.

— Peut-être, mais *quand* et *où* avez-vous appris à les singer ? Les journées d'une couturière ne doivent guère lui laisser le loisir d'apprendre la révérence. Et l'apprentissage commence à un âge très tendre, m'a-t-on dit.

— Oui, neuf ans. Vous êtes bien informé sur mon métier.

— Je me suis renseigné auprès de mon valet.

Elle rit.

— Votre valet ? C'est vrai, vous avez un valet. Il faut qu'on vous serve.

— Vous aussi, se défendit-il. Vous avez une femme de chambre. Cette fille blonde, toute menue.

Elle eut un mouvement de surprise.

— Vous avez vu ma femme de chambre ?

— À Longchamp, oui. Elle se tenait en retrait mais ne vous quittait pas d'une semelle.

— Vous êtes observateur.

— Madame, je note le moindre détail qui vous concerne, avant tout par instinct de survie.

— Vous allez dire que je suis cynique, mais je soupçonne vos intentions de n'être pas totalement pures.

— Pourtant, vous me faites les yeux doux.

— Dans un but lucratif.

— Vos méthodes sont confondantes. Vous dites vouloir habiller ma duchesse... et vous commencez par subtiliser mon épingle à cravate.

— Je l'ai gagnée à la loyale ! protesta-t-elle.

La musique s'estompait. La valse prenait fin, mais il refusa de la lâcher. Ils s'immobilisèrent, le souffle court, les yeux dans les yeux.

— Vous me provoquez et me défiez sans cesse, dit-il.

— Ça, c'est juste pour m'amuser.

— Vous aimez jouer avec le feu, madame.

— Tout comme vous.

Dix secondes s'écoulèrent encore dans une ambiance électrique, avant qu'il ne prenne conscience qu'on les regardait.

Il la libéra enfin, prit le temps d'arranger la dentelle qui frangeait son décolleté, un peu comme on rajuste une enfant turbulente, un petit sourire paternaliste aux lèvres, pour le simple plaisir de la mettre en colère. Puis il s'inclina avec politesse.

Elle répondit par une révérence, ouvrit son éventail, ne laissant visibles que ses yeux noirs moqueurs.

— Si vous vouliez une jolie fleur à accrocher à votre boutonnière, Votre Grâce, vous auriez dû choisir une autre femme.

Elle se fondit dans la foule, sa robe de givre et de cristal toute scintillante parmi les toilettes multicolores des autres dames.

5

« La période des bals masqués est terminée, mais les soirées dansantes ont autant de succès qu'au début de l'hiver. On affectionne désormais les robes de gaze déclinées dans des couleurs qui tranchent, le jonquille et le lilas, le blanc et le vert émeraude, ou encore le rose et le cerise. »

La mode parisienne, par notre correspondant de Paris,
La Belle Assemblée, 1835

Marcelline quitta la salle de réception pour se glisser dans le couloir et se diriger vers l'escalier.

Une voix familière retentit dans son dos, tout près :

— Je vous ai *choisie*, moi ?

Surprise, elle fit volte-face et faillit se cogner à Clevedon.

— La dernière tirade était jolie, mais nous ne pouvons pas en rester là, dit-il.

— Je crois que si. J'ai observé tout ce qu'il y avait à voir ce soir. Je suis assurée que ma carte tombera dès demain entre les mains d'un journaliste, ainsi qu'une description détaillée de ma robe. Plusieurs dames ont promis d'écrire à leurs amies de Londres pour leur parler de ma boutique. Et nous avons fait assez jaser comme ça, ne croyez-vous pas ?

— Je ne vous ai pas choisie. C'est vous qui êtes venue vous pavaner au théâtre sous mon nez ! Je vous ai amenée ici, et je vais également vous raccompagner à votre hôtel.

— Il n'y a pas de raison pour que vous quittiez la réception. Je vais louer un fiacre et...

— Ce bal m'ennuie. Il n'y a que vous qui m'intéressiez. Dès que vous êtes partie, la fête a perdu tout son éclat. J'ai entendu comme un immense soupir de déception derrière moi.

— C'étaient peut-être les dames qui vous voyaient partir, y avez-vous songé ?

— N'essayez pas de me flatter. Cela ne vous va pas. J'irais même jusqu'à dire que cela vous donne le teint vert. Comment faites-vous avec vos clientes ? Vous devez être obligée de les cajoler, de les dorloter.

— Je sais très bien tourner les compliments. Et si mon teint a verdi, c'est sous le coup de la stupeur en vous entendant faire mon éloge.

— Alors, reprenez vos esprits avant que nous descendions l'escalier. Si vous veniez à chuter et à vous briser le crâne, les soupçons se porteraient sur moi.

Oh oui, elle avait besoin de reprendre ses esprits, mais pas par crainte de tomber. Elle ne s'était pas encore remise de leur valse, de la proximité de leurs corps, de cette chaleur intense, du vertige qui l'avait saisie. Le désir avait flambé en elle, se répandant dans ses veines tel un poison au rythme de ses battements cardiaques.

Elle s'engagea dans l'escalier. La musique et le brouhaha des conversations s'atténuèrent. Elle prit conscience que cette partie de la maison était quasi déserte. Les pas de Clevedon résonnaient derrière elle. Prendre des risques était dans sa nature, et elle n'avait pas été élevée dans le respect de la morale bien-pensante. En présence de tout autre homme qui lui aurait plu, elle n'aurait pas hésité une seconde, l'aurait entraîné dans une alcôve, ou bien sous l'escalier, et se serait donnée à lui. Elle l'aurait laissé retrousser ses jupes et aurait pris son plaisir, contre un mur ou une porte, pour mieux tourner la page ensuite.

Mais cet homme était le duc de Clevedon, et elle avait déjà commis trop d'imprudences. Avant son départ, Léonie l'avait mise en garde :

— Une chance comme celle-ci ne se représentera pas deux fois. Ne va surtout pas la gâcher !

Comme il conservait le silence, elle se demanda si lui aussi envisageait les répercussions qu'aurait une aventure. Mais pourquoi aurait-il craint les ragots ? Personne ne lui aurait reproché de courir la gueuse, surtout à Paris. C'était presque un devoir patriotique. Il était admis qu'un homme jette sa gourme, et lady Clara n'avait pas fait grand cas de ses précédentes liaisons si elle en avait eu vent.

Il est vrai qu'à ce jour il n'avait séduit que des beautés célèbres ou des courtisanes, le genre de conquêtes qui apportent du prestige à un homme.

En séduisant une couturière, il déclencherait un tollé parmi la bonne société.

Ils traversèrent le grand hall et elle entendit Clevedon demander au portier de faire avancer sa voiture. Alors qu'il lui tournait le dos, elle murmura :

— Comment comptez-vous décrire cette soirée à lady Clara ? À moins que vous estimiez n'avoir aucun compte à lui rendre ?

— Ne parlez pas d'elle, s'il vous plaît.

— C'est ridicule. Je ne vais pas la souiller en prononçant son nom. C'est votre sentiment de culpabilité qui vous fait parler ainsi, sûrement pas votre intelligence. Vous savez bien que c'est elle qui m'intéresse. C'est à cause d'elle que je suis venue à Paris. « Ne parlez pas d'elle ! » répéta-t-elle en imitant son ton hautain. Est-ce votre façon de réagir quand une chose vous dérange ? Vous préférez faire comme si elle n'existait pas ? Votre fiancée existe, désolée de vous l'apprendre. Vous savez, celle que vous épouserez à la fin de l'été. Vous devriez parler d'elle, au contraire, me rappeler combien elle m'est supérieure... sauf en ce qui concerne la couture, bien sûr.

— J'ai bien l'intention d'écrire à Clara pour lui raconter ma soirée, comme d'habitude, répondit-il d'un ton égal. Je pense retranscrire la conversation la plus assommante qui m'ait été infligée, lui faire part de mes impressions, lui décrire l'ambiance, l'ennui que j'ai enduré afin de pouvoir ensuite la distraire de ma prose.

— Comme c'est noble de votre part.

Quelque chose clignota dans ses yeux verts, telle la lueur d'un phare à travers une tempête. Marcelline savait qu'elle abordait des eaux dangereuses, mais si elle ne reprenait pas le contrôle de la situation, son commerce risquait d'en pâtir sérieusement.

— Et vous passerez ma prestation sous silence, n'est-ce pas ? Oui, question stupide. Cela ne se fait pas d'évoquer devant une dame une créature sans grande moralité, rencontrée au gré de vos pérégrinations parisiennes. Mais, en l'occurrence, je vous conseille une approche différente. On apprendra bientôt de l'autre côté de la Manche votre arrivée théâtrale au bal de la comtesse. Mardi au plus tard, à mon avis. Je vous suggère donc d'assurer vos arrières. Dites plutôt à votre fiancée que vous m'avez amenée à la réception pour gagner un pari. Ou bien qu'il s'agissait d'une plaisanterie.

— Sapristi, vous ne pouvez pas vous empêcher de me donner des ordres ! s'emporta-t-il.

— C'est que je dois penser à mon avenir.

Malgré elle, sa voix avait chevroté. Alarmée, elle prit une profonde inspiration pour se calmer. Le regard du duc quitta aussitôt son visage pour se river à son décolleté. Une bouffée de chaleur l'assaillit et elle pesta en silence. Le diable emporte cet homme !

Elle ébaucha un mouvement en direction du portail, que le portier s'empressa d'ouvrir.

— Ma voiture n'est pas encore arrivée, objecta Clevedon. Vous n'allez tout de même pas rester sur le trottoir, comme une petite bonne qui attend l'omnibus ?

— Je ne monterai pas dans votre voiture. Ce soir, nous irons chacun de notre côté.

— Je ne peux pas vous laisser voyager seule. Ce serait trop dangereux.

Et voyager avec lui dans une voiture fermée, au cœur de la nuit, dans l'état où elle se trouvait, ça ne l'était pas peut-être ? Elle devait absolument s'éloigner, pas seulement par respect de la bienséance, mais pour se donner le temps de réfléchir. Il devait bien y avoir un moyen pour éviter le scandale qui ne manquerait pas de saluer son retour en Angleterre.

— Je ne suis pas une demoiselle en détresse. Cela fait des années que je viens seule à Paris.

— Sans domestique ?

Elle regretta de ne pas avoir sous la main un objet lourd et contondant à lui jeter à la figure.

Elle avait grandi dans les rues de Paris, de Londres, et de bien d'autres villes encore. Les membres de sa famille survivaient grâce à leur ingéniosité. Ceux qui étaient stupides ou naïfs ne faisaient pas de vieux os.

— Oui, sans domestique, rétorqua-t-elle. Je sais, c'est choquant. Comment imaginer qu'on puisse faire quoi que ce soit sans être assisté d'une kyrielle de serviteurs ?

— Personnellement, je pense à plusieurs activités que l'on peut pratiquer seulement en tête à tête.

— Quelle imagination féconde vous avez !

— La question n'est pas là, de toute façon. Voici ma voiture.

— Alors adieu. Je trouverai un fiacre dans la rue voisine.

— Il pleut.

Au même instant, une goutte s'écrasa sur l'épaule de Marcelline.

Un valet sauta de la plate-forme arrière de la voiture et se précipita, un parapluie ouvert à la main. La pluie se mit à tomber franchement. La main de Clevedon se posa dans le dos de Marcelline, l'incitant à se glisser sous le parapluie. Ce fut ce contact possessif et protecteur à la fois qui la fit capituler. Elle eut beau se dire qu'elle n'était pas en sucre, qu'elle n'allait pas fondre pour quelques gouttes, rien n'y fit. La nuit était sombre, froide, la pluie tombait dru. Cette grande main chaude dans son dos avait quelque chose de rassurant. Certes, elle était forte et indépendante, mais comme n'importe quel animal en errance, elle avait toujours recherché un abri et la sécurité.

C'était sa faiblesse.

Elle ne voulait pas être seule dans le froid à Paris.

Aussi se laissa-t-elle entraîner et gravit-elle le marchepied pour s'installer sur la banquette moelleuse. Attraper un rhume susceptible de dégénérer en pneumonie ou se faire attaquer dans une allée obscure, n'améliorerait en rien la situation de sa fille et de ses sœurs, se dit-elle pour se justifier.

Il s'assit face à elle.

La portière se referma.

L'habitacle s'enfonça légèrement sur la suspension comme le valet se juchait de nouveau sur son perchoir. Clevedon cogna de son index recourbé sur le plafond pour donner le signal du départ au cocher, et la voiture s'ébranla.

À l'intérieur, on n'entendit plus que le grincement des roues sur les pavés humides et le clapotis de la pluie sur la capote. Et peut-être aussi les battements assourdissants de son cœur…

— Un fiacre… Vraiment, vous êtes ridicule ! dit-il enfin.

Pas faux. Dehors, la lueur des réverbères avait du mal à transpercer la nuit. Dans la voiture, il faisait plus sombre encore. Marcelline parvenait à peine à distinguer la silhouette du duc, sur le siège opposé. Légèrement renversé en arrière, il avait posé un bras sur le dossier, dans une attitude décontractée qui ne la trompait pas. En dépit de sa nonchalance affectée, il ressemblait à une panthère paresseusement étendue sur sa branche, mais bel et bien sur le qui-vive, en train d'observer sa prochaine proie.

— J'ai eu tort de venir avec vous, déclara-t-elle soudain.

— Vous sembliez passer une bonne soirée. Vous ne manquiez pas de cavaliers, en tout cas.

— Tout se passait bien jusqu'au moment où vous avez fait votre petit numéro de Néandertal. *Hors de mon chemin, la femelle est à moi !* J'ai bien cru que M. Tournadre allait se coucher sur le dos en signe de soumission.

— Quelle imagination débridée vous avez !

— Vous êtes très impressionnant physiquement, et je crois que vous en avez pleinement conscience.

— Quel dommage que vous soyez la seule que je n'arrive pas à intimider.

— Ce comportement arrogant est typique des aristocrates. Vous m'avez amenée au bal pour vous amuser, mais je ne suis pas votre joujou. J'ai bien fait comprendre à tout le monde que j'étais venue dans un but vénal et que je m'étais servie de vous à cet effet.

— Eh, ça ne s'est pas passé comme ça !

— Mais si.

— Ce qui s'est passé, c'est que nous avons valsé ensemble, et que tout le monde a pu voir ce que nous étions en train de faire, même si nous avions encore nos vêtements.

— Oh, ça... Pardonnez-moi, mais je produis le même effet sur tous mes cavaliers.

— Vous n'allez pas prétendre que vous n'avez pas été troublée.

— Bien sûr que j'ai été troublée. C'est la première fois que je danse avec un duc. C'est la chose la plus excitante qui me soit arrivée dans ma médiocre vie de petite-bourgeoise.

— Dommage que je ne sois pas vraiment un homme de Néandertal. Je n'aurais pas hésité à donner une bonne secousse à votre médiocre vie de petite-bourgeoise, ricana-t-il.

Elle fit semblant de réfléchir.

— Je ferais peut-être bien de m'en servir pour faire de la réclame. « Les élégantes soucieuses de suivre la mode sont invitées à visiter la maison Noirot sur Fleet Street, où elles pourront admirer la nouvelle collection, robes, manteaux, chapeaux, gants et colifichets, dont la qualité surpasse tout ce qui se fait à Londres actuellement. Souvent imitée mais jamais égalée, Mme Noirot peut également se prévaloir d'avoir eu l'immense privilège de valser avec un duc ! »

La voiture venait de s'immobiliser.

— Sommes-nous déjà à l'hôtel ? s'étonna-t-elle. Décidément, le temps passe très vite en votre compagnie, Votre Grâce.

Il leva la main.

— Nous sommes loin d'être arrivés. Il doit y avoir un accident, ou un clochard saoul étalé au milieu de la rue. Les autres voitures se sont aussi arrêtées.

Elle se pencha pour jeter un coup d'œil par la fenêtre. Avec le rideau de pluie, il n'était pas facile de discerner quoi que ce soit.

— Je ne vois…

Elle ne l'entendit pas se déplacer, et il fut si rapide qu'il la prit totalement au dépourvu. La seconde suivante, ses bras puissants la ceinturaient. Il la souleva comme si elle ne pesait pas plus lourd qu'une boîte à chapeau et l'assit sur ses genoux.

D'abord tétanisée, elle se reprit et voulut le repousser, mais il la saisit par la nuque et approcha son visage tout près du sien.

— À propos d'affaires, la nôtre n'est pas terminée, madame. Elle n'a même pas encore commencé.

— Ne... soyez pas stupide... voyons !

Sa voix tremblait, son cœur s'affolait. Il n'y avait pourtant aucune raison. Ce n'était qu'un homme, et elle savait comment manier cette espèce. Mais la Marcelline calculatrice et cartésienne, qui gardait toujours la tête froide, semblait avoir disparu pour laisser place à une personne beaucoup plus vulnérable.

Il était fort, solide. Son gabarit l'intimidait. Son charme l'excitait, tout comme sa puissance et son arrogance. Le danger était là. La femme de tête était sur le point de s'effacer devant la catin qui sommeillait en elle.

— Vous vous trompez, ce n'est pas vous que je veux, mentit-elle. C'est votre duch...

Sa bouche dure se posa sur la sienne, l'empêchant de poursuivre.

Ses lèvres étaient chaudes, impérieuses. Des siècles plus tôt, les ancêtres de cet homme s'étaient emparés de tout ce qui leur faisait envie : terres, richesses, femmes. Selon leur bon plaisir. Son baiser s'imposait à elle de la même manière, il s'apparentait à un siège, un assaut guerrier.

Pourtant sa bouche avait le goût délicieux du plaisir interdit. Marcelline n'était pas une sainte, loin s'en fallait ! Elle ne tarda pas à se rendre, entrouvrit les lèvres, l'invitant à plonger sa langue en elle, éblouie par les sensations qui l'embrasaient.

Ses mains, qui le repoussaient l'instant d'avant, remontèrent sur ses épaules. Puis elle fit tomber son chapeau d'une poussée et enfouit ses doigts dans les épaisses mèches brunes, comme elle en rêvait depuis qu'il s'était incliné pour lui faire un baisemain au Théâtre-Italien.

C'était un baiser aussi tempétueux que la première fois, et pourtant différent. Il était en colère contre elle, et elle lui en voulait. Mais il y avait tellement plus que de la colère entre eux. Cette fois elle n'avait pas pris l'initiative, elle n'avait pas le contrôle. Elle se noyait dans un océan de sensations, son goût, le parfum de sa peau, le contact de son corps plaqué contre le sien et la pression de ses doigts qui emprisonnaient toujours sa nuque.

Cela faisait une éternité qu'un homme ne l'avait ainsi étreinte.

La voiture était repartie.

Marcelline savait bien qu'elle aurait dû mettre un terme à cette folie, mais pas tout de suite, pas encore... C'était si bon de se blottir dans ses bras forts, de le sentir frémir de désir, de percevoir la dureté de son érection à travers la superposition de sa jupe et de ses jupons... Non, elle n'était pas encore prête à reprendre ses esprits.

La bouche de Clevedon se posa sur sa clavicule. Avec un petit soupir de plaisir, elle renversa la tête pour s'offrir à sa caresse. Il émit un grondement sourd et, tandis qu'il lui encerclait la taille des deux mains, promena ses lèvres plus bas, au ras du décolleté. Elle feula à son tour, telle une lionne.

On eût dit deux prédateurs sur le point de s'accoupler.

Comme il changeait de position pour reprendre sa bouche, elle glissa une main entre eux et descendit sur son bas-ventre, là où pulsait son membre rigide sous le tissu du pantalon. Une virilité digne d'un « grand » de ce monde, constata-t-elle. Aussitôt, des images interdites se mirent à défiler dans son esprit. Seigneur, comme elle avait envie de lui !

Sans interrompre leur baiser, elle se souleva pour pouvoir s'installer à califourchon sur ses cuisses. Ses jupons froufroutèrent dans l'habitacle exigu. Il s'attaqua d'une main à une épaulette de la robe, s'énerva. Marcelline entendit le déchirement de la soie, sans se formaliser. Il réussit à rabattre le haut de son corsage, et elle sentit l'air frais de la nuit caresser ses seins dénudés, juste avant qu'il n'incline à tête pour aspirer dans sa bouche un téton engorgé.

Elle gémit, crispa les mains sur le sommet de son crâne. La passion flambait en elle, l'urgence du désir exigeait la possession, qui éteindrait ce feu ardent dans ses entrailles...

Il immisça une main sous ses jupes, la fit remonter le long de sa cuisse...

Tout à coup, une lumière éblouissante emplit l'intérieur de l'habitacle. Cela ne dura qu'un instant, mais l'éblouissement la pétrifia, l'arrachant à la transe qui s'était emparée d'elle.

Un craquement sonore ébranla le véhicule.

Fébrile, Marcelline se redressa. Elle se remit debout, rabattit ses jupes, remonta son corsage sur sa poitrine.

— Enfer et damnation ! marmonna Clevedon. Juste quand cela commençait à devenir intéressant...

Dehors, un autre éclair zébra le ciel. Quelques secondes s'écoulèrent, puis le grondement du tonnerre retentit de nouveau.

— Seigneur... je savais bien que je ne devais pas monter dans cette voiture avec vous ! Dites au cocher de stopper. Je veux descendre ! cria-t-elle.

Les éclairs se succédaient et le fracas du tonnerre se rapprochait.

— Vous n'allez pas sortir par ce temps ?

— Bien sûr que si.

À cet instant la voiture s'arrêta, si brusquement que Marcelline chancela. Il la retint par les bras.

— Ce n'était qu'un baiser, objecta-t-il.

— Vous plaisantez ? Sans l'orage, nous serions en train de faire ce que je ne dois faire avec vous sous aucun prétexte.

— Ce n'est pas ce que j'ai compris. En fait, vous pouvez faire ce qui vous chante... du moment que vos clients ne l'apprennent pas.

Elle se dégagea d'un mouvement brusque qui lui coûta horriblement. Elle aurait tant voulu rester. Elle voulait se nicher contre ce grand corps, le toucher, le caresser, puis se renverser sur la banquette en lui ouvrant les bras...

La tentation était si forte... C'était horrible d'y résister !

— Vous comprenez ce que vous avez envie de comprendre. Vous êtes bien un homme.

Pourtant, celui-ci ne ressemblait pas aux autres. D'un seul baiser, il l'avait projetée dans un univers où la raison n'avait plus cours. Elle l'avait gravement sous-estimé – à moins qu'elle ne se soit surestimée ?

Et maintenant, comment se sortir de cet enfer ?

La portière s'ouvrit. Un parapluie apparut, brandi par la main gantée d'un valet trempé. Clevedon quitta son siège.

— Non, inutile de venir, assura-t-elle.

— Je n'ai pas pour habitude de jeter les femmes hors de ma voiture quand je les raccompagne.

Toute protestation n'aurait eu pour résultat que de prolonger le martyre du valet. Ignorant la main que le duc lui tendait, elle descendit, puis courut se réfugier sous l'auvent de l'établissement. Clevedon la rattrapa en trois enjambées et, sur les derniers mètres, tendit un bras au-dessus de ses épaules pour lui offrir la protection de son manteau.

— Il faut que nous parlions, dit-il.

— Pas maintenant, votre serviteur pourrait attraper la mort.

Il lui retourna un regard interloqué. Nul doute que cette idée ne lui avait jamais traversé l'esprit. Pour lui, un domestique n'avait guère plus d'importance qu'un meuble.

— Nous parlerons dimanche, enchaîna-t-elle. Je ne suis pas libre avant. Nous pourrons aller nous promener au bois de Boulogne, si vous voulez.

— Je pensais à un lieu moins public.

— Oh, allez au diable ! Envoyez-moi un message samedi et je vous retrouverai dimanche, à l'endroit qui vous conviendra. Mais uniquement pour *parler*, prévint-elle.

— Bien sûr. Nous parlerons affaires.

Elle se doutait bien qu'il n'avait nulle envie de l'entretenir sur son commerce ou l'hypothétique clientèle de lady Clara. Elle avait été stupide de croire qu'elle pourrait manipuler cet homme. Elle aurait dû comprendre qu'il avait l'habitude d'obtenir tout ce qu'il voulait, que les obstacles et les rebuffades ne feraient qu'exciter son instinct de chasseur. En bref, elle aurait mieux fait de se tenir à l'écart de lui et d'envoyer Sophia en mission auprès de la future duchesse.

— Alors à dimanche, dit-elle.

— À dimanche, acquiesça-t-il.

Elle s'obligea à sourire, puis, d'une démarche digne, entra dans l'hôtel.

Clevedon regagna la voiture sous le parapluie que tenait Joseph, son valet. Il devait chasser cette femme de son esprit s'il ne voulait pas perdre la raison.

— Sale temps, pas vrai ? remarqua-t-il, maussade.

— Oui, Votre Grâce.

— Paris n'est plus si agréable sous la pluie. Pourquoi avons-nous mis si longtemps ?

— Il y avait un accident, Votre Grâce. Deux voitures sont entrées en collision. Ça n'avait pas l'air très grave, mais les conducteurs ont commencé à s'invectiver et il y a eu un début de bagarre. Tout le monde s'est dispersé quand l'orage a éclaté. Sinon, nous y serions encore !

Clevedon regardait tout à coup d'un œil neuf son domestique, un jeune gaillard qui n'avait pas l'air d'être affecté outre mesure par le mauvais temps. Il payait bien sa domesticité, l'habillait, la nourrissait correctement. Ses serviteurs recevaient des soins quand ils étaient malades et, le moment venu, ils se voyaient attribuer une retraite généreuse. Mais Clevedon savait bien que ce n'était pas le cas dans toutes les maisons.

Il remonta en voiture, referma la portière.

Il ne faisait pas confiance à cette femme. Elle trichait aux cartes, il en était convaincu. Elle prétendait ne pas vouloir séduire les maris ou protecteurs de ses clientes, et pourtant elle venait juste de...

— Bon sang de bois ! grommela-t-il.

Son parfum persistait dans l'habitacle. Il avait encore son goût sur la langue, pouvait presque sentir sa peau sous ses doigts.

Il devait *l'avoir*. Ensuite, il l'oublierait et pourrait profiter en toute tranquillité des quelques semaines de liberté qui lui restaient. Pourchasser une femme provocante dans tout Paris ne faisait sûrement pas partie de ses projets à l'origine. Ce n'était pas son genre. Oh, il avait l'habitude de jouer au jeu de la séduction, mais là, cela n'avait rien à voir. Cette impudente couturière le faisait danser au son de son fifrelin et ne parlait que de sa maudite boutique. Elle embrassait comme une diablesse, et c'était sûrement Méphisto lui-même qui avait dessiné son corps aux courbes parfaites, ses seins exquis, la ligne délicate de sa nuque, ses oreilles adorables...

Sa langue perfide.

Pourquoi donc avait-elle affirmé qu'elle ne serait pas libre vendredi et samedi ?

— Faire les valises, madame ? répéta Jeffreys, stupéfaite. Mais...

Comme la veille, elle avait attendu le retour de Marcelline en somnolant. Mais à présent, elle était bien réveillée.

— Je veux que nous soyons parties demain au plus tôt. Enfin, je veux dire tout à l'heure.

On était déjà vendredi. Il était deux heures du matin. Si elle parvenait à obtenir des billets pour traverser la Manche le samedi, elles seraient de retour à Londres dimanche, c'est-à-dire avant que les premières lettres écrites par les invitées de la comtesse n'atteignent la capitale anglaise. Cela laisserait le temps à Sophia de trouver un moyen pour neutraliser les rumeurs qui allaient circuler sur le compte de Mme Noirot et du duc de Clevedon.

— Nous n'avons pas une minute à perdre, insista-t-elle.

Jeffreys ne fit pas de commentaire. Elle savait que sa maîtresse avait assisté au bal en compagnie du duc de Clevedon. Elle avait remarqué la robe déchirée. La jeune fille n'était pas une oie blanche. Elle connaissait les aristocrates, en particulier la catégorie masculine, et c'est d'ailleurs pour cette raison qu'elle s'était retrouvée taxée de « femme perdue ».

— Voyons, réfléchissait Marcelline, tout est affaire d'interprétation. Il suffit de réinterpréter la rumeur. On pourrait dire que... le duc de C., fasciné par la robe couleur de givre qui a fait sensation chez la comtesse, a invité Mme Noirot à danser la valse pour contempler cette illusion d'optique qu'elle crée dans le mouvement. Qu'en penses-tu ?

— Je peux recoudre cette épaulette sans problème, rétorqua Jeffreys, toujours terre à terre. Tout le monde voudra voir la robe.

— Il faut juste reprendre les choses en main et être les premières à réagir, poursuivait Marcelline. Sophia fournira un rapport détaillé à son ami journaliste. Elle dira que le duc de Clevedon m'a emmenée chez la comtesse suite à un pari… ou par plaisanterie…

— Il vaudrait mieux parler d'une plaisanterie, conseilla Jeffreys. Les gens ne voient pas d'un très bon œil les jeux d'argent.

— Tu as raison.

— Oh, madame, comme j'aurais aimé être là ! Les femmes qui liront l'article mourront d'envie de voir cette robe unique et de connaître sa créatrice !

— Nous aurons tout le temps de peaufiner les détails durant la traversée, mais il faut absolument monter sur ce maudit bateau. Fais les valises aussi vite que possible !

— Oui, madame… mais… les passeports ?

— Quoi, les passeports ?

— Souvenez-vous : avant de partir, il faut les envoyer au secrétaire d'ambassade afin de les faire contresigner ; puis les apporter à la préfecture de police et…

— Nous n'avons pas le temps ! Cela prendrait au moins deux jours. Ces formalités sont assommantes. L'administration française est grotesque !

— Mais, madame… si nos papiers ne sont pas en règle… nous risquons d'aller en prison !

— Va t'occuper des valises, ordonna Marcelline. Et laisse-moi me charger de cette histoire de passeports.

Samedi soir

— Je n'arrive pas à le croire ! s'écria Jeffreys en pénétrant dans la minuscule cabine. Vous avez réussi !

Bien sûr, il avait été impossible d'obtenir une grande cabine, mais si l'on tenait compte de toutes les règles qu'elles avaient dû transgresser pour finalement monter à bord du bateau, elles avaient beaucoup de chance.

— Quand on veut, on peut, assena Marcelline.

Surtout lorsque cette volonté était celle d'une Noirot. On pouvait réaliser des miracles avec un décolleté généreux, quelques pots-de-vin et des fausses signatures. Rien d'étonnant à cela, puisque tous les représentants de l'autorité étaient des hommes.

— Nous allons bientôt appareiller. Je vais faire un petit tour sur le pont, annonça-t-elle en consultant sa montre.

— Vraiment, madame ? Vous avez à peine fermé l'œil depuis vingt-quatre heures, je pensais que vous alliez vous écrouler sur votre couchette. Pour ma part je suis épuisée, et j'en ai moins fait que vous !

— J'ai besoin de respirer l'air marin pour me calmer après ce départ précipité. Tu devrais venir, ça te ferait du bien.

— À dire vrai... je comptais m'endormir avant le départ. J'ai déjà été malade à l'aller... j'espère que cela se passera mieux au retour.

— Ma pauvre ! compatit Marcelline avec un sourire. J'avais oublié. Repose-toi, alors.

Elle quitta la cabine pour gagner le pont, où l'équipage s'apprêtait à la manœuvre. Après l'effervescence de l'embarquement, les passagers s'installaient dans leurs cabines et récupéraient leurs bagages. Il y avait beaucoup de monde, beaucoup de bruit. La nuit tombait, mais les étoiles étaient si nombreuses et la lune si brillante qu'on n'avait aucun mal à se déplacer.

Il ne fallut à Marcelline qu'un instant pour repérer la haute silhouette près du bastingage. Son cœur se mit à battre la chamade bien avant qu'il ne se tourne pour révéler ses traits à la lueur de la lune.

6

« Entre la première semaine d'avril et la dernière de novembre, les bateaux Steam-Packets font la navette chaque jour – si le temps le permet – entre leur embarcadère de la Tour de Londres et la ville de Calais. La traversée dure à peu près douze heures. Steam-Packets transporte à son bord des voitures, des chevaux et des bagages qu'elle charge et décharge gratuitement. »

MARIANA STARKE, *Voyages en Europe*, 1833

Mme Noirot s'était figée de la tête aux pieds, hormis les plumes et la dentelle de son chapeau qui frémissaient au vent. Clevedon était immobile lui aussi, même si son cœur battait à tout rompre.

Enfin, il se décida à s'avancer.

— Surprise, murmura-t-il.

Elle plissa les paupières. Ses yeux étaient cernés. Logique. Il avait été sidéré qu'elle parvienne à quitter Paris aussi vite. Elle n'avait pas dû fermer l'œil depuis l'autre soir, après le bal. Récupérer les documents nécessaires dûment signés au milieu de la nuit avait dû lui coûter une fortune en pots-de-vin. Lui-même, en dépit de son rang, avait eu quelque peine à obtenir le feu vert des autorités.

— Avez-vous perdu l'esprit ? s'exclama-t-elle enfin.

Perdu l'esprit ? Probablement, oui. Quoi qu'il en soit, elle était furieuse.

— Je m'inquiétais pour vous. Quand vous avez quitté Paris si brusquement, j'ai cru qu'il s'était produit une catastrophe. Ou un crime. À propos, auriez-vous assassiné quelqu'un ? Je ne veux pas me montrer indiscret, mais...

— Je suis partie pour m'éloigner de vous !

— Ça n'a pas été très efficace.

— Mais... comment avez-vous su ? Comment avez-vous fait pour...

Elle s'interrompit, soupira :

— Je sais. Vous êtes duc, et il y a beau temps qu'on ne coupe plus la tête aux ducs. Les Français auraient pourtant dû s'apercevoir que les aristocrates sont des parasites inutiles.

Il sourit.

— Vous ne voudriez tout de même pas qu'on me décapite, madame Noirot ? Vous avez besoin de moi pour payer les factures.

— Comment avez-vous su que je partais ?

— Vous êtes bornée, ma parole.

— Comment avez-vous su ? insista-t-elle, poings serrés.

— J'ai envoyé mon valet vous espionner. Il vous a vue quitter l'hôtel avec votre domestique au petit jour, à bord d'un fiacre. Munie de tous vos bagages. Cela l'a intrigué, et il n'a eu qu'à se renseigner auprès des employés de l'hôtel. Mais c'est moi qui devrais vous demander comment vous avez réussi à effectuer toutes les formalités en un temps record.

— Ah, votre espion ne sait donc pas tout ! triompha-t-elle. Dommage pour vous, je n'ai pas l'intention de satisfaire votre curiosité. J'ai voyagé des heures sur ces routes françaises à peine carrossables, et je suis épuisée. Bonne nuit, Votre Grâce.

Elle s'inclina à peine dans une parodie de révérence et s'éloigna. Il résista à l'envie de la suivre. Il avait suffisamment fait l'idiot. Qu'espérait-il en la pourchassant ainsi ? Il aurait dû s'attarder à Paris pour y passer dans la bonne humeur les quelques semaines de liberté qui lui restaient. Maintenant, c'était trop tard.

Pourquoi avait-il fait cela ?

Son comportement n'avait aucun sens, mais qu'importe. La vérité, c'est qu'il s'ennuyait à Paris, et que cette course folle vers Calais lui avait procuré plus d'excitation que tout ce qu'il avait entrepris depuis des semaines, voire des mois. Et il ne regrettait pas le mal qu'il s'était donné depuis qu'il avait vu la mine stupéfaite de Mme Noirot lorsqu'elle l'avait reconnu.

Pour une fois, c'est lui qui l'avait prise au dépourvu !

Il demeura sur le pont jusqu'à ce que le bateau se soit engagé dans les eaux de la Manche. Des nuages commençaient à s'amonceler dans le firmament, masquant la clarté de la lune et des étoiles, mais il n'y prêta pas attention. Au large, le ciel était bien dégagé.

Il gagna sa cabine, laissa Saunders le débarrasser de son manteau, de sa cravate, de son gilet et de ses bottes. Puis il se mit au lit et s'endormit dans la foulée.

Moins d'une heure plus tard, la tempête se déchaîna.

Marcelline longea la coursive en vacillant, le cœur soulevé par l'odeur épouvantable qui flottait dans l'air. De nombreux passagers vomissaient tripes et boyaux. Elle-même, qui avait d'ordinaire l'estomac solide, se sentait prise de nausées. Elle s'immobilisa un moment, le temps de prendre quelques profondes inspirations.

Comme le bateau gîtait brusquement, elle se cogna contre une porte. Des cris s'élevèrent un peu partout, à demi couverts par des bruits inquiétants. Heurtée par les vagues gigantesques, la coque du bateau craquait de toute part.

Marcelline continua sa progression. Elle se répétait que tout ceci était normal, qu'on s'exposait à ce genre de situation en voyageant par gros temps. Mais une peur insidieuse s'infiltrait en elle.

L'équipage avait fermé les écoutilles, mais l'eau passait par-dessus bord et le pont était mouillé et glissant sous ses pieds.

Non loin, un passager à la voix caverneuse tonna :

— Repentez-vous, vils pécheurs ! Votre heure est arrivée !

— Va au diable, vieux fou, marmonna Marcelline.

Bien sûr elle avait peur, comme n'importe quelle personne sensée. Mais son heure n'était pas encore arrivée, et elle n'avait pas du tout l'intention de mourir. Le bateau ne sombrerait pas. Sa fille et ses sœurs l'attendaient à Londres.

Un haut-le-cœur la secoua. Elle serra les dents. Elle n'était jamais malade, elle n'allait pas commencer aujourd'hui ! Elle n'avait pas le temps. Jeffreys était au plus mal, elle avait besoin d'aide...

Elle atteignit enfin la cabine qu'elle cherchait. Pourvu que ce soit la bonne ! pria-t-elle. Un peu plus tôt, elle avait vu des valets en livrée passer par là. Elle avait entendu dire que la plus belle cabine à bord avait été attribuée au duc de Clevedon, alors que deux cabines de taille plus modeste étaient réservées pour sa domesticité.

Elle frappa du poing contre la porte, qui s'ouvrit à l'instant où le navire tanguait dangereusement. Marcelline perdit l'équilibre, tomba en avant.

Deux grandes mains la rattrapèrent.

— Que faites-vous là, Noirot ? Vous voulez vous rompre le cou ?

Elle eut envie de se nicher contre lui. Il était si grand, si fort ! L'image des preux chevaliers d'antan qui protégeaient leur fief et leur épouse, s'incrusta dans son esprit. L'espace d'une seconde, elle ne souhaita rien tant que se remettre entièrement entre ses mains.

Mais elle ne le pouvait pas.

— Il fallait... que... je vienne, réussit-elle à articuler, sans oser croiser son regard.

Elle se sentait de plus en plus mal.

— Je m'apprêtais moi-même à aller vous voir pour vous demander si vous aviez besoin de... Noirot, est-ce que ça va ?

Elle gardait les yeux obstinément baissés. D'une minute à l'autre, elle en était persuadée, elle allait vomir sur ses belles pantoufles hors de prix...

— Saunders, du cognac, vite ! ordonna-t-il.

C'est précisément ce qu'elle était venue chercher. Du cognac. Pour Jeffreys qui en avait bien besoin.

— Mon employée... elle... commença-t-elle.

— Tenez, buvez.

Il glissa le goulot d'une flasque entre ses lèvres. Par réflexe, elle avala une gorgée. Le liquide lui brûla le gosier, dans une sensation bienfaisante.

Un instant, elle crut qu'elle allait mieux. Puis le bateau tangua de nouveau et elle perdit l'équilibre. Comme le duc la retenait dans le cercle de ses bras, elle protesta faiblement :

— Non... laissez-moi... je vais...

— Saunders !

Un seau se matérialisa sous son nez. Juste à temps. Courbée en deux, elle se mit à vomir. La sensation était horrible, à présent. Quelque chose lui martelait la tête. Comme ses jambes se dérobaient sous elle, une main énergique la soutint.

Mon Dieu, elle avait si mal au cœur...

Enfin, les spasmes s'apaisèrent un peu. Elle sentit qu'on la soulevait, puis qu'on la déposait sur quelque chose de doux. Un lit. Oh, c'était si bon de s'étendre ! Quelqu'un glissa un oreiller sous sa tête, remonta une couverture sur son corps. Elle était si faible. Pourtant, elle devait retourner auprès de Jeffreys. Mais si elle se relevait, elle serait de nouveau malade, elle en était sûre.

Au-dehors, on entendait le grondement du tonnerre, les craquements de la coque, les cris et les gémissements des êtres humains captifs des forces de la nature. On aurait dit l'Enfer de Dante.

— Ma... femme de chambre, bredouilla-t-elle. Jeffreys. Elle est très malade...

Quelque chose de frais et humide toucha son visage.

— Saunders va s'occuper d'elle, promit une voix familière, apaisante.

— Je ne veux pas... qu'elle meure !

Avait-elle vraiment prononcé ces mots ? Sa propre voix lui semblait très lointaine, assourdie par la cacophonie ambiante.

— Les gens ne meurent pas du mal de mer, voyons.

— Non... Ils le souhaitent seulement.

Elle entendit son rire rauque, tout proche.

— Ne vous inquiétez pas, nous n'allons pas faire naufrage. C'est une tempête coriace, mais nous nous en sortirons. Tenez, buvez ceci.

Elle secoua la tête de gauche à droite. Erreur. Un goût de bile envahit sa bouche.

— Je ne... peux pas...

— Juste une goutte, pria-t-il. C'est du laudanum, cela va vous calmer.

Elle avait le vertige. Les murs de la cabine tournaient à toute vitesse autour d'elle. Elle ferma les yeux et la sensation s'accentua. Où suis-je ?

Doucement, il lui souleva la tête. Ou était-ce elle qui se penchait sur Lucie pour lui faire avaler une cuillerée de médicament ? *Lucie...*

Mais non, Lucie était en sécurité à Londres, auprès de ses tantes chéries qui la bichonnaient.

— Allons, encore une goutte, intima-t-il.

Elle déglutit. Le goût était atroce, tellement amer.

Elle savait que la mer était en furie, que le danger était bien présent, et pourtant elle se sentait rassurée par sa voix, ses gestes précis et efficaces, son autorité.

Comme elle était bête !

— Ah, vous souriez, remarqua-t-il. L'opium ferait-il déjà effet ?

— Non... c'est vous, dit-elle dans un souffle. C'est votre aplomb... ducal. Rien ne vous fait peur, pas même une tempête déchaînée par Satan lui-même.

— Je constate que vous allez mieux. Vous faites des phrases entières et vous usez de sarcasme.

C'est vrai, son malaise semblait s'atténuer un peu, bien qu'elle ait encore la tête très lourde. Elle réussit à ouvrir les yeux.

Le duc était penché sur elle, mais l'ombre était trop profonde pour qu'elle puisse distinguer ses traits. Qu'importe, elle savait déjà que ses yeux étaient verts. Vert jade ou vert émeraude ? Une couleur difficile à porter pour n'importe quelle femme... mais superbe dans la prunelle d'un homme.

Elle referma les paupières, sentit de nouveau la fraîcheur d'un linge humide sur son front. Une sensation cotonneuse l'envahissait. Elle se demanda ce que c'était, puis comprit tout à coup : elle se sentait protégée. À l'abri. En sécurité.

C'était tellement grotesque !

Elle perdit conscience.

La tempête durait depuis des heures. Clevedon avait perdu la notion du temps. Il somnola, réveillé de temps à autre par un cri de panique ou un grondement de tonnerre. Il fut malade, un peu, mais il avait l'estomac bien accroché depuis un certain nombre de beuveries mémorables. Une seule pensée lui occupait l'esprit : Noirot. Elle avait fait irruption dans sa cabine, le teint terreux, les traits tirés. Elle avait été terriblement malade et avait déliré. Cela lui ressemblait si peu, elle d'ordinaire si forte...

Elle délirait peut-être à cause du manque de sommeil. Et, accaparée par ses préparatifs, elle avait sans doute sauté plusieurs repas. Quoi qu'il en soit, elle était très faible, aussi n'avait-il pas quitté son chevet. Et l'angoisse montait. Il n'était pas médecin, et il n'avait pas l'habitude de jouer les gardes-malades, même si lui et Longmore avaient survécu à une épidémie de choléra sur le Continent et avaient ainsi appris quelques notions médicales de base.

De toute façon, il n'y avait rien à faire, juste attendre que la tempête passe. Ensuite, Noirot irait mieux.

Si le bateau ne sombrait pas.

À son réveil, il devrait veiller à ce qu'elle s'hydrate, à petites gorgées. Le cognac l'avait sans doute un peu aidée, mais le laudanum avait été plus efficace. Tout d'abord, elle avait marmonné des paroles sans suite à propos de sorcières, de Macbeth, d'anges et de démons. Finalement elle s'était endormie pour de bon, et il avait poussé un soupir de soulagement.

Assis au bord du lit, il lui humidifiait le front régulièrement, sans trop savoir si cela était nécessaire ou pas. Saunders aurait sûrement eu un avis sur la question, mais il était parti s'occuper de la femme de chambre.

D'ailleurs, s'agissait-il vraiment d'une femme de chambre ? Rien n'était sûr avec Mme Noirot.

Menteuse, manipulatrice, insaisissable. Comment lui faire confiance ?

S'il avait pu se fier à ses propos, il ne l'aurait pas fait espionner et ne se serait pas trouvé à bord de ce maudit bateau, au cœur d'une tempête infernale.

Mais il n'y avait pas d'excuses à son comportement insensé. Elle n'était même pas belle, surtout en cet instant. Dans la lumière blafarde de l'aube, elle ressemblait à un fantôme. Il avait peine à reconnaître la femme passionnée avec qui il avait échangé un baiser dévastateur l'autre soir.

Il tendit la main, repoussa une mèche brune sur son front.

Maudite créature…

Marcelline s'éveilla dans une lumière crue et blanche.

Tout d'abord, elle pensa qu'elle était passée de vie à trépas et qu'elle flottait dans un autre monde. Puis, peu à peu, elle se rendit compte qu'il s'agissait seulement du clapotis d'une mer bien plus calme que la nuit précédente.

La tempête était passée.

Ils avaient survécu.

Elle prit conscience d'une chaleur contre son dos. Elle ouvrit les yeux. Une cloison de bois lui barrait la vue. Elle se souvint alors : elle avait échoué dans la cabine de Clevedon, en proie à un terrible mal de mer. Puis le cognac… le laudanum… ses mains. Oh, ses mains…

Elle était dans le lit du duc.

Et, à en juger par le gabarit du corps plaqué contre le sien, il y était aussi.

Misère…

Elle voulut se tourner, mais les lourdes jambes de Clevedon reposaient sur sa jupe.

— Clevedon ! chuchota-t-elle.

Il grogna, rabattit un bras en travers du corps de Marcelline.

— Votre Grâce !

Son étreinte se resserra. Elle se sentait bien ainsi, blottie contre lui. Pourtant, elle était en danger. Lorsqu'il ouvrirait un œil, il serait dans l'état d'esprit où se trouvent la plupart des hommes au réveil, et elle-même ne se faisait pas confiance pour résister à la tentation.

Elle lui donna un coup de coude dans les côtes.
— Hein ? Quoi ? grommela-t-il.
— Vous m'écrasez.
— Je sais.
Il enfouit son nez dans le cou de la jeune femme, désespérément consciente de la dureté de ce grand phallus ducal qui s'était réveillé bien avant son noble cerveau.
— Poussez-vous !
— Noirot ?
— Oui, c'est moi.
— Ce n'est pas un rêve, alors ?
— Non. Bougez-vous.
Il marmotta quelques mots inintelligibles, se décida à remuer. S'étant redressé, il se pencha vers elle, la mine renfrognée, son visage assombri par une courte barbe brune. Marcelline voulut se lever, mais retomba sur le matelas en se tenant la tête.
— Ah, ah, qu'est-ce que vous croyez ? ricana-t-il. Vous avez été malade comme un chien et vous n'avez ingéré qu'un peu de bouillon.
— J'ai mangé ?
— Vous ne vous en souvenez pas ?
Elle secoua la tête.
— Je n'arrive pas à faire la différence entre la réalité et mes cauchemars. J'ai rêvé que j'étais à Londres... puis que je n'y étais plus. J'étais au fond de la mer, je voyais le bateau par en dessous...
Elle se souvenait encore du désespoir qu'elle avait ressenti. *Je me suis noyée. Je ne reverrai jamais Lucie. Pourquoi ai-je quitté Londres ?*
— Les gens se penchaient par-dessus la rambarde et me regardaient, poursuivit-elle, perdue dans ses réminiscences. Ils me faisaient signe, ils voulaient me dire quelque chose, mais je ne comprenais pas. Vous aussi, vous étiez là. Vous n'aviez pas l'air de bonne humeur...

— Il est vrai que vous avez mis ma patience à rude épreuve. Vous vous agitiez comme une possédée.

— C'est pour ça que vous vous êtes allongé sur moi ?

— Vous avez un sacré toupet. Je dormais tranquillement quand vous avez tambouriné à ma porte pour venir vomir dans ma cabine !

— Comme si je l'avais fait exprès ! D'habitude, je ne suis jamais malade en mer.

— Vous avez eu beaucoup de chance que je sois là et que je sois un homme endurant. Je vous aurais bien jetée par-dessus bord, mais l'équipage avait fermé les écoutilles.

Avec prudence et lenteur, elle se redressa, sans cesser de se tenir la tête.

— Vous ne devriez pas vous lever, remarqua-t-il.

Elle se rappela sa patience et sa douceur à son chevet, l'impression de sécurité qu'elle avait éprouvée. Qui s'était occupé d'elle ainsi ? Ses parents ? Sûrement pas. Ils n'avaient jamais hésité à abandonner leurs trois filles, pour revenir des mois plus tard en s'attendant à les voir courir dans leurs bras ouverts.

Et c'est ce que nous faisions, idiotes que nous étions ! songea-t-elle.

Que leurs parents soient là ou pas, c'était toujours Marcelline qui, en qualité d'aînée, veillait sur ses cadettes. Et après son mariage, elle avait continué à tenir ce rôle. Il ne fallait pas attendre la moindre initiative de Charlie, de toute façon.

— Je vous remercie... infiniment... de vous être occupé de moi. Par ma faute, vous avez dû vivre des moments éprouvants. Mais il faut que je regagne ma cabine avant qu'on ne remarque ma présence ici.

— Qui s'en soucie, franchement ? Nous venons d'échapper à une tempête monstrueuse, les gens ont cru leur dernière heure arrivée, ils ont passé la nuit à hurler et à vomir. À présent, ils ne pensent qu'à remplir leurs estomacs vides. D'ailleurs, vous devriez en faire autant. C'est parce que vous avez faim que vous avez mal à la tête. À moins que je ne vous aie donné trop de laudanum... La dose était peut-être un peu forte pour une femme. Vous avez de la chance que je ne vous aie pas empoisonnée.

— Clevedon...

Elle s'interrompit. Parler était très douloureux.

— Restez tranquille, lui enjoignit-il d'une voix bourrue, sinon vous allez encore vomir, et j'en ai assez. Je vais demander à un valet d'aller vous chercher un en-cas.

— Mais je...

— Cessez de faire l'enfant ! Vous avez peur que je vous garde au lit pour mieux vous séduire ? Regardez-vous ! Je vous rappelle que c'est moi qui vous ai tenu la tête pendant que vous vomissiez. Ce n'est pas le spectacle le plus excitant qu'un homme puisse avoir sous les yeux. Je veux juste vous nourrir un peu pour que vous sortiez enfin de ma cabine et de ma vie !

— Moi aussi, je veux sortir de votre vie ! gémit-elle.

— Oui, jusqu'au moment où vous viendrez me présenter les factures de ma duchesse.

— Exactement !

— Parfait, cela me convient.

Il sortit et claqua la porte derrière lui.

Bien entendu, ils parvinrent à destination en retard. La traversée leur avait pris plus de vingt heures. Les réserves en nourriture ayant été dévalisées, la moitié des passagers mourait de faim, l'équipage titubait de fatigue, et tout le monde était d'une humeur exécrable. Les couples se disputaient et grondaient leurs enfants geignards qui, à leur tour, cherchaient des noises à leurs frères et sœurs.

Naturellement, chacun avait hâte de descendre à quai, et le débarquement s'effectua dans un chaos indescriptible où l'on se poussait et s'invectivait. Certains allèrent même jusqu'à se donner des coups de pied.

Bien qu'elle soit elle aussi très pressée, Marcelline décida sagement d'attendre près de la poupe. Elle se sentait beaucoup mieux, même si elle n'était pas tout à fait rétablie. De son côté, Jeffreys était encore faible. Ce n'était vraiment pas la peine d'aller se colleter avec ces enragés sous prétexte d'être les premières à poser le pied sur la terre ferme. Surtout avec tous ces gosses qui pleurnichaient.

Marcelline voulait sa fille. Lucie n'était peut-être pas un ange, mais elle ne pleurnichait jamais. Elle préférait piquer de grosses vraies colères. Mais elle serait si heureuse de retrouver sa mère plus tôt que prévu !

Prenant son mal en patience, la jeune femme imagina le sourire de sa fille pour se réconforter.

À l'heure qu'il était, Clevedon devait déjà être loin. Lui n'était pas obligé de se mêler à la plèbe vociférante. Ses domestiques devaient lui dégager le passage au préalable. À moins que cela ne soit pas nécessaire. Il n'avait qu'à paraître pour que la foule se fende devant lui.

— Poussez-vous ! Poussez-vous !

Elle releva la tête. Un valet costaud se dirigeait vers elle, suivi d'un autre domestique. Tous deux portaient une livrée familière.

Après avoir écarté sans ménagement les quelques personnes qui se trouvaient sur son chemin, le premier parvint devant Marcelline et s'inclina :

— Avec les compliments de M. le duc, madame Noirot, lui permettriez-vous de vous raccompagner, vous et Mlle Jeffreys ? M. le duc a cru comprendre que Mlle Jeffreys n'était pas bien du tout et aurait du mal à emprunter les transports en commun. Si vous voulez bien nous suivre, la voiture vous attend au coin de la rue.

Sans même attendre sa réponse, l'homme avait saisi sa valise, glissait un sac sous son bras, se baissait pour en attraper un autre, tandis que son comparse l'imitait. Tout se passa si vite que Marcelline n'eut pas le temps de trouver une objection. L'instant d'après, elle suivit Thomas et Joseph qui s'éloignaient avec leurs bagages.

Le trajet jusqu'à la boutique s'effectua dans le silence et lui parut interminable.

Juste après s'être installée sur la confortable banquette, face au duc, Jeffreys s'était confondue en remerciements.

Avec un léger haussement d'épaules, il lui avait répondu :

— Saunders adore jouer au médecin. En particulier, il concocte des potions plus écœurantes les unes que les autres, censées diminuer les effets de la gueule de bois. C'est sa manière sournoise de me punir quand je renverse du vin sur ma chemise, je crois.

— Quoi qu'il en soit, il a été très gentil, avait affirmé Jeffreys.

— Vraiment ? Eh bien, une fois n'est pas coutume.

La conversation s'était limitée à ce bref échange. Ils avaient déposé Jeffreys devant chez elle, puis avaient poursuivi leur route vers Fleet Street.

Marcelline réfléchissait. Qu'avait donc dit le duc avant de claquer la porte de la cabine ? Il avait dit que payer les factures lui convenait tout à fait. Mais c'était sans doute sous l'effet de la colère. Son valet était arrivé peu après avec un assortiment de viande froide et de fromage, que le duc avait dû se procurer pour Dieu sait quelle somme exorbitante.

Comme il était facile de s'habituer au luxe.

— Je me demande ce qui motive votre générosité, dit-elle tout à coup. Est-ce parce que vous êtes curieux de découvrir mon repaire ?

Ses longues jambes étendues devant lui dans une posture nonchalante, il leva vers elle son beau visage, et elle éprouva un pincement au cœur. Elle aurait voulu pouvoir le toucher. Sentir son bras sur ses épaules. Se pelotonner contre lui.

— À moins que vous n'ayez eu pitié de nous ? ajouta-t-elle en se ressaisissant.

— C'est de cette pauvre Mlle Jeffreys dont j'ai eu pitié. Vous, vous savez vous débrouiller seule, je n'en doute pas. Mais Saunders m'a dit que cette fille a vécu un véritable enfer cette nuit. D'ailleurs, elle n'avait pas l'air totalement remise. Elle ne loge donc pas chez vous ?

— Plus maintenant. Je ne peux plus héberger mes ouvrières. Je n'ai pas la place, maintenant qu'elles sont six.

— *Six* ! s'exclama-t-il dans un sursaut.

Clevedon n'en revenait pas. Six employées ! Il n'avait pas imaginé qu'elle puisse être à la tête d'un négoce aussi important.

— Oui, confirma-t-elle, six pour le moment, mais je vais certainement devoir embaucher dans un avenir proche. Il y a trop de travail.

— Bon sang... mais qu'est-ce qui ne va pas chez vous ?

— Vous avez déjà énuméré bon nombre de mes défauts rédhibitoires. Puis-je savoir auquel vous faites allusion maintenant ?

— Noirot, vous êtes incroyable. Vous m'avez poursuivi avec un tel acharnement que je vous ai crue au bord de la misère.

— Je ne vois pas ce qui a pu vous donner cette idée. Je vous ai dit au contraire que j'étais la plus grande couturière du monde, et vous avez vu mes créations de vos propres yeux.

— J'imaginais un atelier minuscule, aménagé dans un placard en sous-sol !

— Vous n'avez pas dû l'imaginer très longtemps. Vous étiez trop occupé à essayer de coucher avec moi.

— Peut-être, mais c'est fini à présent.

Il était sincère. Il en avait assez de cette femme, assez de se conduire comme le dernier des crétins et de la suivre partout comme un bon toutou.

— Voilà une bonne nouvelle, commenta-t-elle.

— Je pense à Clara. Mieux vaut que vous l'habilliez plutôt que de devenir ma maîtresse. On m'a éclairé sur l'importance de l'apparence en général et de la mode féminine en particulier. Et il faut admettre que les Parisiennes se sont extasiées devant vos œuvres. Même si vous êtes la créature la plus exaspérante que je connaisse.

Le visage de la jeune femme s'illumina d'un sourire radieux.

— Oh, je le savais ! Je savais que vous finiriez par comprendre !

— Pour autant, je n'ai pas confiance en vous.

Elle se rembrunit, mais, sans rien dire, se contenta d'attendre la suite, son attention tout entière concentrée sur lui.

Évidemment. On parlait affaires.

— C'est vrai, je voulais voir votre magasin, reconnut-il. Tout d'abord pour m'assurer qu'il existait bel et bien, et ensuite pour me rendre compte de quel genre de boutique il s'agissait. Je vous le répète, je vous imaginais tirant l'aiguille au fond d'une cave pleine de toiles d'araignées…

— Bonté divine, comment pourrais-je fabriquer des robes aussi précieuses dans un bouge ? La maison Noirot est un établissement élégant, très propre et parfaitement rangé. Et croyez-moi, tout le monde ne peut pas en dire autant !

— Ah, je sens poindre l'ombre d'une rivale.

Elle émit un reniflement méprisant.

— Peuh, personne ne peut rivaliser avec moi. Ah, nous sommes arrivés, constata-t-elle en se penchant vers la fenêtre.

Clevedon l'imita et découvrit une jolie boutique d'allure moderne, avec une belle vitrine et une enseigne qui s'étalait en lettres dorées au-dessus de la porte : *Noirot*.

Un valet ouvrit la porte et déplia le marchepied.

Clevedon descendit le premier et se tourna pour lui tendre la main. Comme elle l'acceptait, il entendit un cri dans son dos.

Noirot releva la tête et son visage se métamorphosa, une expression de pur bonheur s'inscrivant sur ses traits.

— Maman ! cria une petite voix.

Noirot lâcha la main de Clevedon pour sauter sur le trottoir. Elle courut vers le seuil et s'agenouilla pour recevoir contre sa poitrine une petite fille brune tout excitée.

— Maman, tu es rentrée ! s'exclama l'enfant, rayonnante.

7

« Une couturière doit parfaitement connaître l'anatomie féminine et se choisir, de préférence, un nom à consonance française. Elle doit savoir cacher un défaut de proportions et être capable de modeler le corps grâce au corset sans interdire les plaisirs de la chère. »

Registre des métiers de l'artisanat anglais, 1818

Un enfant.

Noirot avait un enfant.

Une petite fille aux cheveux bouclés qui s'était jetée dans ses bras en riant à gorge déployée.

Noirot la serrait maintenant dans ses bras en répétant « Ma chérie, ma chérie ». Les joues rosies, la petite exultait. Devant ce tableau charmant, Clevedon sentit un étau lui broyer la poitrine.

Il entendit d'autres voix féminines, sans parvenir à détacher son regard de la scène qui se déroulait sous ses yeux. Il avait perdu la notion du temps et la conscience de son environnement : la rue bruyante, les piétons qui faisaient un détour pour éviter l'enfant et la femme agenouillée sur le trottoir, ses propres domestiques qui déchargeaient les bagages de la passagère.

Au bout d'un long moment, Noirot se releva et voulut entraîner sa fille vers le magasin. Mais cette dernière tira sur sa main et demanda :

— Maman, qui c'est ce monsieur ?

Clevedon reprit ses esprits et s'avança.

— Il serait bon que vous fassiez les présentations, dit-il.

L'enfant leva sur lui ses grands yeux écarquillés qui n'avaient pas la profondeur insondable de ceux de sa mère, mais étaient d'un bleu vif très lumineux. Cette teinte rare lui parut vaguement familière. Il essaya de se rappeler où il avait vu un tel regard auparavant, en vain.

— Qui est-ce, maman ? insista la fillette. Ce ne serait pas le roi, par hasard ?

— Non, ce n'est pas lui.

— Il a pourtant une très belle voiture, déclara la gamine, pensive. J'aimerais bien la conduire.

— Je n'en doute pas, répliqua sa mère. Votre Grâce, permettez-moi de vous présenter ma fille, Mlle Lucie Cordélia Noirot.

— Mille pardons, maman, mais ce n'est pas mon nom, tu sais bien.

— Ah non ?

— Je m'appelle Erroll. E, R, R, O, L, L, épela-t-elle.

— D'accord. Mais tu es toujours ma fille, n'est-ce pas ?

— Bien sûr !

— Tant mieux. C'est que je me suis habituée à toi, depuis le temps. Votre Grâce, puis-je vous présenter ma fille Erroll ? Erroll, voici Sa Grâce le duc de Clevedon.

Il s'inclina, l'air solennel :

— Enchanté, mademoiselle… Erroll.

— Votre Grâce…

La gamine esquissa une révérence fort convenable, même si elle n'avait pas la grâce aérienne de sa mère.

De nouveau, cette réalité ahurissante frappa Clevedon : une enfant. Noirot avait une enfant !

Pourquoi n'en avait-elle rien dit ? Il est vrai qu'il n'aurait pas dû en concevoir un tel choc. C'était bien naturel, après tout. Mais comme le titre « madame » était communément utilisé par les commerçantes, les actrices et les courtisanes, il n'avait pas imaginé une seule seconde qu'elle puisse être mariée et avoir une famille à charge.

Et ce fameux mari, où était-il donc ? Était-il mort ? À moins qu'elle n'ait engendré cette enfant hors des liens du mariage, avec un quelconque ruffian qui avait pris la poudre d'escampette ?

La voix d'Erroll le ramena à l'instant présent :

— Vous arrive-t-il de prendre des enfants à bord de votre voiture, Votre Grâce ? Pas de tout petits enfants, bien sûr, mais de jeunes demoiselles bien élevées qui savent se conduire.

Les grands yeux bleus le considéraient sans ciller. Clevedon ouvrit la bouche :

— Je...

— Non, ce n'est pas possible, M. le duc n'a pas le temps, coupa sa mère. On l'attend sûrement quelque part.

— Croyez-vous ? fit-il.

Noirot lui lança un regard d'avertissement. Il corrigea :

— Oui, c'est vrai. J'avais oublié.

Il sortit sa montre de gousset, se mit à fixer le cadran sans avoir aucune idée de l'heure qu'il pouvait être. Il n'avait conscience que de cette petite fille aux grands yeux bleus qui le regardait d'une manière si intense.

— Je suis vraiment très content d'avoir fait votre connaissance, mademoiselle Erroll, dit-il en rempochant sa montre.

— Moi aussi. Revenez nous voir quand vous aurez le temps.

Il s'inclina sans rien ajouter, et prit congé.

De retour dans la voiture, il se tourna pour regarder à travers la vitre, tandis que son cocher faisait claquer son fouet.

Il nota alors la présence de deux jeunes femmes restées sur le seuil de la boutique, une blonde et une rousse. Même à distance, alors que le véhicule s'éloignait, il remarqua la ressemblance physique et comprit qu'il s'était fait une idée complètement erronée de Noirot.

Loin d'être un trou à rats, sa boutique était prospère et proprette. Elle avait une famille. Elle était mère.

Il devait se méfier d'elle, de cela il était sûr. Pour ce qui était du reste... il avait commis une sérieuse erreur de jugement. Et à présent il se sentait totalement désorienté, comme s'il était de nouveau ballotté par les flots furieux de la mer.

— Alors là, bravo ! s'exclama Sophia lorsque la porte de la boutique fut refermée. Mais je te connais, j'aurais dû savoir de quoi tu es capable, Marcelline.

— Quand j'ai vu les armoiries peintes sur la porte de la voiture, on aurait pu me renverser avec une plume ! renchérit Léonie.

— Il a tant de prestance !

— Lorsque je l'ai vu se tourner pour te donner la main...

— J'ai cru que c'était un rêve !

— ... j'ai pensé être victime d'une hallucination !

— C'est moi qui l'ai vu la première, maman, assura Lucie alias Erroll. J'étais en train de relire mes leçons et j'ai entendu du bruit dehors. J'ai regardé par la fenêtre et... j'ai pensé que c'était le roi qui passait dans la rue en grand équipage !

— Il n'y avait que deux valets, objecta Marcelline.

— Ils sont si beaux dans leur livrée rouge ! Mais pas autant que le duc. Il ressemble au Prince Charmant ! Ce doit être merveilleux de voyager dans une telle voiture avec un duc. Est-ce que la banquette était moelleuse ?

— Du beurre, acquiesça Marcelline en souriant.

Du coin de l'œil, elle remarqua deux femmes qui venaient de traverser la rue en direction de la vitrine. Elle n'avait pas envie que Lucie lui pose des questions sur le duc de Clevedon devant des clientes.

— Je vais tout te raconter dans les moindres détails, mais je meurs de soif et je donnerais n'importe quoi pour une tasse de thé. Montons à l'appartement, tu veux bien ?

— Oh oui ! s'écria Lucie en sautant de joie. Je vais demander à Millie d'aller chez le pâtissier. Pour fêter ton retour, nous allons manger plein de gâteaux !

Quelques heures plus tard, une fois Lucie couchée dans sa chambre, les trois sœurs se réunirent dans l'atelier.

Elles burent du champagne pour fêter le retour de Marcelline. Celle-ci leur fit un compte rendu le plus exact possible de ses rencontres successives avec le duc, jusqu'au voyage de retour.

Optant pour la franchise, elle ne leur cacha pas que résister aux avances du duc s'était révélé problématique.

— Ce n'est pas ta faute. Aucune de nous n'avait prévu qu'il serait si séduisant, dit Léonie d'un ton compatissant.

— C'est vrai, quand je l'ai vu, j'en suis restée sans voix. Je te comprends, fit Sophia en tapotant la main de Marcelline.

— Cela n'a rien à voir avec son physique, je vous assure.

Comme ses sœurs lui lançaient un regard dubitatif, Marcelline poursuivit :

— C'est cette arrogance incroyable. Il ne se résigne jamais devant un refus. Les ducs sont infernaux, vraiment. Ils ont l'habitude d'obtenir tout ce qu'ils veulent, et ils ne pensent pas comme les gens normaux. Et celui-ci est beaucoup plus malin que je ne l'avais soupçonné. Enfin, ce n'est pas vraiment une excuse… Bref, j'aurais dû réviser ma stratégie, mais pour des raisons qui m'échappent encore, je ne l'ai pas fait. La vérité, c'est que j'ai très mal joué la partie, et que maintenant il va falloir gérer les répercussions. Bientôt, tout Londres saura que nous avons été au bal ensemble.

Elle leur parla alors de l'annonce qu'elle et Jeffreys avaient rédigée.

— Je vais m'arranger avec Tom Foxe, le reporter du *Morning Spectacle*, proposa Sophia. Toutefois, il est sans doute trop tard pour que l'article paraisse dans l'édition de demain. Franchement, tu ne nous laisses pas beaucoup de temps, Marcelline.

— Je suis rentrée aussi vite que j'ai pu. Et nous avons failli faire naufrage !

— Ne panique pas, Sophia. Songe que leur bateau n'a sûrement pas été le seul à être retardé par la tempête. Cela nous laisse au moins une journée d'avance sur le courrier.

— Peut-être, mais autant ne pas traîner. Je vais tout de suite envoyer un message à Tom Foxe. J'espère réussir à le rencontrer ce soir.

— Les clientes vont affluer pour voir la robe, prédit Léonie.

— Alors il faut qu'elle soit exposée en bonne place, dit Marcelline. Et que le raccommodage nécessaire soit effectué au préalable. J'ai perdu au moins deux petits nœuds argentés et… quoi d'autre ? marmonna-t-elle en se frottant le front.

— Nous le verrons bien par nous-mêmes, coupa Léonie. Je m'en occuperai pendant que Sophia ira à son rendez-vous avec Foxe. Quant à toi, tu devrais te mettre au lit.

— Oui, opina Sophia, il faut que tu reprennes des forces sans tarder, car ici…

Elle s'interrompit, échangea un regard entendu avec Léonie, ce qui n'échappa pas à Marcelline :

— Quoi ? Que me cachez-vous ?

— Sophia, ce n'est pas le moment. Tu vois bien qu'elle est épuisée ! protesta Léonie.

— Je n'ai rien dit…

— Bonté divine, allez-vous parler ? explosa Marcelline.

Le silence retomba. Au bout d'un moment, Sophia déclara :

— Nous nous sommes rendu compte que quelqu'un pille tes idées pour les livrer à l'Horrible Hortense Moche.

— Il y a une espionne parmi nous, conclut Léonie d'un ton lugubre.

Le lundi soir, lady Clara Fairfax reçut un message du duc de Clevedon, qui l'informait de son retour à Londres et de son désir de lui rendre visite le mardi après-midi, si le moment lui convenait.

D'ordinaire, la famille ne recevait pas de visiteurs le mardi, mais les règles habituelles ne s'appliquaient pas au duc, qui était presque considéré comme un membre de la famille. En outre, tout le monde savait qu'il n'en faisait qu'à sa tête.

Trois ans plus tôt, le marquis de Warford avait interdit à Clevedon et à Harry de partir alors que l'épidémie de choléra faisait rage sur le Continent. Les deux garçons s'en étaient allés quand même, mettant le marquis devant le fait accompli.

Celui-ci avait fini par reconnaître que Clevedon avait besoin de jeter sa gourme. Et, avait-il ajouté, puisqu'il était avéré que Longmore allait s'attirer des ennuis, autant que cela se passe à l'étranger.

Le mardi convenait donc tout à fait, songea Clara. Clevedon lui avait manqué, surtout quand Longmore, livré à lui-même, s'était conduit de manière horripilante et que tout le monde avait regretté que son camarade ne soit pas là pour lui flanquer une bonne raclée.

Grâce à leur relation épistolaire, elle n'avait pas eu l'impression de le perdre de vue. Mais, bien sûr, se retrouver devant quelqu'un en chair et en os n'avait rien à voir, et elle ne pouvait s'empêcher de ressentir une légère appréhension.

Toute sensation de malaise s'évapora lorsqu'il pénétra dans le salon, le mardi après-midi. Elle reconnut aussitôt son sourire affectueux, qu'elle lui rendit de manière spontanée. Il s'approcha et l'enveloppa d'un regard scrutateur, comme il le faisait des années plus tôt, à son retour du pensionnat.

— Bonté divine, Clara ! Vous auriez pu me prévenir que vous aviez tant grandi !

Sa mémoire le trahissait. Elle n'avait pas pris un centimètre depuis leur dernière entrevue. Sans doute était-il habitué aux Françaises, plus petites. Par écrit, elle n'aurait pas hésité à lui en faire la remarque, mais là, face à lui, les mots restaient bloqués. Surtout en présence de sa mère.

La marquise eut un rire crispé et répondit :

— Dieu merci, Clara n'a jamais été une de ces amazones dégingandées qui font le malheur de leur mère. C'est toujours notre chère Clara, la même que dans votre souvenir, cher Clevedon, quoiqu'un peu plus féminine peut-être.

Clara retint un soupir. Sa mère voulait sans doute dire « plus pulpeuse ». Trois ans plus tôt, elle lui avait vertement reproché d'avoir fait fuir Clevedon parce qu'elle était « plate comme une limande ». Selon la marquise, une femme se devait d'avoir des courbes, et l'on n'avait jamais une jolie silhouette si l'on ne se nourrissait pas correctement.

Il ne lui était pas venu à l'idée que Clara était très triste depuis la mort de sa grand-mère, qu'elle n'avait pas grand appétit et qu'elle ne se souciait pas vraiment de l'opinion de Clevedon sur le sujet.

Au demeurant, la marquise n'avait pas beaucoup d'idées.

Elle avait fait servir le thé et des rafraîchissements, et elle insistait maintenant pour que Clevedon se serve en scones et choux à la crème. Il obtempéra par politesse. Elle aurait pourtant dû se souvenir qu'il n'aimait guère les sucreries. Et, tout en le gavant, elle émaillait la conversation d'allusions plus ou moins fines aux *innombrables* soupirants de sa fille, sans doute pour attiser l'esprit de compétition du duc.

Clara aurait aimé jaillir de son fauteuil pour lui plaquer la main sur la bouche et la traîner hors de la pièce. L'image était si cocasse qu'un petit rire lui échappa. Heureusement, sa mère ne l'entendit pas, mais Clevedon tourna le regard dans sa direction.

Elle leva les yeux au ciel et il répondit d'un sourire complice.

— Je suis soulagé de n'avoir pas à me battre avec cette horde de prétendants, dit-il lorsque la marquise lui laissa voix au chapitre. J'avoue que je suis encore un peu fatigué, après cette traversée mouvementée.

— Oh, Seigneur Dieu ! clama la marquise. J'ai lu dans le *Times* qu'un bateau avait failli faire naufrage en pleine mer. Vous étiez donc à bord ? Ces marins sont des inconscients ! Il est pourtant facile de prévoir les intempéries. Je prétends que…

Elle se lança dans un monologue fastidieux.

Quand elle se tut pour reprendre son souffle, Clevedon enchaîna :

— Quoi qu'il en soit, je suis ravi d'être de retour et de respirer notre bon air anglais. En me levant ce matin, j'ai eu envie de faire un tour dans Hyde Park à bord d'une voiture ouverte. Si vous voulez bien nous accorder votre permission, milady, je pourrais peut-être convaincre Clara de se joindre à moi.

La marquise lança à celle-ci un regard de triomphe.

Le cœur de la jeune fille se mit à palpiter. Il n'allait quand même pas se déclarer si vite ? Ce serait un peu précipité...

Mais pourquoi pas, après tout ? Il n'y avait pas de quoi s'alarmer, pas vrai ? Ils avaient toujours su qu'ils se marieraient un jour ou l'autre.

— Cela me ferait très plaisir, acquiesça-t-elle.

— Une création *originale*, c'est ce que vous m'aviez dit ! cria lady Renfrew en jetant la robe sur le comptoir. Alors comment se fait-il que lady Thornhurst ait acheté exactement la même ? Que vais-je faire, maintenant ? Vous savez bien que je devais la porter ce soir, à la réception de Mme Sharpe. Lady Thornhurst sera là, elle aussi. Elle la reconnaîtra, tout le monde la reconnaîtra, et j'en mourrai de honte ! Et bien sûr, nous n'avons pas le temps de confectionner une autre robe. Il va falloir que je porte la rose, que tout le monde a déjà vue. Mais il n'en reste pas moins que vous m'aviez *promis*...

Un fracas s'éleva dans son dos. Lady Renfrew s'interrompit et pivota avec un regard outré. Mais sa fureur fondit sur-le-champ tandis qu'une expression émerveillée s'inscrivait sur ses traits :

— Oh, mon Dieu... c'est *elle* ? murmura-t-elle.

Sophia avait décidément le sens de l'à-propos. Pendant que lady Renfrew piquait sa crise, elle s'était discrètement retirée à l'autre bout de la boutique, là où se trouvait le mannequin porteur de la fameuse robe couleur de givre. Puis, au moment opportun, elle avait fait semblant de renverser par maladresse le tabouret le plus proche.

— Pardon ? De quoi parlez-vous ? s'enquit Marcelline d'un ton innocent.

Le compte rendu détaillé du bal de la comtesse de Chirac était paru le jour même dans le *Morning Spectacle*. Plus personne n'ignorait que la robe de Mme Noirot avait fait sensation, au point que le duc de Clevedon l'avait invitée à danser la valse afin de mieux admirer « le chatoiement féerique de sa jupe tourbillonnante ».

Lady Renfrew s'approcha lentement de la toilette qu'elle n'avait pas remarquée à son entrée, toute hérissée de colère qu'elle était.

— C'est la toilette que vous portiez chez cette comtesse parisienne ? s'enquit-elle dans un souffle.

— En effet, admit Marcelline.

Lady Renfrew retomba dans un silence extatique.

Les deux sœurs échangèrent un regard.

Marcelline laissa quelques minutes s'écouler, le temps que lady Renfrew admire la robe tout à loisir, puis elle demanda :

— S'agissait-il de la même robe… ou d'une vulgaire copie, milady ?

Lady Renfrew tressaillit, puis se tourna vers elle, l'air déconcerté :

— Je vous demande pardon ?

— La robe de lady Thornhurst. Était-elle en tout point semblable à la vôtre ?

Elle désigna d'un geste la robe de soie verte abandonnée sur le comptoir. Lady Renfrew réfléchit un instant, puis secoua la tête :

— Pas exactement, non. Maintenant que j'y pense, elle n'était pas aussi… Elle manquait de…

— De tout, décréta Marcelline d'un ton durci. Si vous y aviez regardé de plus près, milady, je suis sûre que tout un tas de différences vous auraient sauté aux yeux. La coupe, les broderies, les parures… C'est justement le détail qui importe. Lady Thornhurst ne portait qu'une pâle imitation, de qualité bien inférieure. Et je suis au regret de vous dire que ce n'est pas la première fois que l'on tente d'imiter une de mes créations.

— C'est une contrefaçon, intervint Sophia. Nous ne savons pas encore exactement comment les fuites se sont produites, et nous n'allons pas vous importuner avec ces détails, milady. Ce qui compte, c'est que vous ayez ce soir une toilette digne de vous pour assister à la réception de Mme Sharpe. Une toilette *unique*.

— Je vais reprendre votre robe, proposa Marcelline. Il faut retravailler le plissé du corsage et les ornements de la surjupe, et je vous garantis que lorsque j'en aurai terminé, plus personne ne lui trouvera la moindre ressemblance avec le chiffon de lady Thornhurst. Je dis bien « chiffon », car on ne peut décemment pas appeler « robe » de tels affûtiaux.

La clochette de la porte d'entrée retentit.

Ni Marcelline ni Sophia ne se tournèrent pour voir qui venait d'entrer. Lady Renfrew était leur meilleure cliente, elles ne pouvaient pas se permettre de la perdre, et toute leur attention était concentrée sur elle.

— Moi ou l'une de mes sœurs viendrons en personne livrer cette toilette chez vous avant sept heures, afin d'effectuer les dernières petites retouches. Ainsi elle sera *parfaite*, assura Marcelline.

— Oui, absolument parfaite, répéta Sophia.

Lady Renfrew n'écoutait pas. Elle avait tourné la tête vers la porte et s'était figée.

— Nous y sommes, fit une voix grave, familière. Ainsi, vous pourrez juger par vous-même, ma chère. Et... mon Dieu, voici la fameuse robe !

Sur ces mots, le duc de Clevedon éclata de rire.

Son cœur cognait dans sa poitrine, si fort que c'en était embarrassant.

Il avait ouvert la porte et parlé à Clara d'un ton détaché, comme si cette visite à la maison Noirot n'était que la continuation d'une bonne plaisanterie. Mais, en même temps, son regard avait anxieusement balayé la boutique, à la recherche de...

Elle se tenait près du comptoir, apparemment aux prises avec une cliente difficile. Le regard de Clevedon était alors tombé sur la toilette, exposée sur son mannequin en osier. Comment aurait-il pu oublier cette maudite robe ?

Un rire lui avait échappé. Elle avait réussi. Noirot s'était emparée de la rumeur pour la retourner à son avantage.

Ce matin, Saunders lui avait apporté un exemplaire du *Morning Spectacle*. L'article s'étalait en première page, immanquable. Il relatait la version des faits de Noirot, qui n'était pas très éloignée du petit discours ironique qu'elle lui avait déclamé après le bal.

Comme d'ordinaire, quelques petites mèches s'échappaient de son chignon, maintenu par une résille en dentelle. Elle portait une robe ivoire ornée de broderies vertes qui figuraient un feuillage de lierre. La jupe ample et plissée était surmontée d'une surjupe en organza moiré. Une sorte de petite cape en dentelle à col haut lui couvrait les épaules.

Il ne pouvait s'empêcher de la dévorer des yeux, et il fallut que Clara s'extasie à son côté pour qu'il se reprenne enfin :

— Oh, c'est vraiment magnifique ! Le style est... plutôt osé, non ?

— Vous savez bien que je n'y connais rien. Je sais juste que toutes les invitées de la comtesse de Chirac voulaient cette robe, et que je ne serais pas surpris outre mesure d'en voir quelques-unes débarquer à Londres... Ah, mais la voici, ajouta-t-il comme s'il venait seulement de découvrir la présence de Noirot.

Sans hâte, elle sortit de derrière le comptoir et s'approcha. Son parfum flotta jusqu'à lui, lui rappelant cette valse insensée, puis leur baiser fougueux dans la voiture, alors qu'elle était assise à califourchon sur lui...

Il essaya de se souvenir d'elle durant la traversée, quand elle était malade, livide, en sueur. En vain. Sa frustration s'accentua encore. Dans ces instants de vulnérabilité, elle avait eu besoin de lui. L'espace de quelques heures, il avait compté pour elle.

À présent, elle arborait son sourire le plus professionnel, les yeux fixés sur Clara.

Il procéda aux présentations.

Noirot fit la révérence. Pas cette révérence outrancière et théâtrale qu'elle avait exécutée devant la comtesse de Chirac, mais une courbette polie, légère et gracieuse, avec exactement ce qu'il fallait de déférence.

— J'ai pensé que lady Clara aimerait être parmi les premières à voir votre robe, avant que des hordes de curieux n'envahissent votre boutique, dit-il.

— Je n'ai jamais vu une robe aussi belle, fit Clara.

— Nous débattions pour savoir si le style en était très osé ou pas ?

— La coupe est certes un peu plus échancrée que ce qui se porte à Londres, convint Noirot. Mais n'oubliez pas que j'ai créé cette robe pour un événement exceptionnel, qui avait lieu à Paris. Son originalité réside essentiellement dans l'illusion d'optique qu'elle produit, cet effet de ruissellement lumineux qui attire l'œil immanquablement.

— Ça, pour attirer l'œil... Vous auriez dû voir cela, Clara ! J'ai fait le pari d'introduire Mme Noirot chez la comtesse. Mais j'avoue que cela m'aurait beaucoup fait rire si nous avions été jetés dehors !

Clara ne l'écoutait pas. Elle s'était approchée de la robe et tournait autour, lentement, presque prudemment, comme elle l'aurait fait devant un fauve endormi. Enfin, elle murmura :

— Je n'ai jamais rien vu de tel, je le répète. Le spectacle devait être fabuleux quand vous avez dansé ensemble.

Elle contempla la toilette un moment encore, avant de revenir vers le comptoir. Son regard tomba alors sur la robe de lady Renfrew, et elle s'écria :

— Oh, quelle jolie nuance de vert !

Aussitôt, lady Renfrew vint poser jalousement une main sur la robe.

— C'est la mienne. Je l'ai ramenée ici parce qu'elle nécessitait quelques retouches.

— Puis-je l'admirer un instant ?

— Bien sûr, se rengorgea lady Renfrew.

Sophia vint à la rescousse pour présenter le modèle et étaler les longs plis soyeux. Bientôt les trois femmes, penchées sur la toilette, se perdirent dans une conversation typiquement féminine.

Noirot se glissa vers Clevedon, demeuré en retrait.

— Merci, lui dit-elle à mi-voix.

— Vous n'aviez pas vraiment besoin que j'amène Clara ici. Demain, toute la haute société viendra piétiner devant votre porte grâce à la publicité que va vous rapporter l'article du *Morning Spectacle*.

— Tiens, j'ignorais que vous lisiez ce journal…

— Mon valet le lit, et il me l'a apporté avec mon café ce matin.

— Quoi qu'il en soit, même si je serais ravie d'accueillir toute la haute société, c'était surtout la clientèle de votre future femme que je convoitais.

— Je ne vous promets rien, j'ai juste servi d'entremetteur, comme chez la comtesse. Vous voyez, même si vous m'avez odieusement manipulé, je ne vous en tiens pas rigueur.

— Je vous ai prévenu dès le début. J'ai été franche.

Incorrigible. Exaspérante.

Et lui n'était qu'un bon toutou, car il la désirait toujours, au point d'en avoir chaud partout, alors que

Clara, la douce, l'innocente Clara était là, à moins de deux mètres, et qu'elle s'était *inquiétée* parce qu'il ne lui avait pas écrit pendant toute une semaine.

Il avait cru pouvoir tourner la page, mettre de l'ordre dans sa vie, profiter de cette promenade au parc pour la demander en mariage. Mais à peine avaient-ils quitté Warford House qu'elle s'était exclamée :

— Que s'est-il donc passé, Clevedon ? Une semaine entière sans lettre ? J'ai eu peur que vous ne vous soyez cassé un bras, ou pire…

Aussi lui avait-il dit la vérité – enfin, presque. Et au lieu de se rendre au parc, il l'avait emmenée visiter la maison Noirot.

— J'ai préféré livrer une vérité édulcorée à Clara, expliqua-t-il. Je lui ai dit que vous vous étiez arrangée pour m'être présentée à l'opéra, que vous étiez la femme la plus entêtée et provocante que j'aie jamais rencontrée et que, par bravade, je vous avais emmenée chez la comtesse.

Et le pire, c'est que Noirot avait raison. À présent, il se rendait compte que la future duchesse de Clevedon n'était pas vraiment bien habillée. Il n'aurait su dire pourquoi au juste, mais en cet instant, à côté des trois autres, elle avait l'air d'une provinciale.

Ce constat l'irrita autant que si quelqu'un s'était délibérément moqué de Clara. C'était normal, sans doute. Depuis qu'elle était toute petite, il se montrait très protecteur envers elle. Quand il l'avait connue, elle n'était guère plus âgée que la fille de Noirot…

Sa fille !

— Pour ce qui est de la suite, c'est à vous de jouer, enchaîna-t-il. Je ne doute pas que vous saurez y faire avec votre culot habituel.

Puis, haussant la voix, il appela :

— Clara, je vous en prie, nous ne sommes pas venus faire des emplettes. Vous savez que je déteste cela. Il est temps que je vous ramène. Laissez donc cette robe, aussi fascinante soit-elle. Et si vous voulez que Mme Noirot s'occupe de vous habiller désormais, revenez donc demain avec Longmore.

Puis, peut-être pour soulager sa conscience, il ajouta :

— Ce serait certainement une bonne idée, car vous ne trouverez pas meilleure couturière à Londres, ni même à Paris.

8

« Mme Thomas espère ne pas voir se répéter le préjudice qu'elle a subi lorsque certaine personne est venue chez elle sous un faux nom pour dérober ses modèles. »

La Belle Assemblée, magazine de mode,
annonce datée de novembre 1807

Clevedon avait déjà aidé Clara à s'installer dans la voiture. Résistant à l'envie de se tourner pour regarder une dernière fois la boutique – ce qui ne lui aurait franchement rien apporté –, il s'apprêtait à monter à son tour lorsqu'il sentit une légère tension sur l'ourlet de son manteau. Aussitôt il fit volte-face, prêt à saisir un pickpocket par le collet.

Tout d'abord il ne vit rien. Puis il baissa les yeux.

Deux immenses prunelles bleues le dévisageaient.

— Au revoir, Votre Grâce, dit Erroll alias Lucie.

À cet instant, une nurse haletante accourut vers eux pour prendre l'enfant par la main.

— Il ne faut pas embêter ces personnes, Lucie ! Allons, venez…

Elle balbutia quelques excuses, essaya d'entraîner la petite, mais celle-ci, la mine butée, lui arracha sa main.

— Je voulais juste être polie avec Sa Grâce, répliqua-t-elle. Ça ne se fait pas de passer devant les gens sans les saluer.

— Vous n'étiez pas là, vous avez juste échappé à ma surveillance pour courir dans la rue.

— Au revoir, Erroll, fit Clevedon.

Le visage de l'enfant s'éclaira sur-le-champ, devint si lumineux qu'il éprouva un coup au cœur, sentit l'émotion le submerger.

Il y a si longtemps... sa petite sœur, Alice, avait eu le même sourire radieux.

Sa voix flûtée le ramena au présent.

— C'est une belle journée, n'est-ce pas ? dit la fillette avec sérieux. Une journée parfaite pour faire un tour dans une voiture ouverte. Si j'en possédais une, j'irais me promener dans Hyde Park.

Elle était très bien habillée. Logique. Un petit chapeau de paille orné d'une multitude de rubans et de dentelle, une veste parfaitement coupée, imitation miniature de celles que portaient les dames lorsqu'elles sortaient. Comment appelait-on cela, déjà ? Ah oui, une jaquette. Celle d'Erroll était rose, ornée de brandebourgs qui lui donnaient un drôle de petit air martial.

— Peut-être, mademoiselle, intervint la nurse, mais ce monsieur et cette dame s'apprêtent à partir, au cas où vous ne l'auriez pas remarqué.

— Je ne suis pas aveugle, Millie. Mais je ne peux pas m'adresser à cette dame, car nous n'avons pas été présentées. Tu ne sais donc rien, ma parole !

Le visage de Millie s'empourpra.

— Ça suffit, Lu... Err... mademoiselle Noirot ! Vous n'êtes qu'une impertinente, et je suis certaine que ces personnes n'ont jamais entendu autant d'insolence dans la bouche d'une petite fille. Venez maintenant, votre maman sera très contrariée si elle apprend que vous embêtez ses clients.

La nurse tira de nouveau sur la petite main gantée, mais Erroll, de nouveau renfrognée, refusa de bouger d'un pouce. La nurse eut l'air désemparé. Clevedon ne pouvait pas vraiment l'en blâmer. Il n'avait d'indulgence ni pour les enfants capricieux ni pour les adultes laxistes, mais lui-même ne savait trop comment il aurait réagi en pareil cas.

Quoi qu'il en soit, il n'avait pas à s'en mêler.

— Clevedon, enfin, ne soyez pas obtus, déclara soudain Clara. Mlle Noirot... C'est donc la fille de la couturière, n'est-ce pas ?

— Oui.

La fille de Noirot. Et où diable était le père ? ne put-il s'empêcher de penser une fois encore. Comment avait-il pu abandonner... Mais des tas d'hommes se comportaient ainsi. Ils s'octroyaient du bon temps sans se soucier des conséquences, engendraient des enfants dont ils ne se souciaient aucunement par la suite. Certes, tout cela ne le concernait pas. Et après tout, pour ce qu'il en savait, ce pauvre type était peut-être mort.

— Dans la mesure où Mme Noirot vous connaît, je ne pense pas qu'elle voie d'objection à ce que nous emmenions sa fille faire un petit tour. Vous pourrez même la laisser conduire un moment, comme vous le faisiez quand j'étais petite, suggéra Clara.

Comme la nurse lançait un regard affolé en direction de la boutique, Clara ajouta d'un ton apaisant :

— Ne vous inquiétez pas, Mlle Noirot est entre de bonnes mains. Les bêtes ne risquent pas de s'emballer, je vous le promets.

Un instant, l'ancien cauchemar s'imposa à lui : cette scène épouvantable qui avait hanté son enfance, celle d'un attelage qui basculait dans le fossé, les hurlements de sa mère et de sa sœur, puis le silence... sinistre.

Mais qu'avait-il, à la fin ? Pourquoi réveillait-il ces vieux fantômes ? C'était stupide. Il avait toujours été un conducteur prudent. La folie de son père lui avait servi de leçon.

N'empêche, cette petite fille...

Erroll s'était déridée et le considérait, ses yeux bleus pleins d'espoir.

— Ce serait possible, Votre Grâce ? Vous me laisseriez tenir les rênes ?

— Si lady Clara l'a dit, je ne vais pas la faire mentir.

Pourquoi Clara s'était-elle mêlée de cela ? Il n'en avait pas la moindre idée. Bien sûr, elle aimait les enfants et savait comment les prendre. Elle avait deux jeunes cousins et lui avait raconté dans ses lettres de nombreuses anecdotes les concernant.

Lui n'avait pas – ou plus – l'habitude des enfants. Et cette gamine n'était pas ordinaire. Mais avait-il le choix, à présent ? Ford, son meilleur palefrenier, retenait les chevaux. On pouvait compter sur lui pour les contrôler au moindre incident. Et surtout, comment priver l'enfant d'un tel plaisir ?

Il se pencha, la prit sous les bras et la jucha sur la banquette, à côté de Clara. Elle ne pesait pas plus lourd qu'une plume. Puis il prit place à son tour sur le siège, avant d'installer l'enfant sur ses genoux. Il rassembla les guides, lui montra comment les tenir.

Elle l'écouta avec attention, puis s'empara des rênes d'un geste étonnamment sûr. Levant la tête pour le regarder, elle eut un sourire empreint de fierté qu'il ne put s'empêcher de lui rendre.

— Tu es une demoiselle très intelligente, remarqua Clara. Tu as tout compris en deux temps trois mouvements.

Erroll la gratifia à son tour d'un sourire béat, qui parut produire sur Clara le même effet que sur Clevedon.

Cette petite dame semblait aussi charmeuse et manipulatrice que sa mère.

— Que fait-on pour faire partir les chevaux ? s'enquit-elle.

Il n'eut pas le temps de lui répondre. Noirot venait de faire irruption hors de la boutique :

— Oh, cette gosse ! Elle a réussi à vous embobiner. Si vous n'y prenez garde, elle vous convaincra de l'emmener jusqu'à Brighton ! Descends tout de suite, Erroll. M. le duc et cette dame n'ont pas le temps de s'occuper de toi.

Noirot tendit les bras. Partagé entre réticence et soulagement, Clevedon souleva de nouveau la petite fille pour la rendre à sa mère. Il aurait dû se féliciter de son intervention. Les jeunes enfants étaient une plaie, la plupart du temps. Mais celle-ci...

Vraiment, c'était une adorable petite coquine.

Il remarqua qu'Erroll ne cherchait pas à argumenter avec sa mère, comme elle l'avait fait avec la nurse. Mais Noirot ne prit pas de risques : elle l'emporta dans ses bras au lieu de la poser par terre. Il les regarda s'éloigner tandis qu'Erroll, un bras autour du cou de sa mère, agitait sa main libre pour lui dire au revoir.

Il lui répondit de même, souriant, puis fut distrait par le balancement des hanches de Noirot sous sa robe alors qu'elle regagnait la boutique, portant sa fille sans être apparemment dérangée par son poids. Elle-même était pourtant d'une constitution plutôt délicate, contrairement à Clara, plus grande, plus...

Clara !

Il se tourna à la hâte, rassembla les rênes. Quelques secondes plus tard, la voiture s'ébranlait.

Le balancement de hanches et l'effet hypnotique qu'il avait eu sur Clevedon n'avaient pas échappé à Clara.

Dès leur entrée dans la boutique, elle avait perçu son changement d'attitude. Il s'était raidi, un peu comme un chien qui perçoit le fumet du gibier. Et lorsque la couturière s'était avancée, le magnétisme qui régnait entre eux était devenu quasi palpable.

— Quelle charmante fillette, commenta-t-elle.

C'est tout ce qu'elle avait trouvé à dire. L'enfant était certes adorable. Se pouvait-il que Clevedon en fût le père ? Elle n'avait pourtant décelé aucune ressemblance physique.

— Je ne vais plus oser venir, dit-il. La prochaine fois, cette demoiselle Noirot voudra conduire ma voiture. Je n'aurais pas dû l'installer sur la banquette. Sa mère n'avait pas l'air contente, même si elle n'a rien dit.

— Je n'ai pas eu l'impression qu'elle était fâchée. Agacée par sa fille, tout au plus. Et peut-être secrètement amusée.

— C'est sa façon de faire. Dans son métier, il faut toujours flatter le client et garder le sourire. Vous ai-je raconté comment elle avait amené les invitées de la comtesse de Chirac à lui manger dans la main ? Enfin, bref. Peu importe, je n'ai aucune raison de revenir, de toute façon. Vous saurez bien persuader Longmore de vous accompagner, ou vous viendrez accompagnée de Davis.

Davis était la femme de chambre de Clara. Un véritable bouledogue.

— Ou avec ma mère, ajouta-t-elle.

— Vous n'y songez pas ! se récria-t-il dans un sursaut. Votre mère ne voudra jamais mettre les pieds dans cette boutique. Tout ce qu'on y vend est bien trop sophistiqué, alors qu'elle s'évertue à vous faire porter des toilettes…

Il s'interrompit brusquement. Paupières plissées, Clara le relança :

— Eh bien, comment sont-elles, mes toilettes ?

Il soupira, se frotta les yeux en secouant la tête.

— Qu'en sais-je ? J'ai très mal dormi cette nuit et j'ai passé trop de temps dans cette boutique. Les bavardages féminins m'embrouillent l'esprit. Que complotiez-vous toutes les trois, penchées sur cette robe verte ?

Clara le regardait tandis que, les traits crispés, il gardait les yeux sur la route. Bien qu'il affichât une mine ordinaire, elle percevait une sorte de fureur contenue en lui. Le Clevedon qu'elle connaissait ne se mettait jamais dans des états pareils. Elle avait l'impression d'être assise à côté d'un étranger.

Elle détourna le regard vers la rue et les passants, sans vraiment les voir, préoccupée par cette étrange énigme. Elle se rappelait à peine ce qu'avaient dit les deux autres femmes à propos de la robe verte, car elle avait tendu l'oreille pour tenter de surprendre les propos que Clevedon échangeait avec Mme Noirot.

— Je n'ai pas bien saisi, répliqua-t-elle enfin. C'était une robe superbe, mais il fallait y apporter de profondes modifications. Je n'ai pas compris pourquoi.

Elle n'était pas naïve. Elle savait bien que Clevedon avait eu des aventures à Paris. Longmore aussi en avait. Néanmoins, elle n'avait jamais vu son frère aussi affecté que Clevedon lorsque Mme Noirot s'était approchée de lui.

— Ainsi, vous voudriez que je m'habille chez la maison Noirot, mais vous me déconseillez d'y emmener ma mère ? reprit-elle.

— Je vous demande pardon, je n'avais pas à dire cela.

— Voyons, Clevedon, depuis quand faites-vous des manières avec moi ? Pourquoi êtes-vous si guindé tout à coup ?

— Moi, guindé ?

— Pourquoi prenez-vous autant de pincettes ? Ce que j'ai toujours apprécié chez vous, entre autres choses, c'est que vous ne m'avez jamais traitée comme une gourde. Vous vous êtes toujours montré franc, direct. Du moins, je le pensais. Mais peut-être me cachez-vous des choses ?

— Bonté divine, sûrement pas. Et je ne me mêlerai pas de vous dire comment vous habiller. Ce n'est pas mon rayon.

— En tout cas, vous pouvez être certain que je ne vous demanderai jamais plus de m'accompagner chez la couturière. Cela vous met de trop mauvaise humeur ! rétorqua Clara en croisant ses mains gantées sur ses genoux.

Quelques heures plus tard

— La petite coquine ! soupira Marcelline lorsque les trois sœurs fermèrent la boutique, le soir venu. J'aurais dû me douter qu'elle serait fascinée par un si bel attelage.

— Elle n'y peut rien, c'est dans son sang, dit Sophia.

— Le duc n'a pas eu l'air de s'en formaliser, ajouta Léonie.

Celle-ci était arrivée juste à temps pour assister au départ du duc et de lady Clara. Derrière la vitrine, les trois sœurs avaient bien vu le manège de Lucie. Marcelline s'était rendu compte que Millie ne s'en sortait pas, mais elle avait mis du temps avant de se dépêtrer de lady Renfrew pour pouvoir récupérer sa fille.

— Qui se fâcherait quand elle fait ce sourire enjôleur ? Il ne pouvait que succomber.

Et Marcelline, qui avait le cœur endurci et cynique, n'avait pu s'empêcher de fondre devant le sourire indulgent du duc.

— Elle en a aussi profité pour se mettre lady Clara dans la poche, commenta Sophia.

— L'important, c'est que le duc ait amené sa fiancée ici.

Elles n'avaient pas eu le temps de parler auparavant, car la journée avait été chargée. Recluse dans l'appartement, Marcelline avait complètement repensé la robe de lady Renfrew, dans le plus grand secret, loin de l'atelier et des ouvrières. Pendant ce temps, Sophia et Léonie s'étaient occupées des clientes.

Ces dernières ne s'étaient pas contentées d'admirer la fameuse robe couleur de givre, elles avaient étudié chaque modèle exposé dans la boutique, avaient demandé qu'on leur sorte des métrages de tissu qu'elles désiraient toucher, et fait vider à peu près tous les tiroirs du magasin afin d'examiner boutons, rubans, soutaches, aigrettes, galons et autres passementeries.

La plupart étaient reparties sans acheter quoi que ce soit.

Il fallait maintenant tout ranger, ce que Sophia et Marcelline étaient occupées à faire. De son côté, Léonie dressait l'inventaire, comme chaque soir, et s'efforçait de deviner laquelle de leurs visiteuses s'était éclipsée avec une longueur de ruban en satin noir, onze boutons de jais et trois mouchoirs en batiste.

— Certes, opina Marcelline. S'il n'était pas venu, je crois bien que nous aurions perdu la clientèle de lady Renfrew.

Elle tentait de se raccrocher à des considérations pragmatiques, pour oublier que son cœur s'était mis à tambouriner follement dans sa poitrine lorsqu'il avait franchi le seuil de la boutique. Ce qui importait, se disait-elle, c'est qu'il était arrivé pile au bon moment. Furieuse et persuadée que Marcelline s'était moquée d'elle, lady Renfrew avait bien failli claquer la porte. Les clientes ne se doutaient pas de la somme de travail que représentait une robe. Car elle voulait créer des toilettes uniques, chacune étant conçue pour une femme bien précise.

— Cela aurait été une catastrophe, affirma Léonie. Lady Clara ne nous a pas encore accordé sa confiance, et lady Renfrew reste pour l'heure notre meilleure cliente.

Comme prévu, la robe de lady Renfrew avait été livrée à sept heures précises. Les ultimes retouches n'avaient pas pris plus d'une demi-heure, et lorsque Sophia s'en était retournée, elle avait laissé une cliente enchantée et impatiente de se rendre à sa réception.

— Elle n'a fait que parler du duc et de lady Clara, dit Sophia. Et je vous fiche mon billet que ce sera son seul sujet de conversation ce soir chez Mme Sharpe. À coup sûr, elle citera le duc quand il a affirmé : « Vous ne trouverez pas meilleure couturière à Londres, ni même à Paris. »

— Espérons que lady Renfrew était trop impressionnée par la très grande noblesse du duc pour remarquer qu'il dévorait Marcelline du regard, commenta Léonie, espiègle.

— On aurait dit un loup affamé ! s'esclaffa Sophia.

Marcelline s'empourpra. Elle ne s'était pas encore vraiment remise de la visite du duc. Et pourquoi tant d'émoi ? À cause de son regard. Du son de sa voix. Si elle avait été entièrement libre de faire ce qu'elle voulait, sans être obligée de penser avant tout à sa famille et à son négoce, elle l'aurait pris par la main et l'aurait entraîné dans l'arrière-boutique pour assouvir enfin leur désir incandescent et mettre un terme à cette histoire insensée.

Mais libre, elle ne l'était pas. Mille obstacles se dressaient entre eux. Sa magnifique fiancée, tout d'abord. Il était évident, à les entendre converser, qu'ils se connaissaient bien et éprouvaient une profonde affection l'un envers l'autre. Et puis, bien sûr, il y avait Lucie. Et aussi les parents de Marcelline, qui avaient été l'exemple vivant de ce qui arrive à une famille quand les adultes ne pensent qu'à satisfaire leurs passions égoïstes.

Ce n'était pas la morale à proprement parler qui arrêtait la jeune femme, mais son instinct de survie. En devenant la maîtresse de Clevedon, elle perdrait une réputation durement acquise par des années de travail.

Elle mettrait en danger son commerce et sa famille tout entière.

Pourtant, bien qu'elle sache tout cela par cœur, ses belles résolutions s'étaient évaporées d'un coup lorsqu'elle avait croisé son regard et entendu sa belle voix grave.

Quelle idiote elle faisait !

— Il ne regarde pas lady Clara de cette façon, insista Léonie.

— Pourquoi le ferait-il ? répliqua Marcelline. Tout est déjà arrangé, prévu, organisé. Il n'a pas à la conquérir, il est sûr de son fait. Si elle est maligne, elle trouvera le moyen de se l'attacher. Ce n'est pas si difficile. Enfin, c'est leur problème. Nous avons d'autres chats à fouetter et, il me semble, un très grave problème à résoudre, acheva-t-elle avec un regard appuyé en direction de la porte de l'atelier, pour le moment désert puisque les petites mains étaient rentrées chez elles.

— J'ai ma petite idée sur la question, déclara Léonie.

Le mardi soir, Mme Moss retrouva la petite main à l'endroit habituel, à l'heure convenue. Cette dernière lui remit le dessin d'un modèle de robe qu'elle avait recopié.

— C'est tout ? s'insurgea Mme Moss. Vous m'aviez promis le portfolio et le détail des ornements !

— Vous aurez tout cela, mais aujourd'hui la boutique était sens dessus dessous à cause de la robe verte de lady Renfrew, et aussi à cause de toutes ces dames qui sont venues voir la robe que portait Mme Noirot à Paris.

Mme Moss était au courant de la curiosité qu'avait soulevée cette toilette au sein de la haute société. Ses propres clientes n'avaient pas hésité à en parler sous son nez !

Mais le pire avait été d'apprendre que le duc de Clevedon avait emmené lady Clara Fairfax, sa future femme, dans cette maudite boutique.

— Je veux ce carnet. Débrouillez-vous pour me l'apporter au plus tôt.

— Sinon quoi ? railla la petite main. C'est moi qui fais le sale boulot, c'est moi qui prends les risques, non ?

— Et c'est moi qui perds des clientes à cause de cette catin française. Si vous ne tenez pas vos promesses, je lui dirai que vous êtes venue me voir pour m'offrir vos services et l'espionner. Elle vous jettera dehors et vous vous retrouverez à la rue, sans argent. Croyez-moi, votre maîtresse et moi tomberons alors d'accord pour vous faire la renommée que vous méritez. Et vous ne travaillerez jamais plus dans aucune boutique respectable.

Lundi

Deux coups secs frappés à la porte de la boutique firent sursauter les sœurs Noirot.

Il était à peine neuf heures du matin. Même si à cette heure-là elles s'activaient sans relâche, aidées de leurs employées, la boutique n'ouvrait qu'en fin de matinée. Il y avait à cela une raison fort logique : la plupart de leurs clientes ne se levaient pas avant midi.

Il fallait désormais mettre la main sur celle qui, au sein de l'équipe, n'avait pas hésité à les trahir. Sinon, elles n'auraient bientôt plus qu'à fermer boutique. Léonie avait beau avoir des soupçons, pour l'instant elles n'avaient pas de preuve, et leurs petites ruses n'avaient rien donné jusqu'à présent. Aussi avaient-elles décidé de tendre un piège à la traîtresse.

Si celui-ci fonctionnait, elles tiendraient la coupable sous peu. En attendant, elles ne pouvaient que ronger leur frein, en travaillant comme à l'ordinaire.

Elles étaient donc occupées à disposer des étoles et des châles en vitrine quand on cogna à la porte restée verrouillée.

Léonie alla ouvrir.

Elle se retrouva face à lady Clara Fairfax qui, le visage écarlate, franchit le seuil, suivie d'une femme de chambre à la mine revêche. Sans répondre au « bonjour » de Léonie, elle se dirigea droit sur Marcelline.

Celle-ci la salua d'une petite révérence et, d'une voix douce, lui demanda ce qu'elle pouvait faire pour lui être agréable.

— Vous pourriez commencer par me dire la vérité, lança lady Clara. Samedi soir, j'ai eu vent d'une rumeur scandaleuse… dont je n'ai tout d'abord pas cru un mot, je vous l'avoue.

Elle s'interrompit, pivota vers sa femme de chambre et ajouta :

— Davis, va m'attendre dans la voiture, je te prie.

Davis se renfrogna, considéra à tour de rôle les trois sœurs d'un air peu amène, puis obtempéra de mauvaise grâce, sans oublier de claquer la porte derrière elle.

Lady Clara prit une profonde inspiration avant de poursuivre :

— Ces allégations révoltantes concernent une de mes proches connaissances… ce monsieur qui m'a accompagnée ici même, il y a une semaine.

Marcelline demeura impassible, affichant seulement une expression d'intérêt poli, en dépit de la sirène d'alarme qui s'était mise à hurler dans sa tête.

— Avant tout, enchaîna lady Clara, soyez assurée que ce n'est pas une jalousie imbécile qui m'amène ici aujourd'hui. Ce serait ridicule. Je ne suis pas aveugle. Je sais très bien que… J'ai des frères, comprenez-vous, qui sont beaucoup moins discrets qu'ils ne le pensent et... Oh !

Sur une exclamation étouffée, elle s'interrompit, saisit d'une main tremblante un mouchoir dans sa poche et s'en tamponna les yeux.

— Oh... je... balbutia-t-elle sous le coup de l'émotion.

Marcelline s'attendait à de la colère ou de l'indignation, des sentiments compréhensibles. Mais des larmes... Saperlotte !

Elle prit doucement lady Clara par le coude pour la conduire vers la chaise la plus proche.

— Voyons, voyons... Sophia, peux-tu apporter un verre de vin à milady, s'il te plaît ?

— Non, je ne veux pas de vin, protesta lady Clara.

— Du cognac, alors ?

— Eh bien... peut-être.

Sophia s'éclipsa.

Lady Clara laissa échapper un petit sanglot, puis se redressa, cherchant manifestement à se dominer.

— Je ne pleure jamais. Jamais. Je ne suis pas ce genre de fille. Mais c'est mon plus cher ami. Je ne veux pas que vous lui fassiez du mal, acheva-t-elle en levant son regard bleu sur Marcelline.

Les Noirot ne s'étaient jamais embarrassés de scrupules. D'ailleurs, Marcelline n'avait rien fait qui pût véritablement troubler sa conscience. Il n'était donc pas question de culpabiliser. C'est du moins ce qu'elle se répétait.

Et pourtant... Lady Clara était une charmante jeune femme, polie, qui les avait traitées elle et ses sœurs avec considération – ce qui n'était pas le cas de la plupart de leurs clientes.

À l'évidence, elle aimait profondément Clevedon. Alors, oui, Marcelline avait pitié d'elle, même si elle savait que c'était absurde. Lady Clara était fille de marquis, elle s'apprêtait à épouser un duc, à entrer en possession d'un capital qui lui assurerait une rente d'au moins cent mille livres annuelles, peut-être le double. Tandis que Marcelline et ses sœurs ne possédaient que cette boutique, ainsi que le minuscule appartement situé à l'étage, bien plus petit que les quartiers réservés aux domestiques chez le marquis de Warford.

Marcelline fut soulagée d'entendre Léonie, sans doute la moins sentimentale des trois, prendre la parole :

— Tranquillisez-vous, milady. Aucune de nous ne souhaite faire de mal à quiconque. Nous ne nous intéressons pas aux messieurs, seulement à leur porte-monnaie. Dans cette optique, il est vrai, notre ambition est de faire le plus de dégâts possibles.

Lady Clara décocha à Léonie un regard dubitatif :

— Ce n'est pas ce qu'on m'a dit.

— Pardonnez-moi, mais je ne pense pas que vos amis et connaissances mesurent l'importance que nous accordons à notre commerce.

Léonie avait toujours été d'une franchise déconcertante qui, en général, faisait mouche. On pouvait compter sur elle pour prendre le relais au moment où sa sœur aînée était temporairement déstabilisée.

— Ma sœur a raison, acquiesça Marcelline. Ce sont des notions qui, le plus souvent, échappent aux personnes de condition. Vous ne pensez jamais à l'argent. Nous ne pensons à rien d'autre.

— Si c'est une question d'argent, dit lady Clara, je vous en donnerai autant que vous voudrez, pour peu que vous vous teniez à l'écart, que vous vous cachiez dans un endroit où il ne pourra pas vous trouver.

— C'est plutôt drastique…

— Le cognac me paraît incontournable, déclara Sophia qui réapparut avec le remède souverain que les Noirot utilisaient pour régler à peu près tous les problèmes majeurs.

La jolie petite carafe en cristal ainsi que le verre assorti reposaient sur un plateau peint où Sophia avait également disposé quelques biscuits et tranches de fromage. Certaines clientes passaient des heures dans la boutique, et il fallait avoir sous la main de quoi les sustenter si nécessaire.

Lady Clara vida la moitié de son verre de cognac sans sourciller, en l'appréciant visiblement. Étant donné l'heure matinale, les sœurs Noirot furent impressionnées. Son lever de coude forçait le respect !

— Je sais qu'on exagère toujours ce genre de choses, reprit-elle. Mais je sais également qu'il n'y a pas de fumée sans feu. Et je l'ai constaté de mes propres yeux : il a changé.

— Sans doute, milady, mais vous ne l'aviez pas vu depuis trois ans, nuança Léonie. Les hommes changent. En fait, ce sont les créatures les plus versatiles qui soient.

— Il est de mauvaise humeur, distant, et il s'ennuie. Son esprit est ailleurs. La seule fois où je l'ai vu vraiment concentré sur l'instant présent, c'est quand il est venu ici. J'ai remarqué la façon dont il vous regardait, madame Noirot, précisa lady Clara en levant son verre en direction de Marcelline. Que dois-je penser, alors, quand on me parle d'une sulfureuse aventurière qui essaierait de lui mettre le grappin dessus ? Quand on me soutient qu'on les a vus ensemble à l'opéra, à Longchamp, dans les tripots parisiens, au vu et au su de tous, avant qu'il ne décide pour couronner le tout de l'emmener chez la comtesse de Chirac ? Non par jeu comme il le prétend, mais parce qu'elle l'obsède, et parce qu'elle a menacé de se tuer s'il ne le faisait pas.

— *Se tuer ?* s'exclamèrent les trois sœurs en chœur.

Elles échangèrent un regard, et Léonie dut se mordre la lèvre pour ne pas éclater de rire.

— Ce n'était pas la première fois que cette femme proférait des menaces, semble-t-il, enchaîna lady Clara.

J'ai entendu parler de scènes d'une violence inouïe qui ont eu lieu à Paris, et dont le point d'orgue a été un duel avec le marquis d'Émilien. Tout cela a choqué jusqu'aux Parisiens les plus blasés. Peu après avoir très gravement blessé le marquis au bois de Boulogne, le duc, fou d'amour, aurait pourchassé cette créature dans tout Paris, au cœur de la nuit, avant de violemment prendre à partie le consul britannique qui, pensait-il, s'opposait à son départ imminent pour l'Angleterre.

Les trois sœurs étaient des joueuses de cartes accomplies. Ainsi Sophia et Léonie réussirent-elles à ne pas exploser de rire. Quant à Marcelline, de plus en plus exaspérée, elle parvint au prix d'un effort surhumain à manifester un intérêt poli à l'écoute de ces élucubrations.

Comme si elle n'avait pas assez de problèmes ! Elle aurait dû en rire, mais elle était inquiète. Ces idioties pouvaient fort bien leur causer du tort, et elle ne savait trop comment réagir.

Ce fut Léonie qui prit la parole :

— Il me semble que les mauvaises langues ne savent pas compter. Sinon, elles se rendraient compte que tout cela n'a aucun sens. La première rencontre a eu lieu le 14 de ce mois – je m'en souviens parce que notre sœur nous a écrit une lettre portant cette date le soir même, pour nous raconter sa soirée à l'opéra. Or elle a quitté Paris au matin du 17. Comment tous ces événements auraient-ils pu se dérouler en l'espace de deux jours ?

Léonie n'avait pas sa pareille pour réduire les émotions à des chiffres. *Deux jours*. Il n'avait pas fallu davantage pour que Clevedon anéantisse la raison de Marcelline, qu'il lui laboure le cœur et implante des rêves empoisonnés dans son esprit.

— Ce sont les Parisiens que vous devriez blâmer si vous cherchez un bouc émissaire, dit-elle. Vous n'avez jamais été à Paris, je crois ?

— Non, pas encore.

— Alors vous ne savez pas à quel point ces gens sont différents de nous.

— Je sais à quoi ressemble Paris. Clevedon m'a écrit régulièrement... du moins jusqu'à ce qu'il vous rencontre. Et quand je lui ai demandé pourquoi il avait brusquement cessé sa correspondance, il m'a dit la vérité.

— Quelle vérité ? En tout cas, cela ne devait pas être très choquant, car vous m'avez semblé dans d'excellentes dispositions l'autre jour, quand il vous a accompagnée à la boutique. Je n'ai pas eu l'impression que vous éprouviez du ressentiment envers lui... ou envers moi.

— Il m'a dit qu'il avait fait la connaissance d'une couturière très déterminée et provocante. Je suppose qu'il fallait traduire : « J'ai rencontré une femme qui m'a subjugué, ensorcelé... »

Comme s'il était blanc comme neige, victime d'une magicienne maléfique ! se défendit Marcelline in petto.

— Je lui ai demandé sans détour s'il était tombé amoureux, poursuivit lady Clara. Mais il n'a fait qu'en rire et a répondu que c'était sans doute l'explication la moins probable.

Marcelline ferma brièvement les yeux et prit une profonde inspiration. Pense à ta boutique ! s'exhorta-t-elle. Les affaires étaient les affaires. Elle *voulait* la clientèle de cette femme, c'est pour cette raison qu'elle s'était attiré tous ces ennuis. Et aujourd'hui, lady Clara se trouvait dans sa boutique. Elle n'était pas loin du succès.

Elle se redressa de toute sa taille avec un sourire plein d'assurance et déclara :

— Comment M. le duc aurait-il pu résister à la tentation ? Regardez-moi...

D'un geste gracieux, elle écarta les bras.

Alors, pour la toute première fois, lady Clara fixa son attention sur ce que portait Marcelline.

Les manches gigot striées d'entre-deux de dentelle étaient du même bleu paon que la surjupe en satin bouillonné, qui révélait un jupon à motifs floraux rose tendre.

— Oh... souffla Clara.

— Et ce qu'on voit à Paris est deux fois plus chic. Là-bas, j'ai été obligée de me surpasser, parce que j'étais en compétition avec les femmes les plus élégantes du monde, qui excellent dans l'art de séduire les hommes. Voilà votre vraie rivale, milady : Paris. Moi, je ne suis rien. Si M. le duc s'ennuie, s'il se montre distant et froid, c'est que les dames de son entourage ne savent pas retenir son attention.

Elle fit ostensiblement glisser son regard sur le chapeau tout à fait banal que portait lady Clara, sa robe en crêpe marron gansée de velours noir. Puis elle eut un petit soupir navré. Cette toilette ne ressemblait à rien. Quant à la qualité de l'exécution... La moins douée des employées de Marcelline aurait fait mieux les yeux fermés.

Sophia et Léonie s'étaient approchées. Elles aussi posaient un regard apitoyé sur la tenue de la visiteuse.

— La cour est en deuil depuis la mort de l'empereur d'Autriche et du prince du Portugal, dit lady Clara, sur la défensive. Nous venons seulement d'abandonner nos habits noirs.

— Il ne faut pas porter cette nuance, assura Marcelline. Cela vous plombe le teint.

— Alors que vous avez une peau diaphane ! affirma Sophia. Toutes les femmes grinceraient des dents, bourrelées de jalousie, si vous ne portiez pas cette teinte fadasse qui vous ôte toute vitalité.

— Je comprends que la ganse noire soit incontournable en période de demi-deuil, intervint Léonie. Mais faut-il vraiment qu'elle soit si large ?

— Et pourquoi du velours ? renchérit Marcelline. Rien n'interdit d'utiliser un petit liseré de satin noir, par exemple. Ou une élégante soutache ou… des petites pastilles de jais.

— Et vous pourriez mettre votre silhouette un peu plus en valeur, suggéra Sophia.

Lady Clara soupira.

— Je suis trop grande…

— Vous êtes élancée, *sculpturale*, corrigea Léonie. Que ne donnerais-je pour avoir votre stature et pouvoir regarder un homme dans les yeux !

— En général je dois baisser la tête, car ils sont plus petits que moi. Sauf mes frères et Clevedon…

— Tant mieux, fit Sophia. Un homme doit être aux pieds d'une femme, au propre comme au figuré. C'est bien le moins qu'on puisse attendre d'eux. Qu'importe votre taille, milady. Vous êtes la plus belle femme de Londres.

— Il ne faut quand même pas exagérer, répliqua lady Clara qui but encore une gorgée de cognac, avant de s'exclamer : Vous êtes vraiment diaboliques, vous !

Elle n'avait pas tout à fait tort.

— Les femmes qui plaisent aux hommes nous paraissent au premier abord plus jolies, plus éclatantes, expliqua Sophia. En réalité, elles savent seulement aider la nature. Vous êtes une vraie beauté anglaise, milady. C'est tellement dommage d'ignorer un don si précieux. C'est presque… oui, de l'ingratitude envers Dieu qui vous a créée !

— Si vous manquez de féminité, dit Marcelline, c'est la faute de vos robes qui n'ont aucune fraîcheur, aucune originalité. Ce sont des robes de femme mûre ! Regardez-moi celle-ci : les coutures sont grossières et elle tombe de façon affreuse. Et ces fronces ! Ma fille de six ans sait mieux coudre que cela. Et je ne parle pas du style. Elle devait être à la mode quand nos grands-mères allaient prendre les eaux à Bath. Pas étonnant que vous ayez le teint bilieux ! Si vous me le permettez, je vais vous montrer quelle couleur il faut choisir pour avoir bonne mine. Sophie, va me chercher un face-à-main. Léonie, ramène-moi la robe en organdi neige.

— Je ne suis pas venue ici pour acheter une robe ! protesta lady Clara.

— Vous êtes venue parce que vous espérez conserver l'attachement de M. le duc, rétorqua Marcelline. Et nous allons vous montrer comment vous y prendre.

9

« On nous a présenté des robes en crêpe blanc à porter pour le demi-deuil. Le corsage tombant sur les épaules est pincé au niveau de la poitrine et orné de nœuds de satin noir fixés par une pastille de jais. »

La Belle Assemblée, tendances du mois d'avril 1835

Warford House, mardi après-midi

— Certes, Milady est ici, Votre Grâce, mais elle n'est pas disponible, annonça Timms, le majordome.

— Pas disponible ? s'étonna Clevedon. Ne sommes-nous pas mardi ?

Les Warford ne recevaient pas le mardi, et c'est précisément pour cette raison qu'il était venu, pour ne pas avoir à supporter la présence des admirateurs de Clara qui, tels des chiots en mal d'affection, envahissaient sa demeure les jours de réception officiels. En de telles occasions, Clevedon avait toujours l'impression d'arriver comme un chien dans un jeu de quilles, quelle que soit l'activité en cours, un concours de poésie ou une soirée dansante. Ses prétendants rivalisaient d'élégance pour lui plaire, ce qui était plutôt comique dans la mesure où Clara n'avait pas d'intérêt pour la mode. Elle aurait été bien incapable d'évaluer la qualité d'un gilet, ou de distinguer un revers gauche d'un revers droit.

Clevedon crut dans un premier temps s'être trompé de jour. Il avait bu plus que de raison la veille et avait encore mal à la tête.

Après lui avoir confirmé qu'on était bien mardi, Timms le guida jusqu'à un petit salon où, l'air navré, il le pria de bien vouloir patienter pendant qu'il envoyait un valet informer lady Clara de son arrivée.

Clevedon n'avait pas l'habitude d'attendre, où qu'il soit, et encore moins à Warford House. L'irritation le gagna. C'était quand même très étrange que Clara soit occupée un mardi après-midi. Il était pourtant sûr de lui avoir dit – samedi dernier, c'était bien ça ? – qu'il passerait la chercher pour l'emmener en promenade.

Il fallait en finir avec cette histoire de demande en mariage. Une semaine déjà s'était écoulée depuis qu'il avait pris la décision de mettre de l'ordre dans sa vie et de se déclarer enfin. Une fois la demande dûment formulée, on pourrait s'atteler aux préparatifs de la cérémonie.

Sa visite à la maison Noirot l'avait plus déstabilisé qu'il ne voulait l'admettre. Revoir Noirot... et sa fille... Il avait été incapable de se ressaisir, sans parler de demander la main de Clara, comme il en avait eu l'intention à l'origine. Il lui avait semblé que le moment était mal choisi ; que Clara et lui avaient besoin de temps pour réapprendre à se connaître. Longmore lui-même ne l'avait-il pas dit ?

À présent, il avait changé d'avis. Ils auraient tout le temps de s'habituer l'un à l'autre une fois mariés. Au moins les fiançailles officielles cloueraient-elles le bec aux commères.

Il avait eu vent d'une histoire abracadabrante qui avait circulé dans Paris et ne tarderait sans doute pas à atteindre Warford House. Heureusement, Clara était trop sensée pour accorder foi à ces stupides ragots. Elle avait toujours été la première à se moquer des langues de vipère qui voyaient le mal partout et n'hésitaient pas à distordre la réalité pour mieux pousser les hauts cris.

Non, Clara n'écouterait pas ces absurdités. Mais sa mère, la marquise... c'était une autre paire de manches.

Lady Warford avait déjà une propension à l'hystérie et à l'outrance. Si quelqu'un lui racontait que son futur gendre avait fait les quatre cents coups à Paris pour les beaux yeux d'une couturière, elle en perdrait le sentiment. Bien sûr, elle n'en parlerait pas directement à Clevedon, mais se mettrait à harceler les membres de sa famille en se lamentant sur l'humiliation publique essuyée par Clara. Finalement, Longmore ou le marquis se décideraient à avoir une confrontation avec Clevedon.

Celui-ci était déjà persuadé qu'il devait à la marquise l'intervention d'un Longmore plutôt embarrassé à Paris, quelques semaines plus tôt.

Clevedon se répétait qu'il n'avait pas à s'inquiéter, qu'il n'avait rien fait dont il ait à rougir. Depuis son retour à Londres, il avait eu une conduite exemplaire. Ce qui s'était passé avant... ne comptait pas. Et on ne pouvait quand même pas lui tenir rigueur de ces rêves torrides qui hantaient ses nuits ! Un fantasme n'était rien. Tous les hommes fantasmaient sur les femmes, qu'elles soient respectables ou pas.

Une fois marié, il aurait l'esprit apaisé et la conscience tranquille.

Cependant, sans trop savoir pourquoi, il n'aimait pas s'attarder sur l'idée de sa nuit de noces.

Dans le salon silencieux, il commença à s'impatienter. Que faisait ce fichu valet ? Pourquoi Timms n'était-il pas allé prévenir Clara lui-même ? Et que fabriquait-elle ? Avec qui pouvait-elle bien passer son temps, un mardi ? Il l'avait pourtant avertie de sa venue. À moins que... Il est vrai qu'il était distrait, depuis quelque temps. Et aujourd'hui, sa gueule de bois ne l'aidait pas à faire le tri dans ses souvenirs.

Il se rendit compte qu'il était en train d'arpenter la pièce à pas nerveux, s'immobilisa brusquement. C'était idiot de se mettre dans un état pareil. Clara avait à faire, voilà tout. Il avait dû oublier de lui préciser qu'il viendrait ce mardi. Ou bien c'était elle qui avait oublié.

Il la verrait demain au bal de l'Almack et prendrait alors rendez-vous pour faire sa demande officielle. Ou plutôt non, il parlerait d'abord à son père. C'était plus correct. Il reviendrait d'ici à quelques jours, lorsque lord Warford serait à son domicile. Le mardi, le marquis assistait aux réunions des divers comités caritatifs qu'il présidait.

Clevedon quitta le salon. Ayant passé une bonne partie de son enfance dans cette maison, il en connaissait le moindre recoin et pouvait donc s'éclipser en toute discrétion.

Il gagna la petite antichambre où il savait trouver son chapeau, ses gants et sa canne. Il entra... et son cœur se mit à battre la chamade.

Cela se produisit avant qu'il ait pleinement conscience de ce qui déclenchait en lui un tel émoi.

Un chapeau en satin bleu, garni d'un ruché de dentelle noire, d'un ruban de velours fuchsia et d'une charmante profusion de plumes roses et violettes.

Il était posé sur la table où les domestiques rangeaient d'ordinaire les couvre-chefs des visiteurs. Clevedon le fixa un long moment, puis esquissa un mouvement vers la porte.

Mais il y avait quelque chose... dans l'air.

Lentement il pivota, revint vers la table, se saisit du chapeau pour l'approcher de son visage. L'odeur familière monta jusqu'à ses narines, aussi légère et impalpable qu'une brume printanière : un doux parfum de jasmin, mêlé à l'odeur de ses cheveux et de sa peau.

Noirot.

Il posa le chapeau.

Sortit dans le hall.

Une servante passa devant lui, les bras chargés d'une pile de vêtements. Elle sortait du couloir. Il se tourna dans cette direction.

Un cri féminin retentit.

Clara.

Il se mit à courir.

Il ouvrit la porte du salon de musique, fut assailli par l'éclat du soleil qui l'aveugla, lui donnant l'impression que des éclairs crépitaient dans son crâne.

— Clara, êtes-vous…

— Clevedon ? Mais que faites-vous là ?

Clara le fixait avec stupeur. Le regard de Clevedon vola vers l'autre femme. Noirot le considérait avec une surprise égale, la bouche légèrement entrouverte. Elle se reprit et afficha cette expression neutre qu'il connaissait bien.

— Que se passe-t-il ici ? demanda-t-il.

— Cette femme est odieuse. Regardez donc ! s'écria Clara, éplorée. Cette robe est ma préférée, celle que je portais quand lord Herringstone a composé une ode à mes yeux…

Regarder ? Il ne faisait que cela. Il dévisageait Noirot, la dévorait du regard, depuis sa coiffure au négligé étudié à son cou de cygne, ses yeux noirs brillants comme l'onyx, sa bouche sensuelle dont il se rappelait le goût, cette poitrine ferme qui s'était pressée contre son torse tandis qu'il lui empoignait les fesses…

Enfin, ses yeux se posèrent sur la robe qu'elle tenait.

Clara alla récupérer le vêtement et le brandit.

— Elle prétend que je dois la jeter ! Rien ne trouve grâce à ses yeux dans ma garde-robe. Même pas celle-ci !

— Elle est *prune*, objecta Noirot avec calme. Vous êtes jeune, vous devez porter des teintes fraîches, pas de prune, de lie-de-vin, de beige ou de marron. Le violet n'ira pas non plus. De même, je ne vous conseillerais pas le vert, excepté quelques nuances spécifiques comme l'amande, ou à la rigueur l'anis...

— Mais la robe que vous avez créée pour lady Renfrew était d'un vert magnifique ! gémit Clara.

— Vous n'êtes pas lady Renfrew. Vous ne pouvez pas porter un tel vert. Et cette ignominie prune doit disparaître.

— Oh, vous êtes cruelle et intraitable ! fit Clara en tapant du pied.

Noirot récupéra résolument la robe prune qu'elle laissa tomber par terre et repoussa du bout de son soulier.

Clara poussa une exclamation outrée en portant la main à sa bouche. Une lueur de colère flamboya dans ses prunelles bleues. Nullement perturbée, Noirot croisa les bras sur sa poitrine.

Clevedon n'en croyait pas ses yeux. Elle pensait donc pouvoir traiter la fille d'un marquis comme une gamine capricieuse – même s'il fallait avouer qu'en cet instant, Clara se comportait comme telle. Noirot allait tout simplement se faire jeter dehors, et elle aurait de la chance si lady Warford ne décrétait pas un embargo sur sa précieuse boutique !

— Si je peux me permettre... commença-t-il.

— Non, Clevedon, ne vous mêlez pas de cela, l'interrompit Clara. C'est moi qui lui ai dit de venir. Je n'avais pas le choix. Ce qu'elle me propose ne ressemble en rien à ce que je porte d'ordinaire. Mais je ne pensais quand même pas m'habiller comme une provinciale, sans aucun goût ni discernement ! Soit, je n'attachais pas une importance capitale à la mode et je laissais maman me conseiller... Et maintenant on me dit que rien ne convient ! Que vais-je dire à ma mère ? Et j'ai quand même le droit de m'habiller en prune si ça me chante !

— Je vous accorde presque toutes les nuances de rose, reprit Noirot avec patience. Sauf le vieux rose et le saumon. En revanche, je vous vois très bien dans une robe en soie brochée lilas, rehaussée de dentelle noire. Mais bon, ce sera pour plus tard. Pour l'instant, nous sommes condamnées au blanc en raison du deuil de la cour. Du moment qu'il s'agit d'un blanc lumineux. Pas d'ivoire. Ni de crème. Ni de blanc cassé.

— À propos de blanc lumineux, ne pourrions-nous tirer les rideaux ? suggéra Clevedon. J'ai un mal de tête épouvantable…

— Je suppose que vous avez été le chercher au même endroit que Longmore, coupa Clara avec mauvaise humeur. Eh bien, il va vous falloir supporter la clarté du jour, car Mme Noirot ne peut pas travailler dans le noir.

— Je croyais qu'elle était capable de tout parce qu'elle est la plus grande couturière du monde, maugréa-t-il avant de battre en retraite dans le coin le plus obscur de la pièce.

— En tout cas, c'est certainement la plus exigeante ! soupira Clara. Elle voulait me montrer comment certaines teintes flattent le teint ou au contraire le brouillent, et nous sommes venues dans cette pièce qui est la plus lumineuse de la maison à cette heure. Mais que faites-vous ici si vous avez la migraine ? demanda-t-elle après une courte pause, sourcils froncés.

— Je vous ai entendue crier…

— Je voyais mes robes mises au rebut les unes après les autres, c'est quand même perturbant. Je ne me pensais pas si matérialiste et futile, mais en définitive… Ce que je voulais dire, c'est que faites-vous *ici*, dans cette maison ? Vous savez bien que papa n'est jamais là le mardi, et vous n'êtes sûrement pas venu voir maman, qui n'est pas là non plus d'ailleurs, sinon Mme Noirot ne serait pas venue. C'est mon petit secret, vous comprenez ?

— J'étais passé vous chercher pour faire une promenade au parc, soupira Clevedon.

Clara avait-elle toujours été aussi bavarde ?

— Vous voyez bien que je suis occupée. Pourquoi ne m'avez-vous pas dit que vous comptiez venir ?

— Je l'ai fait, samedi dernier.

— Sûrement pas. Vous m'avez à peine consacré cinq minutes, samedi dernier. Et si vous m'avez adressé dix mots, c'est bien le diable. Quoi qu'il en soit, je n'ai pas le temps.

— Nous en avons presque fini, intervint Noirot.

— Mais pas du tout, protesta Clara. Il nous reste encore à décider ce que je vais dire à ma mère.

Noirot conserva son masque impassible, ce qui relevait de la prouesse. Pour sa part, Clevedon était déjà excédé des plaintes et récriminations de Clara, alors qu'il n'était pas dans la pièce depuis plus de cinq minutes. Noirot devait avoir envie de l'étrangler.

— Vous n'avez qu'à lui dire, répondit-elle, qu'on ne peut pas attendre d'un homme habitué à côtoyer les Parisiennes les plus élégantes, qu'il soit émoustillé par des tenues vieillottes...

— Pardon ? s'exclama Clevedon.

— ... et sans grâce. Surtout, ayez l'air sûre de vous quand vous lui tiendrez ces propos. Faites comme s'il s'agissait d'une évidence que n'importe qui serait à même de comprendre. Et si elle vous pose des difficultés, piquez une crise. C'est en général la manière dont procèdent les jeunes personnes de la haute société.

— Piquer une crise ? Mais... je ne fais jamais cela, murmura Clara, déconcertée.

— Pardonnez-moi, mais à l'instant vous avez tapé du pied, observa Clevedon. Et vous faisiez la lippe.

— Comment ? C'est faux ! se récria Clara.

— Vous étiez trop bouleversée pour vous en rendre compte, compatit Noirot. Mais si vous voulez servir votre cause, vous ne devez pas lésiner sur les moyens. Criez, pleurez, tordez-vous les mains. Vous voulez qu'on vous écoute, n'est-ce pas ? Alors n'hésitez pas à faire le plus de tapage possible. Dès que vous serez assurée d'avoir toute l'attention de Mme la marquise, vous pourrez redevenir sa douce et raisonnable fille. Tenez, je vous montre...

Sous le regard ébahi de Clevedon et Clara, Noirot croisa les mains sur sa poitrine et écarquilla ses yeux noirs qui s'emplirent de larmes.

— Oh, maman, je ne puis croire que vous désiriez me voir endurer une telle humiliation ! J'en mourrai de honte et de chagrin ! Et quel calvaire pour notre famille ! Que penseront nos amis et connaissances ? Nous serons la risée de tout Londres ! s'exclama-t-elle d'une voix entrecoupée de sanglots.

Puis, d'une voix normale, elle reprit :

— À ce stade, n'oubliez pas de mentionner quelqu'un que votre mère déteste. Si elle vous rétorque que tout cela n'a aucun sens – c'est un cas de figure possible –, parlez-lui de ce noble Français qui était éperdument amoureux d'une femme mariée...

Clevedon sursauta.

— Voyons, Clara ne peut pas évoquer de telles...

Clara le coupa avec irritation :

— Laissez-la donc s'exprimer, Clevedon. Après tout, c'est votre faute si j'en suis arrivée là. C'est vous qui m'avez présenté Mme Noirot, et maintenant je suis bien obligée de l'écouter si je veux devenir belle.

— Vous êtes déjà belle, milady, objecta Noirot. Combien de fois devrai-je vous le dire ? Le plus pur des diamants doit avoir la plus belle monture. Un chef-d'œuvre, le plus beau cadre. Un...

— Oui, oui, mais cet argument ne portera pas avec maman, répliqua Clara. Que disiez-vous à propos de ce Français et de sa bonne amie ?

— Cette femme l'obsédait. Il en était fou. Ses amis tentaient de le ramener à une plus juste mesure, en vain. Puis, un soir de bal, la dame en question lui demanda d'aller chercher son châle qu'elle avait oublié quelque part. Il obtempéra, imaginant une étole en cachemire qui porterait le parfum de son aimée et dont la douceur incomparable aurait servi d'écrin à sa beauté…

Clevedon se remémora le parfum de Noirot, dont le souvenir s'était imposé à lui dans l'antichambre. Il se rappela avoir humé cette fragrance capiteuse sur son cou.

— … mais lorsqu'il trouva le châle, il fut révulsé d'horreur. Il était en poils de lapin ! Dégoûté, il perdit tout amour pour la dame en question et se tourna vers des amours plus raffinées.

— C'est impossible ! Vous inventez ! s'exclama Clara.

Clevedon toussota.

— Vous trouverez cette anecdote dans le recueil de lady Morgan, qui a rassemblé ses impressions lors d'un voyage en France. La publication date de quelques années, mais ses préceptes sont toujours en vigueur. Vous auriez dû voir la tête de mon ami Aronduile quand je lui ai demandé si la mode féminine avait tant d'importance ; et les entendre ensuite, lui et ses amis, discourir sur la question à n'en plus finir, citer des philosophes et se chercher querelle au sujet d'Ingres, de Balzac, de Stendhal, de David, de l'art et du sens de la beauté…

— Très bien, très bien, dit Clara. Alors j'essaierai. Mais c'est vraiment pour vous faire plaisir, Clevedon. Et parce que je me fie à votre jugement, encore plus qu'à celui de Longmore…

— Clara, ne vaudrait-il pas mieux que…

— Mais que vais-je porter à l'Almack demain soir ? coupa-t-elle sans l'écouter. Vous avez mis votre veto sur *toutes* mes robes, madame Noirot.

L'Almack. Encore une de ces soirées tant redoutées où il retrouverait les mêmes visages, aurait les mêmes conversations fastidieuses. Il serait obligé d'arracher Clara à sa cohorte d'admirateurs et de danser avec elle. De toute façon, quoi qu'elle porte, il ne pourrait s'empêcher de penser à Noirot.

Il toussota de nouveau :

— Bien, étant donné que personne n'a été assassiné et qu'il me semble que je suis de trop...

— Pas du tout, Votre Grâce, répliqua Noirot. Vous êtes arrivé juste au bon moment. Lady Clara a été d'une patience exemplaire, elle a bien mérité une pause. Prendre l'air au parc est exactement ce qu'il lui faut.

— Mais le bal de l'Almack ? s'angoissa Clara.

— Vous recevrez une robe demain, que nous vous livrerons avant sept heures afin de faire les dernières retouches. Et avec le chapeau que vous avez choisi tout à l'heure dans ma vitrine, votre toilette sera *parfaite*.

— Mais, ma mère...

— ... ne posera pas de problème puisque vous aurez pris soin de régler la question au préalable, acheva Noirot.

Clara prit Clevedon à témoin :

— Cette personne est tellement autoritaire !

— Sa Grâce a déjà mentionné ce trait de caractère. Je m'occupe de satisfaire des femmes exigeantes à longueur de temps, six jours par semaine. Il n'y a pas de juste milieu : il faut soit dominer, soit être dominé.

Voilà qu'elle usait maintenant de cette franchise désarmante, saupoudrée d'humour. Elle était décidément... incroyable !

— Eh bien, j'en ai assez d'être dominée pour le moment, déclara Clara. Clevedon, je vous prie de patienter encore quelques minutes. Mme Noirot a daigné me laisser quelques accessoires qu'elle ne trouve pas totalement abominables. Vu leur nombre réduit, il ne faudra guère de temps à ma femme de chambre pour me choisir un chapeau et des gants. À tout de suite.

Sur ces mots, Clara quitta le salon.

Marcelline avait obtenu ce qu'elle voulait, et même plus. Sans même devoir attendre les fiançailles du duc. Lady Clara lui avait donné carte blanche pour refaire toute sa garde-robe. Et demain soir, l'élite londonienne la verrait porter une création de la maison Noirot.

Bientôt, leur boutique serait la plus courue de Londres.

Marcelline avait donc atteint son but.

C'était merveilleux.

C'est ce qu'elle ne cessait de se répéter, tout en triant les différents articles qui n'avaient désormais plus leur place dans l'armoire de lady Clara.

— Allez-vous les jeter au feu ? s'enquit Clevedon depuis le coin où il s'était retranché.

— Sûrement pas.

— Qu'allez-vous en faire, alors ? Maintenant que vous m'avez empoisonné l'esprit, je me rends compte qu'en effet les teintes et les coupes ne sont pas très heureuses.

— Rien n'empêche de les reprendre. Je m'occupe d'une association caritative qui recueille des pauvresses. Et lady Clara m'a généreusement autorisée à distribuer à mes petites protégées les effets dont elle ne voulait plus.

— Vos... protégées ? répéta-t-il avec incrédulité. Vous avez vos bonnes œuvres ?

Il se mit à rire.

La main de Marcelline la démangea de lui lancer quelque chose à la figure. Par exemple une chaise.

À moins qu'elle ne l'embrasse furieusement. Il était si beau, c'était exaspérant ! Sa vue suffisait à la troubler. Mais il était le seul homme qu'il lui était interdit de prendre comme amant. Sinon, elle aurait agi comme agissaient les hommes en général avec leur tocade du moment : ils séduisaient, puis abandonnaient sans vergogne. Clevedon n'aurait pas mérité meilleur traitement. Il était pétri d'arrogance, nombriliste et inutile. Oui, cela aurait été bien fait pour lui, et cela l'aurait débarrassée de cette frustration qui menaçait sa santé mentale. Hélas, elle ne le pouvait pas.

Une cameriste entra dans la pièce. Marcelline lui donna des instructions, puis, comme la domestique s'en retournait, une pile de vêtements dans les bras, elle ne se soucia pas de reprendre la conversation, préférant le silence aux mots.

Elle tenta de se concentrer sur son succès. Elle avait réussi. Elle était heureuse. Tout fonctionnait à merveille.

— De quelle association s'agit-il ? Je vais demander à mon secrétaire de lui faire un don. Si vos protégées parviennent à faire quoi que ce soit de ces nippes, elles l'auront amplement mérité.

— Le Comité d'apprentissage de la couture pour l'insertion des indigentes, répondit Marcelline entre ses dents.

Elle aurait pu préciser qu'elle et ses sœurs l'avaient fondé un an plus tôt, que l'indigence était un problème qui les avait touchées de près, et qu'il leur avait fallu apprendre très tôt à gagner leur vie. Mais son passé était un secret qu'elle gardait soigneusement verrouillé.

— Certaines de nos filles sont devenues femmes de chambre pour des dames de qualité, ajouta-t-elle. Mais la plupart trouvent un emploi dans un atelier de couture. On a toujours besoin de bonnes couturières, surtout en période de deuil.

Le majordome fit son entrée, suivi d'un valet qui apportait un plateau de rafraîchissements destinés au duc. Marcelline mourait de faim. Elle s'était occupée de lady Clara depuis le matin, sans que personne lui propose de quoi se restaurer un peu. Qui se souciait du bien-être d'une commerçante ?

Les minutes s'écoulaient. Que fabriquait donc lady Clara ? Combien de temps lui fallait-il pour nouer le ruban de son chapeau sous son menton et jeter un châle sur ses épaules ? Sans compter qu'elle n'aurait pas dû prendre le risque de les laisser seuls dans la même pièce. Elle avait paru si anxieuse à l'idée que Marcelline ruine ses fiançailles...

Mais, de toute façon, elle n'avait rien à craindre. Marcelline n'avait qu'une ambition : habiller sa sculpturale personne et vider la bourse de son futur mari.

Elle était très, très heureuse.

Le silence s'étirait, seulement rompu par les allées et venues des serviteurs.

Enfin, au bout d'un long moment, lady Clara réapparut.

Marcelline interrompit son rangement, le temps de donner la bonne inclinaison au chapeau de sa cliente et d'arranger les plis de son châle en cachemire. Puis, satisfaite, elle recula, exécuta une petite révérence et reprit son travail.

Elle eut conscience de la haute silhouette de Clevedon qui la frôlait, du bruit étouffé de ses bottes sur le tapis, du murmure de sa voix grave auquel faisait écho le rire de lady Clara.

Sans relever la tête, Marcelline continua de s'activer.

Le couple sortit.

Enfin seule, elle se répéta une fois encore qu'elle s'en était bien tirée et qu'elle avait toutes les raisons d'être contente.

Ce soir-là

La robe de Mme Whitwood gisait sur le comptoir. Pendant que Marcelline piétinait dans le salon de musique de lady Clara à Warford House, Mme Whitwood était passée à la boutique, folle de rage. Sophia avait néanmoins réussi à l'amadouer – elle aurait amadoué Attila lui-même s'il s'était présenté, écumant de rage.

La robe serait modifiée, avait-elle promis. Cela ne coûterait presque rien, en dehors de la main-d'œuvre. Cependant, le temps qu'y passeraient Marcelline, ses sœurs et leurs ouvrières ne pourrait être consacré à d'autres commandes.

À ce train-là, elles seraient vite ruinées. Non seulement elles ne pouvaient pas se permettre de passer leur temps à refaire des robes, mais leur réputation commerciale ne tarderait pas à en pâtir.

Marcelline était en train d'étudier le modèle.

— Qui a travaillé sur cette robe ? demanda-t-elle à Pritchett, la plus âgée des petites mains.

— Moi, madame. S'il y a un défaut, je dois être responsable puisque c'est moi qui ai supervisé le travail, mais je ne comprends pas. Elle est telle que la cliente nous l'avait demandée.

— Je sais. Il ne peut pas y avoir deux robes comme celle-ci dans Londres. J'ai moi-même inventé le plissé de la surjupe, ainsi que le motif des broderies. Il est vraiment très curieux qu'une autre couturière ait eu la même idée au même moment.

— Cela ne m'étonne guère, si vous voulez mon avis. Avec toutes ces filles que vous avez embauchées et qui sortent pour ainsi dire du caniveau... Je n'aime pas dire du mal des gens, mais certaines n'ont aucun sens moral, vous savez. Je me propose pour reprendre cette robe et rester à l'atelier ce soir afin qu'elle soit terminée à temps.

— Merci, Pritchett, mais ce ne sera pas nécessaire. Il faudra travailler dur sur la robe de lady Clara demain, et je veux que vous soyez toutes fraîches et disposes.

Jetant un coup d'œil à sa montre de gousset, elle ajouta :

— Il est presque huit heures. Renvoyez les filles chez elles et dites-leur d'arriver demain à huit heures en pleine forme.

Marcelline gardait rarement ses ouvrières au-delà de neuf heures le soir, même quand la boutique était en pleine effervescence, comme cela avait été le cas lorsque la fille du Dr Farquar avait été contrainte de se marier en toute hâte, ou bien quand Mme Whitwood – après s'être disputée avec Hortense Moche – avait envahi la maison Noirot avec ses cinq filles, qu'il avait fallu habiller pour une longue période de deuil après la mort d'une riche tante.

L'expérience avait appris à Marcelline qu'on travaillait mieux dès potron-minet plutôt que le soir, lorsque les yeux se fatiguaient et que la lassitude raidissait les gestes.

— Mais, madame, il nous reste aussi à terminer la jaquette de Mme Plumley, lui rappela Pritchett.

— Elle ne l'attend pas avant jeudi. Allez, et faites ce que je vous ai dit.

Marcelline regarda Pritchett se diriger vers l'atelier.

Elle et ses sœurs avaient mis au point un plan d'une simplicité enfantine. Avant de rentrer chez elles après une journée de labeur, les ouvrières avaient pour consigne de ranger l'atelier. Marcelline ne voulait pas voir traîner un seul ruban ni un seul bouton. On balayait le sol, on remettait les chaises en place. Aussi la pièce était-elle en ordre quand, deux jours plus tôt, Marcelline avait volontairement laissé tomber par terre le dessin de la robe de Mme Sharpe.

La première employée à se présenter sur les lieux – Pritchett, en général – aurait dû remarquer le papier à son arrivée et le donner à l'une des trois sœurs. Mais lorsque Sophia était arrivée, peu après que les employées eurent entamé leur journée, le modèle avait disparu et personne n'en avait soufflé mot.

Au matin suivant, Selina Jeffreys l'avait retrouvé sous le pied de sa chaise quand elle avait voulu s'installer. Pritchett en avait fait toute une histoire, elle avait sermonné Selina en lui reprochant d'être partie trop vite la veille, d'avoir été négligente. Mais Marcelline, Léonie et Sophia savaient désormais à quoi s'en tenir.

Et elles se tenaient prêtes.

La porte de la boutique s'ouvrit, faisant danser la clochette suspendue à l'encadrement.

Marcelline releva la tête et sentit son cœur s'emballer.

Le regard de Clevedon balaya la boutique avant de se poser sur elle. Il s'approcha et, fascinée par sa prestance, elle mit un moment à s'apercevoir qu'il tenait en main une assez grande boîte.

— Bonjour, Votre Grâce, le salua-t-elle avec une brève révérence.

— Bonjour, madame Noirot, dit-il en posant la boîte sur le comptoir.

— Ce n'est tout de même pas le nouveau chapeau de lady Clara ? Sophia m'a dit qu'elle en avait été ravie et que...

— Pourquoi diable vous retournerais-je un chapeau de Clara ? Je ne suis pas son valet. Non, j'ai apporté ceci pour Erroll.

Marcelline se raidit et fronça les sourcils.

— C'est un cadeau ?

— Oui.

— Remportez ça tout de suite, ordonna-t-elle.

— Sûrement pas. Je me suis donné trop de mal pour l'avoir. Je ne connais pas grand-chose aux enfants, et vous n'imaginez pas le nombre...

— Je ne veux pas que vous fassiez des cadeaux à ma fille !

Sans répondre, il souleva le couvercle et écarta le papier de soie qui dévoila... une poupée. Et quelle poupée ! Ravissante, avec ses longues boucles noires et ses grands yeux en verre bleu, sa robe en soie blanche ornée de dentelle et de perles.

— Je ne repartirai pas avec, prévint-il. Si vous n'en voulez pas, brûlez-la.

À cet instant, Lucie fit irruption dans la boutique par la porte de l'atelier. Apercevant la poupée, elle pila net. Ses yeux s'écarquillèrent. À six ans, il ne fallait pas lui demander de résister au charme de ce sublime jouet.

— Bonjour, Votre Grâce, balbutia-t-elle avec une révérence rapide. Quelle jolie poupée ! C'est sûrement la plus belle que j'aie vue de toute ma vie...

À mi-voix entre ses dents serrées, Marcelline gronda :

— Vous allez me payer ça... très cher !

Sans relever la menace, Clevedon répondit à Lucie :

— Vraiment ? Tu es meilleur juge que moi, tu sais. Je ne m'y connais pas vraiment en poupées.

Lucie s'approcha d'un pas.

— Ce n'est pas une poupée ordinaire. Regardez, Votre Grâce, ses yeux sont en verre. Et sa figure ressemble à celle d'une vraie petite fille ! Et ses cheveux... ils sont si beaux ! À mon avis, ce sont de vrais cheveux.

— Tu veux peut-être la prendre dans tes bras ? proposa Clevedon.

— Oh oui !

Lucie ébaucha un mouvement en direction de la poupée, puis marqua un temps d'hésitation et tourna la tête vers Marcelline :

— Tu veux bien, maman ? demanda-t-elle de sa voix la plus charmeuse.

— Oui, oui, fit Marcelline d'un ton bref.

Que dire d'autre ? N'importe quelle mère aurait compris qu'il ne fallait pas mettre les doigts dans un tel engrenage. Sans compter qu'en courtisant la fille, le duc compromettait la mère. D'ordinaire, Marcelline se montrait très stricte dans ses principes d'éducation, néanmoins sa propre enfance avait été jalonnée de toutes sortes de chagrins et de manques, et elle voyait une telle joie briller dans les yeux de Lucie…

Le duc s'était agenouillé devant la fillette. Avec solennité, il lui tendit la poupée. D'un air tout aussi grave, elle l'accepta, la posa au creux de son bras avec un soin précautionneux, comme s'il s'agissait d'un objet magique susceptible de disparaître d'une seconde à l'autre.

— Comment s'appelle-t-elle ? demanda-t-elle.

— Je n'en ai aucune idée. Je pensais que tu le saurais.

Lucie réfléchit.

— Si c'était ma poupée, je l'appellerais Susannah.

— Oh, je crois qu'elle adorerait être ta poupée. Enfin… si c'est possible, ajouta-t-il en levant les yeux sur Marcelline.

— Oh, maman… est-ce que c'est possible ? dit Lucie d'une voix suppliante.

— Bien sûr, articula Marcelline d'un ton pincé.

— Oh merci, merci maman !

Lucie reporta sur Clevedon un regard adorateur.

— Merci, Votre Grâce. Je vous promets de prendre grand soin d'elle.

— Je n'en doute pas, Erroll.

— Regardez, elle peut bouger les bras et les jambes ! Cela veut dire qu'on peut lui enlever sa robe pour en mettre une autre à la place. C'est une princesse, et tout le monde sait que les princesses ont des armoires pleines d'affaires. Maman et mes tantes m'aideront à en coudre pour elle. Je vais lui faire des robes d'après-midi, des robes du soir, une amazone, et aussi un chapeau bleu pour aller avec ses yeux. Vous verrez, la prochaine fois que vous viendrez.

La prochaine fois que vous viendrez.

— Lucie, intervint Marcelline, pourquoi n'emmènes-tu pas Susannah à l'étage pour la montrer à tes tantes ? Il faut que je parle avec M. le duc.

Lucie disparut, emportant la poupée avec autant de prudence que s'il s'était agi d'un véritable enfant. Clevedon se releva sans la quitter des yeux, et son sourire frappa Marcelline.

Ce n'était pas un sourire de triomphe, ni le sourire rusé d'un manipulateur qui vient de réussir son coup. C'était un sourire attendri, empreint d'une insupportable tristesse, qui atteignit Marcelline en plein cœur et la désarma d'un coup.

— Clevedon...

Son sourire s'évanouit et il lui fit face :

— Pas la peine de me tomber dessus à bras raccourcis. Cette charmante enfant me plaît beaucoup. Elle est aussi fascinante que sa mère. C'est bien normal, non ?

— Elle n'a que six ans !

— Justement. C'est une petite fille. Elle a bien le droit d'avoir une poupée.

— Elle en a des tas ! Avez-vous l'impression qu'elle est maltraitée ? Qu'elle manque de quoi que ce soit ? C'est ma fille et je m'occupe d'elle, figurez-vous. Mais elle n'a rien à voir avec vous. Vous n'avez pas à lui acheter des cadeaux. Que vont penser lady Clara et vos amis ? Vous savez très bien que cette histoire leur reviendra aux oreilles. Lucie va se pavaner avec sa poupée devant mes ouvrières, qui en parleront à leur tour à leurs amies, et en un rien de temps la nouvelle se répandra dans Londres. Croyez-vous que ce soit bon pour mon négoce ?

— Votre précieux négoce. Vous ne pensez décidément à rien d'autre.

— Parce que c'est toute ma vie ! Ou du moins... c'est comme ça que je la gagne. Pouvez-vous seulement comprendre cette notion élémentaire ?

— Je ne...

— C'est grâce à cette boutique que je nourris ma fille, que je l'habille, que je l'éduque et que nous avons toutes un toit au-dessus de nos têtes, fulmina-t-elle. Que faut-il donc pour vous faire comprendre ? Vous êtes si aveugle, si obtus et…

— Vous me rendez fou, avoua-t-il d'une voix sourde. Je vous vois partout, où que j'aille.

— Comment osez-vous dire ça ? C'est *moi* qui vous trouve sans cesse sur ma route depuis que j'ai regagné Londres !

— Vous avez bouleversé ma vie. Cela fait quinze jours que j'essaie de demander Clara en mariage, et chaque fois que je prends mon courage à deux mains…

— Votre *courage* ?

— Oui, à chaque fois vous êtes là. Aujourd'hui, je me suis rendu à Warford House dans l'intention de me déclarer, mais vous l'aviez mise dans un tel état d'agitation qu'il m'a été impossible d'avoir une vraie conversation avec elle, sans parler du beau discours que j'avais répété pendant une demi-heure, dont je ne me suis pas rappelé une seule syllabe… à cause de vous !

La porte de l'atelier s'ouvrit, et Léonie entra dans la boutique sur ces entrefaites.

— Oh, bonjour Votre Grâce, dit-elle d'un ton surpris, alors qu'elle les avait sans doute entendus se disputer du haut de l'escalier.

— M. le duc était sur le point de partir, déclara Marcelline.

— Pas du tout, protesta-t-il.

— Nous fermons, insista Marcelline. De toute façon, vous n'êtes pas venu faire des achats.

— Qu'en savez-vous ?

— Léonie, veux-tu bien fermer la porte ? pria Marcelline, avant de rétorquer au duc : Je ne vais pas laisser ma boutique ouverte toute la nuit pour satisfaire vos caprices.

— Et comment comptez-vous me jeter dehors ?

Elle lui aurait volontiers cassé la figure, aurait pris plaisir à boxer son nez aristocratique jusqu'à le rendre inconscient ; puis elle et ses sœurs auraient tiré son corps inerte jusque dans la venelle voisine. Cela n'aurait pas été la première fois qu'elles se débarrasseraient ainsi d'un gêneur.

— Vous êtes malheureusement trop grand et trop lourd, rétorqua-t-elle. Mais nous allons mettre les choses au clair, une bonne fois pour toutes.

10

« PROCHAINS MARIAGES DANS LA HAUTE SOCIÉTÉ : on s'apprête à célébrer les noces de M. Vaughan et de lady Mary Anne Gage, sœur de lord Kenmare. Et le vicomte Palmerston serait sur le point d'épouser la riche Mme Thwaites. »

Journal de la Cour, samedi 25 avril 1835

Marcelline longea le couloir au pas de charge, dépassa l'escalier qui conduisait à l'appartement et ouvrit la porte de l'atelier.

Il régnait là un désordre surprenant.

Le grand plan de travail était jonché de bouts de tissu, de bobines de fil, de pelotes d'aiguilles et de dés à coudre. Les chaises étaient restées là où on les avait poussées. On aurait dit que les ouvrières s'étaient enfuies sous le coup d'une brusque panique.

Mais Marcelline n'avait pas le temps de s'en préoccuper. Ce capharnaüm n'était qu'une épreuve de plus au cours d'une journée éprouvante où il lui avait fallu se mordre la langue et garder son calme face à la stupidité, à l'impolitesse, parfois la grossièreté ; une journée où elle avait dû faire abstraction de ses propres désirs et employer toute son énergie à satisfaire une clientèle exigeante.

Elle s'occuperait plus tard de cette dernière contrariété.

Pour le moment, il y avait Clevedon.

Elle se tourna pour lui faire face, s'appuya des deux mains sur la table au plateau encombré. D'ordinaire, elle tirait une grande fierté de l'ordre et de la propreté qui régnaient dans sa boutique, contraste frappant avec le fouillis qui existait jadis chez ses parents, dans ce qui leur tenait lieu de maison. Mais qu'importe si le duc la trouvait brouillonne et désorganisée.

— Je ne veux plus que vous remettiez les pieds ici, dit-elle. Jamais.

— Cela me convient très bien. C'est le dernier endroit sur terre où j'aie envie de me trouver.

— Et je ne veux pas que vous achetiez l'affection de ma fille en lui faisant d'autres cadeaux.

— Qu'est-ce qui a pu vous faire croire que j'en avais l'intention ?

— Ma fille sait comment parvenir à ses fins, et en général elle entortille tout le monde autour de son petit doigt.

— Comme sa mère, alors.

— C'est vrai, je vous ai amené là où je le voulais. À présent, cette page est tournée. Maintenant que votre fiancée est ma cliente, je n'attends plus rien de vous.

Menteuse.

— Clara n'est pas ma fiancée. À cause de vous.

— À cause de *moi* ? Oh non, vous ne me mettrez pas cela sur le dos, Votre Grâce. Pourquoi ne l'avez-vous donc pas prononcé, ce beau discours que vous avez si soigneusement répété ? Cette demande en mariage qui va déterminer le reste de votre vie et à laquelle vous avez consacré une *demi-heure* de votre temps ! se moqua-t-elle avec un rire sarcastique.

— Mais Clara sait bien que...

— Oui, je comprends tout à fait. Pourquoi vous donneriez-vous le moindre mal, puisque tout vous tombe toujours tout cuit dans le bec ? Vous obtenez tout ce que vous voulez et vous vous en désintéressez dans la foulée.

— J'aime Clara, protesta-t-il. Je l'aime depuis que nous sommes enfants. Mais vous…

— C'est ma faute, n'est-ce pas ? Je suis la diablesse qui menace votre bonheur conjugal. Franchement, écoutez-vous et regardez-vous ! Vous êtes comme tous les hommes, vous n'avez envie que de ce qu'on vous refuse. Tant que vous ne m'aurez pas eue, vous serez frustré, obsédé. Le fait que vous soyez venu ici ce soir prouve que vous n'avez pas toute votre tête, que cette frustration vous tenaille et vous rend fou.

Les pommettes saillantes du duc s'empourprèrent. Il serra les poings.

— Vous vous trompez, articula-t-il. Je ne vous cours pas après. Mais *vous*, vous me désirez. Et vous me faites pitié.

Elle ne frémit pas, mais intérieurement reçut un choc aussi violent que si elle avait heurté un mur de plein fouet. Une douleur aiguë fusa dans sa poitrine. Oui, elle le désirait. Elle aurait voulu être quelqu'un d'autre : une femme magnifique dont il aurait été éperdument amoureux, qu'il aurait souhaité chérir et protéger, pas une moins-que-rien qu'il avait juste envie de trousser dans un coin.

— Si vous avez pitié de moi, vous n'avez qu'à m'envoyer plus de clientes, rétorqua-t-elle. Quand je suis dans la peine, rien de tel qu'un peu d'argent pour me réconforter.

— Vous n'avez décidément aucune vergogne.

— Parce que vous vous considérez comme un saint, peut-être ?

Elle eut un rire cinglant.

Il marcha sur elle.

À cet instant, elle sut ce qui allait se passer.

Mais comme elle ne valait pas mieux que lui, elle ne bougea pas d'un pouce, les reins calés contre la table, le défiant du regard, défiant sa propre perte.

Il la dominait de toute sa taille, plongeant son regard dans ces yeux noirs brillants qui le bravaient, se moquaient de lui comme elle s'était moquée l'instant d'avant des mensonges qu'il proférait pour abuser son monde et s'abuser lui-même.

Non, il n'était pas un saint. Trois ans plus tôt, il avait tourné le dos à ses responsabilités, s'était installé à Paris sachant qu'il y serait libre comme jamais il ne pourrait l'être en Angleterre, assuré que sa soif de sensations fortes et de plaisirs ne blesserait aucune des personnes chères à son cœur.

Noirot ne lui promettait que des ennuis.

Elle n'était pas faite pour lui, et le moment était assurément mal choisi. Pourquoi diable ne l'avait-il pas rencontrée trois ans plus tôt ?

Mais lorsqu'il se noyait dans ce regard d'encre, le bien et le mal se mélangeaient et perdaient toute signification. Ils se ressemblaient, s'étaient reconnus et attirés mutuellement avec une force magnétique inouïe. Il était fou d'elle. Et elle, qui lisait en lui avec une facilité déconcertante, ne lui avait assené que des vérités indéniables.

Oui, il la désirerait tant qu'il ne l'aurait pas possédée.

Mais ensuite, il serait libéré d'elle.

Il posa la main sur sa joue, lui renversa la tête en arrière et plaqua sa bouche sur la sienne.

Comme elle détournait la tête, il laissa glisser ses lèvres sur sa joue, jusqu'à son oreille, dans son cou. Son parfum de rose et de jasmin l'enveloppa, acheva de lui faire oublier tout le reste.

— Idiot, gémit-elle. Vous êtes un idiot !

— Je sais.

Il l'enlaça, la ramena contre lui. C'était si bon ! Ce corps tiède et souple qui se coulait contre le sien, s'imbriquait à la perfection, comme moulé par Belzébuth lui-même dans les ténèbres de sa forge infernale... Enfin, il la tenait dans ses bras. Il ne voulait rien d'autre. Seulement la tenir. La garder.

Sienne.

Cet instinct de possession primaire éradiquait toute autre pensée dans son cerveau.

D'un large geste du bras, il balaya les objets posés sur la table qui dégringolèrent dans un doux fracas.

Puis il la souleva, l'assit sur le plateau.

Comme elle plaquait les mains sur sa poitrine pour le repousser, il les retint sous les siennes, les maintenant au-dessus de son cœur tambourinant. Leurs regards se nouèrent et il se noya avec délectation dans ces deux lacs d'une profondeur insondable.

Il ne connaissait même pas son prénom, ne savait pas si « Noirot » était son identité véritable ou un nom d'emprunt, si elle avait réellement été mariée. Il s'en fichait.

Brusquement, elle lui saisit le visage à deux mains pour l'attirer vers elle, noua les jambes autour de ses reins. Puis elle l'embrassa sans aucune retenue, exigeant qu'il ne retienne rien en retour.

Il lui rendit son baiser avec la même fougue qu'il muselait depuis si longtemps. Il ne la connaissait que depuis quelques semaines et pourtant il avait l'impression de l'avoir désirée toute sa vie, d'avoir passé une éternité hanté par ses rêves, ses fantasmes et ses souvenirs interdits.

Mais aujourd'hui il ne rêvait plus. Et il se sentait plus vivant que jamais, un peu comme s'il avait été un somnambule qui se réveillait enfin.

Sous ses mains impatientes, la soie et la mousseline bruissaient dans un murmure intime, complice, qui invitait à la possession. Mais il trouvait des obstacles partout, volants de dentelle, coutures, jupons... Il y en avait tant qui faisaient barrage entre ses mains et sa peau ! Et il savait qu'ils disposaient de fort peu de temps. Quelques instants volés, c'est tout ce qu'ils auraient.

Parce qu'ils s'étaient rencontrés trop tard.

Il réussit à retrousser jupe et jupons, immisça une main entre ses cuisses et atteignit une culotte de fine batiste sous laquelle il perçut la moiteur brûlante de sa chair... Fébrile, il découvrit l'ouverture pratiquée dans le vêtement, l'entendit pousser un petit cri lorsque ses doigts glissèrent sur sa fente humide. Puis, comme il la caressait, elle se cabra, étouffant son gémissement contre sa bouche.

Il savait bien ce qu'il faisait. Une partie de lui-même restait lucide, mesurait la folie qu'ils étaient en train de commettre. Cette part savait qu'il avait fermé la porte de l'atelier sans toutefois donner un tour de clé. N'importe qui pouvait entrer n'importe quand. Mais cette réalité s'estompait dans son esprit au profit d'une urgence bien plus intense : se dépêcher, il fallait se dépêcher.

Oui il était idiot, et il aurait dû avoir honte. À son âge, sauter sur une fille qui lui avait tourné la tête, la trousser derrière une porte, dans un coït aussi bref que furtif...

Mais il ne pouvait pas s'en empêcher.

Rapide, elle déboutonna son pantalon. Il frémit lorsqu'elle saisit son membre rigide, fit glisser sa main jusqu'à la base, remonta. Une vague de chaleur explosa en lui, le carbonisa sur place. Il repoussa sa main et, d'un profond coup de reins, l'empala. Cette fois encore, elle émit une exclamation étouffée, puis on n'entendit plus que le bruit de leurs respirations haletantes tandis qu'il la prenait sans ménagement, tel un soudard qui assouvit son désir brutal.

Sienne.

Quand elle atteignit l'orgasme, il sentit ses ongles s'enfoncer dans ses épaules. Puis ce fut tout. Elle ne cria pas. Il n'entendit plus que son souffle rapide et léger. Il voulait davantage, mais il avait attendu trop longtemps et, alors que les derniers spasmes contractaient sa chair intime, il perdit le contrôle à son tour. Le plaisir le submergea, telle une vague furieuse qui l'aurait précipité dans un abysse.

Alors qu'elle poussait un cri rauque, presque animal, il répandit sa semence en elle, foudroyé par une joie radieuse, d'une puissance infinie.

Marcelline avait honte de se cramponner à lui de la sorte, mais elle y était bien obligée, sinon elle aurait glissé de la table pour s'écrouler à terre, pantelante, sans force.

Son rythme cardiaque s'était un peu apaisé, mais son cœur continuait de cogner dans sa poitrine à coups lents qui l'ébranlaient.

Quelle imbécile elle faisait ! Elle aurait pu continuer à vivre dans une ignorance bénie, persuadée que tous les hommes se valaient, que l'acte sexuel servait seulement d'exutoire ou de récompense après une rude journée.

À présent, elle savait qu'une union charnelle pouvait devenir volcanique, que le monde pouvait naître et s'abroger en quelques minutes, et qu'ensuite plus rien n'était pareil.

Mais, après tout, ce n'était qu'une catastrophe de plus au cours de cette journée qui en avait tant compté. Elle avait peut-être commis une erreur fatale, mais ce n'était pas la première fois et elle y survivrait, comme elle avait survécu aux précédentes.

Il la tenait toujours étroitement entre ses bras puissants. Elle aurait dû le repousser depuis longtemps, surtout au moment fatidique. Elle savait pourtant qu'on ne pouvait se fier à un homme pour faire preuve de prudence et se retirer. Mais, en définitive, elle n'était pas plus raisonnable. Elle avait voulu le retenir en elle, lui appartenir entièrement, même pour quelques secondes. Et en cet instant même, elle n'avait nulle envie de quitter sa chaleur rassurante. Elle humait son odeur masculine, s'en délectait, ne se lassait pas du contact rugueux de sa joue contre la sienne.

Lorsque son sexe glissa hors d'elle, elle murmura d'une voix enrouée :

— Il faut me lâcher, maintenant.

— Attendez... encore un peu, souffla-t-il en resserrant son étreinte.

— Nous n'avons pas le temps. On va venir me chercher pour le dîner. Vous ne pouvez pas rester... Et il ne faut pas revenir, conclut-elle à regret.

Il se raidit.

— Les choses ne peuvent pas en rester là !

— Elles n'auraient jamais dû commencer.

— C'est un peu tard pour le dire.

— Peut-être, mais il n'est pas question de recommencer.

Elle le repoussa, et cette fois il consentit à la lâcher, s'écarta. Elle rabattit vivement sur ses jambes ses jupons et sa jupe, tandis qu'il se rajustait de son côté. Comme elle prenait appui sur la table pour se remettre debout, il la saisit par la taille des deux mains et la posa au sol. Elle se souvint qu'il avait soulevé Lucie de la sorte quelques jours plus tôt, pour l'asseoir sur la banquette de la voiture. Elle se souvint également du sourire mélancolique qu'il avait eu en regardant l'enfant s'éloigner avec sa poupée. La gorge nouée tout à coup, elle eut envie de pleurer.

Elle n'en était pas tout à fait sûre, mais elle avait cru comprendre qu'il avait perdu une petite sœur toute jeune...

Mais quelle importance ?

Elle se dirigeait vers la porte lorsqu'elle entendit un bruit sourd en provenance du couloir. Alarmée, elle s'immobilisa.

Léonie en avait sûrement fini dans la boutique. Tout le monde devait être à l'étage, en train de s'affairer à la préparation du dîner.

— Attendez, ordonna-t-elle à mi-voix, une main levée.

Elle se pencha, pressa son oreille contre le bois. Rien.

— J'ai cru entendre quelque chose, chuchota-t-il. S'agit-il d'Erroll ? Est-ce qu'elle...

— Non, elle n'a pas la permission de descendre quand la boutique est fermée. Et de toute façon elle a peur du noir... Chut !

Un autre bruit. Il y avait quelqu'un non loin, qui tâtonnait dans le noir.

Clevedon tendit la main vers la poignée de la porte.

— Je vais voir...

— Ne soyez pas stupide ! siffla-t-elle furieusement. Personne ne doit vous voir ici !

Lentement, elle ouvrit le battant, jeta un coup d'œil. Il y avait un rai de lumière sous la porte du petit bureau dans lequel Léonie rangeait les livres de comptes. Depuis peu, les trois sœurs y plaçaient également le portfolio de Marcelline, dans une boîte fermée à clé.

Aujourd'hui elles avaient tendu un piège, se rappela Marcelline dont le cœur se mit à battre plus rapidement.

Elle se faufila dans le couloir plongé dans la pénombre, se rendit compte que Clevedon lui emboîtait le pas, s'arrêta pour lui faire signe de rester dans l'atelier.

— Vous n'allez pas... commença-t-il.

Elle lui plaqua la main sur la bouche.

— C'est notre espionne. Nous l'attendions. C'est à moi de régler ça !

Cette confidence eut le mérite d'arracher Clevedon à la transe bienheureuse qui s'était emparée de lui depuis leur étreinte passionnée.

Une espionne ?

Il savait bien qu'il n'aurait pas dû se trouver là à cette heure, après la fermeture du magasin. Si quelqu'un l'apercevait, il lui serait impossible de trouver une justification à sa présence. Et Clara...

Clara !

Une vague de remords le submergea. Il l'avait trahie. Bafouée. Sa tendre amie. Sa future femme.

Ma femme. Ma femme, se répéta-t-il.

Il lissa les plis de sa cravate, comme s'il pouvait effacer d'un geste ce qu'il avait fait. Il essaya de se représenter sa fiancée, d'imprimer dans son cerveau l'image de son avenir, le seul qui puisse lui convenir. Il allait épouser la douce et belle jeune fille qu'il aimait depuis l'enfance, dont il avait fait la connaissance alors qu'il pleurait encore la perte de sa petite sœur. L'innocence et la blondeur de Clara lui avaient rappelé celles d'Alice. Elle avait posé sur lui le même regard admiratif. Il avait toujours pensé qu'il épouserait Clara, qu'il prendrait soin d'elle, qu'il la protégerait jusqu'à la fin de ses jours.

Pourtant, à la première occasion, il était parti loin d'elle. Après trois années de liberté totale, il ne se sentait toujours pas prêt. Et alors qu'il venait à peine de la retrouver, il avait possédé une autre femme.

Oui, il avait honte. Pourtant il ne parvenait pas à regretter l'épisode brûlant qui s'était déroulé dans l'atelier, ni à se défaire de l'impression que la Terre avait brusquement changé d'axe.

Cela ne durerait pas, se convainquit-il. Il voulait Noirot, il l'avait eue. Dans deux jours, il l'aurait oubliée.

À présent il était là, les bras ballants comme un idiot, pendant qu'elle... Mais que faisait-elle, au juste ?

— Non ! cria quelqu'un.

Clevedon se glissa sans bruit dans le couloir. À quelques mètres, une faible lumière émanait d'une pièce dont la porte était restée ouverte.

Il entendit Noirot s'exclamer :

— J'espère que Mme Moss vous a grassement payée pour trahir ma confiance. Parce que vous ne travaillerez plus jamais dans la couture, je vous le garantis !

— Personne ne vous écoutera ! grinça une voix aiguë. C'en est fini de la maison Noirot. Tout le monde sait que vous êtes la putain du duc, que vous soulevez vos jupes pour lui pratiquement sous le nez de sa fiancée !

— Je vous conseille vivement de me rendre ces modèles, Pritchett. Vous ne faites qu'empirer votre cas. Il n'y a qu'une issue et je ne vous laisserai pas passer.

— Vous croyez ?

Il y eut un brusque fracas, comme si une chaise avait été renversée ; puis un bruit de poterie brisée, un cri de rage.

Clevedon n'hésita qu'une demi-seconde. Noirot lui avait demandé de ne pas intervenir, mais la situation dérapait. D'ici une minute, ses sœurs entendraient ce tintamarre et dévaleraient l'escalier. Erroll pourrait échapper à la surveillance de sa nounou et être blessée dans la bagarre…

Toutes ces idées fusèrent dans son esprit pêle-mêle, tandis qu'il s'approchait de la porte. Un objet – un vase, une jatte ou quelque chose du même acabit – vola par l'embrasure avant de s'écraser contre le mur, à quelques centimètres de sa tête.

Il fit irruption dans la pièce, pour voir une femme jeter un encrier à la tête de Noirot. Celle-ci évita le projectile en se baissant vivement, mais elle trébucha sur la chaise renversée et s'étala.

Un curieux crépitement attira alors l'attention de Clevedon.

Tournant la tête, il vit que la lampe à huile posée sur le bureau s'était renversée. Les flammes se répandaient déjà aux piles de papiers environnantes. En un clin d'œil, elles léchèrent les voilages de la fenêtre, grandirent et atteignirent le plafond.

La femme se mit à courir, s'engouffra dans le couloir, emportant quelque chose serré sous son bras. Clevedon ne tenta pas de l'arrêter. Noirot essayait de se relever, tandis que le feu qui dévorait les rideaux s'approchait dangereusement des étagères emplies de livres et documents divers. En l'espace de quelques secondes, l'angle de la pièce se retrouva la proie des flammes.

Clevedon songea aux différents matériaux qu'il avait vus dans l'atelier, aux rouleaux de tissu sans doute entreposés quelque part. Tout cela était hautement inflammable. Et les flammes étaient déjà trop hautes pour qu'on les étouffe rapidement.

Il se décida en un clin d'œil. Il ne prendrait pas le risque de lutter contre l'incendie. D'ici quelques minutes, la pièce serait transformée en fournaise.

Agrippée au précieux portfolio, Pritchett ouvrit à la volée la porte arrière qui donnait sur la cour, puis détala sans un regard en arrière.

Parvenue dans Cary Street, elle s'autorisa à reprendre son souffle. Elle eut un coup au cœur en voyant la fumée qui s'échappait d'une fenêtre dont la vitre avait éclaté sous l'effet de la chaleur.

Pourvu que la petite ne soit pas blessée ! pensa-t-elle.

Elle avait tout préparé avec soin, mais Mme Noirot avait ruiné son plan en décidant contre toute attente de libérer ses employées plus tôt que prévu. Pritchett les avait fait déguerpir au plus vite en assurant qu'elle s'occuperait de ranger l'atelier. À l'arrivée du duc, elle avait adressé une prière de remerciement au Ciel. Ce dernier allait tenir madame occupée pendant un bon moment, s'était-elle réjouie.

Mais tout était allé de travers, et maintenant elle était démasquée.

Tant pis. Elle avait le portfolio. Grâce à l'argent qu'Hortense Moss allait lui donner, elle pourrait s'installer ailleurs sous un autre nom.

De nouveau, elle leva les yeux. Au-dessus des toits, les tourbillons de fumée noirâtre se découpaient contre le ciel étoilé.

Marcelline fixa les flammes d'un regard incrédule et stupéfait durant quelques secondes. Puis elle cria :

— Lucie !

Clevedon la saisit par les épaules pour l'aider à se relever et l'entraîna hors de la pièce. Elle entendit des cris à l'étage. Ses sœurs avaient senti l'odeur de fumée.

— Vite ! cria Clevedon. Tout le monde dehors ! *Tout de suite !*

Il y eut un piétinement à l'étage, une bousculade, des clameurs.

— Tout le monde dehors ! rugit-il encore.

Marcelline lui échappa pour se mettre à courir en direction de l'escalier. Il la rattrapa, la retint.

— Lucie ! gémit-elle. Pourquoi ne descendent-elles pas ? Lucie !

Était-il possible que l'incendie se soit déjà propagé à l'étage ? Que ses sœurs et sa fille soient piégées ?

Clevedon la tirait vers le magasin. Elle se débattit :

— Non ! Ma fille !

— Elles vont venir.

Elle entendit alors une cavalcade dans les marches et un bruit de voix.

— Vite, vite ! lança Clevedon. Que tout le monde sorte ! Noirot, pour l'amour de Dieu, emmenez-les dehors ! Je sortirai le dernier.

Le couloir était à présent empli d'une fumée si dense que Marcelline ne distinguait presque plus rien. Mais elle reconnut la voix de Lucie, celle de ses sœurs et celle de Millie, la nurse.

— Dehors ! Dehors !

Ils se précipitèrent dans l'affolement général. Et c'est seulement lorsque tout le monde se retrouva dans la rue que Marcelline se rendit compte que Lucie n'était pas là.

— Lucie ? Où est-elle ? cria-t-elle pour se faire entendre par-dessus le brouhaha des attelages qui s'immobilisaient et les exclamations paniquées des voisins.

— Je ne comprends pas, elle était avec nous…

— Oh, madame ! s'exclama Millie. Je la tenais par la main, mais elle s'est échappée en courant… et j'ai cru que c'était pour vous rejoindre !

Non. *Non.* Marcelline leva les yeux vers le bâtiment en flammes. Ses jambes devinrent toutes molles.

— Lucie !

Ses sœurs joignirent leurs voix à la sienne. Peu à peu, la rue s'était emplie de curieux. Fébrile, elle scruta la foule. Non, il n'y avait nulle trace de sa fille.

— La poupée ! s'écria soudain Sophia. Elle a voulu emmener sa poupée, mais je lui ai dit que nous n'avions pas le temps.

— Elle n'est quand même pas remontée dans l'appartement ? s'exclama Léonie d'une voix blanche.

Sans un mot, Marcelline se mit à courir vers le magasin. Ses sœurs la rattrapèrent. Elle se démena pour leur échapper.

— Marcelline, *regarde* ! dit Léonie d'un ton durci.

Les flammes dévoraient la vitrine. La boutique était transformée en brasier.

— Lucie ! *Lucie !* hurla Marcelline.

Clevedon avait compté les têtes au moment où les jeunes femmes franchissaient la porte. Il avait à peine posé le pied sur le trottoir lorsqu'il avait entendu Noirot appeler sa fille.

Oh, Seigneur, non…

Sans réfléchir, il avait rebroussé chemin.

— Lucie ! Erroll !

L'incendie avait gagné tout le rez-de-chaussée et une partie de l'étage. Des grondements et sifflements angoissants s'élevaient dans la maison, qui ressemblait désormais à une coquille de noix sur le point d'éclater. À travers la fumée, il distingua à peine les marches de l'escalier.

— Erroll !

Sans cesser d'appeler, il longea le couloir du premier étage, et c'est à cet instant qu'il perçut un cri terrifié.

— Lucie ! Où es-tu, ma chérie ?

— Maman !

L'atmosphère était suffocante. Il faillit ne pas entendre le cri ténu, tant le vacarme des flammes qui dévoraient boiseries et planchers était assourdissant.

Il suivit la provenance de la voix enfantine, chercha à tâtons, découvrit une porte sous l'escalier qui menait au deuxième étage. Un placard ? Peut-être la fillette s'y était-elle enfermée pour jouer, à moins qu'elle ne s'y soit réfugiée sous l'emprise de la terreur ?

Il ouvrit le battant, se retrouva face au silence et à l'obscurité.

Non, mon Dieu, je Vous en prie… faites qu'elle ne soit pas morte !

Finalement, il distingua une petite forme recroquevillée dans un coin. Il l'attrapa, la serra contre lui. Elle était agrippée à sa poupée et tremblait de tous ses membres.

— Ça va aller, assura-t-il d'une voix enrouée par la fumée, la peur et le soulagement. N'aie pas peur, Erroll. Nous allons nous en sortir.

En sanglots, elle se blottit contre lui, cacha son visage dans les plis de son manteau. Oui, ils allaient s'en tirer, se promit-il. *Elle ne mourrait pas*. Il ne le permettrait pas.

Derrière eux, l'incendie rugissait.

Marcelline se débattait désespérément, et il fallait plusieurs personnes pour la ceinturer. De toute façon, il était trop tard.

Le véhicule des pompiers était arrivé rapidement sur les lieux, mais pas assez. Le tuyau qui arrosait désormais l'immeuble pourrait juste empêcher – avec un peu de chance – que le feu se propage aux bâtiments voisins.

Rien ne survivrait à cet incendie dévastateur, c'était évident. Elle n'avait donc qu'une envie : retourner se jeter dans le brasier. Mais on ne le lui permettait pas.

Ses jambes ne la soutenaient plus. Elle tomba à genoux sur le pavé, les bras farouchement croisés sur sa poitrine, grelottante. Elle ne pouvait même pas pleurer. La douleur était trop intense dans sa poitrine. Elle pouvait seulement se balancer, en proie à une souffrance indescriptible comme elle n'en avait jamais connu auparavant.

Elle avait à peine conscience de ses sœurs qui l'entouraient, lui frictionnaient le dos, tout en étouffant leurs sanglots.

Elle était en enfer, un lieu de ténèbres sinistres où on lui enfonçait dans tout le corps des milliers de dagues empoisonnées.

Lucie. Lucie. Lucie.

Clevedon dut prendre une décision instantanée et choisit de ne pas redescendre par l'escalier. Le feu semblait se propager de l'arrière de la maison vers le côté ouest, ce qui signifiait que la boutique et l'atelier devaient être transformés en fournaise, à l'heure qu'il était. Aussi se dirigea-t-il à l'opposé, en espérant que le plancher n'allait pas s'effondrer sous ses pieds.

Lui qui aimait les paris insensés…

— Cramponne-toi, intima-t-il à Lucie. Et ferme les yeux !

Elle obéit, sans lâcher sa poupée dont le bras battait contre l'omoplate de Clevedon. Cette maudite poupée… Il aurait aimé la réduire en pièces, mais pour le moment c'était bien le cadet de leurs soucis.

Suivant le mur à tâtons, il se déplaça dans le noir total. Il se souvenait d'avoir vu une porte qui devait donner sur une cour, au rez-de-chaussée. Restait à trouver un autre escalier ou une fenêtre…

Au bout du couloir, sa main tendue rencontra le plâtre. Il n'y avait pas d'issue, seulement un mur.

Non. Il y avait forcément une issue.

La fumée s'épaississait, la chaleur devenait insupportable. Retenant Lucie d'une main, il tâtonna de l'autre le long de la paroi, plus à gauche et…

Oui, une fenêtre !

Il n'essaya même pas de l'ouvrir.

— Serre-moi fort, chérie. Et ne me lâche pas, quoi qu'il arrive.

Pivotant légèrement, il décocha un violent coup de pied dans la croisée qui explosa dans une pluie de verre et d'esquilles de bois. Dehors, il faisait nuit. Il hésita. Devait-il sauter ? Cela semblait plutôt hasardeux. Mais descendre le long du mur avec la petite dans les bras ne paraissait pas plus raisonnable…

Finalement, sa chance ne l'abandonna pas : comme il se penchait, il distingua le contour du mur qui ceinturait la cour. Avec précaution, il enjamba l'appui de la fenêtre. Heureusement le mur était assez large. D'un bond mesuré, il se retrouva au sommet. De là, il dut encore sauter sur le toit du cabinet d'aisances construit à l'autre bout de la cour.

Bien que chargé de fumée, l'air était quand même plus respirable ici. Clevedon l'aspira avec délice dans ses poumons brûlants. Non loin, il distingua le halo jaunâtre d'un réverbère.

Merci, mon Dieu.

Sa gorge se contracta et, serrant contre lui l'enfant qu'il avait craint de perdre, il se mit à pleurer.

Recroquevillée sur elle-même, Marcelline n'avait que vaguement conscience du monde qui l'entourait. Elle entendait le brouhaha ambiant, le sifflement des braises sous les trombes d'eau, les instructions que se lançaient les pompiers d'une voix sonore...

Quelque part, quelqu'un cria :

— Regardez, là !

Indifférente, elle ne tourna même pas la tête, perçut néanmoins un changement d'atmosphère, une excitation fébrile qui gagnait la foule. Le bruit grandit. Des acclamations fusèrent.

Deux mains se posèrent sur ses épaules. Elle releva la tête péniblement. Elle avait l'impression de vivre un rêve cruel. Ce ne pouvait être Clevedon, ce grand type hirsute au visage noirci... qui portait... un paquet couvert de suie. De petites jambes pendouillaient sous l'ourlet d'une robe... Il manquait une chaussure...

Elle se laissa remettre debout, secoua la tête, ferma les yeux. Les rouvrit. Non, ce n'était pas un rêve. C'était bien Clevedon. Qui tenait Lucie dans ses bras.

Vivante ?

Les pieds de Marcelline refusaient de bouger. Pétrifiée, totalement désorientée, elle vacilla.

Il se dirigeait vers elle. Sa silhouette se découpait sur la carcasse fumante de l'immeuble dont certaines fenêtres rougeoyaient dans la nuit. Sans savoir comment, Marcelline se retrouva projetée contre sa poitrine solide, Lucie blottie entre eux.

Vivante.

— Voilà maman, Erroll. Tu es la petite fille la plus courageuse que je connaisse. Tu peux ouvrir les yeux maintenant, fit la voix éraillée de Clevedon.

Les bras de Marcelline se refermèrent sur le corps gracile de sa fille. Elle l'étreignit avec passion, incapable de parler. Puis, levant les yeux sur Clevedon, elle réalisa qu'il avait bravé une mort horrible pour sauver sa fille.

Elle retrouva alors l'usage de la parole, bredouilla :

— M... Merci !

Un pauvre merci, si dérisoire par rapport à l'acte de bravoure qu'il venait d'accomplir. Mais comment trouver les mots ? Les émotions poignantes qu'elle ne pouvait exprimer bouillonnaient dans son cœur et ne s'en iraient jamais plus.

Le magasin n'était plus qu'un tas de ruines calcinées. Mais c'était un moindre mal, affirmaient les gens. Le vent aurait pu emporter des escarbilles vers les bâtiments situés à l'est.

Et ils auraient pu perdre une petite fille, ajouta Clevedon en son for intérieur.

Lucie calée sur la hanche, Noirot faisait les cent pas dans la rue. De temps à autre, elle tournait la tête vers ce qui restait de sa boutique, sous le regard désolé de ses sœurs qui, retranchées au pied d'un réverbère, montaient la garde autour d'un petit tas d'affaires qu'elles avaient sans doute attrapées à la hâte avant de quitter la maison. La rousse tenait la poupée Susannah.

Leurs visages reflétaient un profond désespoir.

Elles avaient tout perdu, les rouleaux de tissu précieux, les fragiles fanfreluches, le matériel de travail, les meubles, les registres. Tout.

Mais Lucie était en vie.

Plusieurs types aux mains tachées d'encre avaient convergé vers la scène du sinistre : des journalistes des principales gazettes londoniennes. Clevedon savait bien qu'il aurait dû s'éclipser. Il faisait sombre et, avec un peu de chance, personne ne l'avait reconnu.

Pourtant, il ne se résolvait pas à abandonner les trois femmes et la petite fille, désormais à la rue.

Elles n'avaient plus de logis, plus d'argent. Bien sûr, elles étaient certainement assurées, sinon les pompiers ne se seraient pas déplacés. Et Noirot avait trop le sens pratique pour ne pas avoir déposé son argent à la banque. Néanmoins, tout cela ne leur donnerait pas un toit pour la nuit, et il doutait que ses économies lui permettent d'ouvrir un autre magasin dans les plus brefs délais.

Il hésita longuement, se répéta qu'il ne pouvait pas s'attarder. Il avait déjà trahi l'amour de Clara. Mais seuls Noirot et lui le savaient. Et ce que Clara ignorait ne pouvait pas la blesser.

Il devait trouver un moyen discret d'aider Noirot et sa famille. Elle n'avait surtout pas besoin d'une intervention publique de sa part. Déjà qu'on la soupçonnait d'être sa maîtresse... Car c'est bien ce qu'avait dit la femme qui avait mis le feu, tout à l'heure.

Oui, il était temps de partir. Plus tôt il s'en irait, plus vite il pourrait les secourir.

Une lassitude infinie plombait les pensées de Marcelline. Que faire maintenant ? Où aller ?

Elle aurait dû réagir, mais son cerveau était engourdi. Elle ne pouvait que serrer sa fille contre elle et fixer les gravats carbonisés, ce qui restait de son négoce, de sa maison et de la vie qu'elle avait eu tant de mal à construire pour les siens.

— Laisse-moi porter un peu Lucie, proposa Sophia. Tu es épuisée.

Lucie tremblait toujours et n'avait pas prononcé un mot depuis que Clevedon l'avait remise à sa mère.

Sophia lui tendit les bras :

— Viens, Erroll. Tu veux faire un câlin à tante Sophia ?

Lucie souleva sa tête, tendit à son tour les bras vers sa tante qui la prit contre elle.

— Tout va bien, chérie. C'est fini.

Léonie intervint :

— Voyons le bon côté des choses. Nous sommes assurées. Nous avons de l'argent à la banque. Et, plus important, nous sommes toutes en vie.

Marcelline sentit son cœur se serrer. C'était vrai, mais... comme ce serait dur ! L'assurance leur octroierait une somme dérisoire. Quant à leurs économies, elles leur donneraient tout juste de quoi subsister. Il faudrait tout recommencer de zéro. Une fois de plus.

Léonie vint passer un bras autour des épaules de sa sœur. Marcelline aurait voulu pleurer, mais elle n'y arrivait pas. Cela l'aurait pourtant soulagée. Elle se contenta de poser la tête sur l'épaule de Léonie. Oui, elles étaient en vie, et pour l'instant cela seul importait.

Pour autant, elles n'allaient pas demeurer toute la nuit dans la rue. Elle devait réfléchir.

Se redressant, elle déclara :

— Nous ferions mieux de nous mettre à la recherche d'une auberge. Et de prévenir Me Belcher.

— Il nous avancera au moins de quoi payer le gîte et le couvert, acquiesça Léonie.

— Sophia, j'ai cru reconnaître ton ami Tom Foxe parmi les journalistes, dit Marcelline. Rends-moi Lucie, et débrouille-toi pour trouver un morceau de papier et un crayon afin d'écrire un mot à Me Belcher.

Tout en reprenant sa fille, Marcelline scruta la foule. Elle remarqua alors un mouvement parmi l'assistance. Le duc de Clevedon émergea de l'obscurité, Tom Foxe sur les talons.

— Votre Grâce, vous savez à quel point nos lecteurs aimeraient connaître le récit du sauvetage héroïque que…

— Foxe ! s'exclama Sophia. C'est justement vous que je cherchais.

— Un instant, mademoiselle Noirot. Je voulais juste demander à M. le duc…

— Vous savez bien qu'il ne fera jamais de confidences à quelqu'un comme vous, coupa Sophia qui, péremptoire, saisit le journaliste par le bras pour l'entraîner de côté.

Clevedon s'approcha de Marcelline :

— Vous allez venir avec moi.

— Non, il n'en est pas question.

— Vous ne pouvez pas rester ici.

— Nous allons avertir notre avoué et…

— Vous y penserez demain. De toute façon, il n'est sûrement pas à son étude à une heure pareille. Il doit être près de minuit. Vous avez besoin d'un repas solide pour vous remettre de vos émotions, et d'un endroit où dormir.

— Et vous, vous devez partir, contra-t-elle en baissant le ton. Sophia va occuper Foxe aussi longtemps que possible, mais vous avez offert à ces journalistes une histoire de choix. Ils ne vont plus vous lâcher.

— Dans ce cas, il n'y a pas un moment à perdre.

Il tendit ses mains noircies vers Lucie et demanda :

— Erroll, aimerais-tu voir ma maison ?

— Là où… il y a… votre voiture ? s'enquit l'enfant d'une voix frémissante.

Marcelline éprouva un soulagement indicible à l'entendre parler enfin.

Après avoir guéri du choléra, la petite avait fait de terribles cauchemars des mois durant. Elle était devenue plus craintive, plus impressionnable. Les enfants avaient beau être résistants, une succession d'épreuves ne pouvait que les traumatiser et, en secret, Marcelline avait redouté que la fillette ne se mure dans un long silence angoissé.

— Des voitures ? J'en ai plein, répondit le duc. Mais pour aller là-bas, nous allons devoir emprunter un fiacre.

— Il y a des poupées… chez vous ?

— Bien sûr. Et même une maison de poupées.

— Alors… d'accord… Je veux bien venir.

Elle lui sauta presque dans les bras.

Marcelline ouvrit la bouche pour protester. Mais comment aurait-elle pu reprocher quoi que ce soit à celui qui venait de sauver la vie de sa fille ?

— Ce n'est pas raisonnable, Votre Grâce, objecta-t-elle cependant.

— Et ce n'est pas convenable, je sais. Mais nous n'avons pas le choix.

Sur ce, tournant les talons, il emporta Lucie.

11

« Il est quasi impossible de décrire ce porche surchargé d'une profusion d'ornements architecturaux, et au sommet duquel trône une copie du célèbre lion de Michel-Ange. Pas moins de huit niches y ont été pratiquées, et la double rangée de piliers latéraux soutient des avancées en encorbellement et une arche de pierre. »

LEIGH HUNT (description de Northumberland House),
La Ville : ses caractéristiques et événements remarquables,
vol. I, 1848

À l'instar de son propriétaire actuel, Clevedon House se moquait des conventions. Quand nombre de familles nobles avaient fait détruire leurs propriétés ancestrales pour s'installer à Mayfair, les comtes et ducs de Clevedon s'étaient entêtés à rester près du fleuve.

Clevedon House était ainsi l'un des derniers palais qui subsistaient le long du Strand. C'était une bâtisse imposante, d'un style architectural à la mode sous Jacques Ier, agrémentée de tourelles et d'un porche ouvragé surmonté d'un oriel. Au-dessus d'une arche de pierre rugissait un lion majestueux.

Marcelline était passée devant maintes fois lorsqu'elle allait faire ses emplettes chez les grossistes du voisinage.

L'intérieur était encore plus imposant que ne le laissait supposer la façade. Le vestibule en marbre s'ouvrait sur un immense hall, au bout duquel se trouvait un grand escalier de marbre blanc aux marches recouvertes d'un tapis écarlate, et dont la balustrade en cuivre évoquait à cette distance de la dentelle d'or.

Des colonnes noires à chapiteau de bronze soutenaient le plafond voûté.

Intimidées, Marcelline et ses sœurs suivirent Clevedon et passèrent devant un portier bouche bée. Dans la foulée, un homme d'allure très digne et vêtu d'une livrée se matérialisa devant eux comme par magie.

— Ah, voici Hallyday, mon majordome, déclara Clevedon.

Le visage du domestique trahit une surprise fugace quand il se rendit compte de l'état de son maître au visage couvert de suie et aux vêtements déchirés.

— Il y a eu un incendie, expliqua Clevedon. Ces dames ont été chassées de leur logis.

— Je comprends, Votre Grâce.

Tenant toujours Lucie dans ses bras, Clevedon attira d'un geste le majordome à l'écart. Les deux hommes s'entretinrent à mi-voix, sans que Marcelline puisse deviner la nature de leurs propos. Au demeurant, trop fatiguée et encore sous le choc, elle s'en moquait bien.

Léonie s'était écartée de quelques pas pour examiner les candélabres et leur piédestal de marbre qui flanquaient l'escalier. Elle revint vers Marcelline, se pencha pour lui chuchoter à l'oreille :

— Chaque bibelot vaut au moins mille livres ! Y avait-il la même opulence à Warford House ?

— À côté de cette demeure, Warford House ressemble à un vieux presbytère, répondit Marcelline sur le même ton.

— Je ne m'étonne plus que la marquise soit si impatiente de marier sa fille au duc…

Hallyday fit signe à un valet qui s'approcha, vint prendre ses ordres, puis s'éloigna d'un pas vif. Deux minutes plus tard à peine, une marée de serviteurs commença à envahir le hall.

— Je vous présente Mme Michaels, ma gouvernante, qui va prendre soin de vous, déclara Clevedon. En ce qui me concerne, je ne puis m'attarder, je vous prie de me pardonner.

Il rendit Lucie à sa mère et, sans laisser à Marcelline le temps de réagir, sortit par une des portes qui donnaient sur le hall.

Elle comprenait bien qu'il ait à faire par ailleurs. Il avait la bonté de leur offrir un refuge, toutefois il ne fallait rien y voir de personnel.

Quoi qu'il en soit, les domestiques se montrèrent très aimables avec les trois sœurs.

Mme Michaels les conduisit à l'étage et entama le monologue usuel cher aux gouvernantes lorsqu'elles guident des visiteurs dans une demeure aussi prestigieuse.

La famille Noirot apprit ainsi que Clevedon House comptait *environ* cent cinquante pièces.

— Qui se soucierait de les compter avec exactitude ? chuchota malicieusement Sophia à Marcelline.

Au cours des siècles, l'ensemble avait été rénové et agrandi, précisa encore la gouvernante en les menant dans l'aile construite par le grand-père du duc, qui se prolongeait par un parc.

— Ne vous inquiétez pas, la domesticité de Clevedon House est habituée à recevoir des invités de dernière minute, les rassura-t-elle. Les tantes de M. le duc résident souvent ici, que Sa Grâce soit là ou non. Aussi veillons-nous à garder l'aile nord toujours prête à recevoir.

Elles avaient atteint les appartements situés au-dessus du parc.

Tout en désignant à l'intention des invitées les antiquités les plus notables, la gouvernante distribua ses consignes afin d'envoyer bonnes et valets faire du feu dans les différentes chambres, trouver des vêtements de rechange et monter de l'eau chaude pour les bains.

L'arrivée de Marcelline et ses sœurs suscitait quand même la curiosité parmi la domesticité, par ailleurs trop stylée pour émettre le moindre commentaire désobligeant ou renâcler devant le surcroît de travail. Mme Michaels parut d'ailleurs choquée quand Marcelline protesta que la chambre qui lui était dévolue suffirait amplement à les loger toutes.

— Nous ne voulons pas vous causer plus de dérangement qu'il n'est nécessaire, argumenta Marcelline. C'est seulement pour une nuit.

La chambre était immense, le lit gigantesque. Elles s'étaient plus d'une fois entassées toutes trois sur des paillasses bien plus étroites.

— M. le duc a donné des ordres spécifiques, rétorqua Mme Michaels d'une voix ferme. Les chambres sont presque prêtes, il ne reste plus qu'à les réchauffer. M. le duc avait peur que la jeune demoiselle attrape un rhume, après le choc qu'elle a subi. Mais nous avons un bon feu dans la cheminée du salon. Venez.

Elle les précéda dans l'une des deux pièces adjacentes. Puis, après avoir suivi du regard Lucie qui, sa timidité envolée, contemplait la splendeur du salon d'un œil ébaubi, elle ajouta :

— M. le duc m'a également prévenue que vous auriez besoin d'une nurse.

Millie avait disparu juste après que Clevedon eut émergé de l'immeuble avec Lucie dans les bras. Étant responsable de la fillette, elle avait sans doute préféré décamper plutôt que de faire face aux conséquences de sa négligence.

— Ce ne sera pas nécessaire... commença Marcelline.

Mme Michaels haussa les sourcils.

— Je vous présente Mary et Sarah, madame.

Sur un signe de sa part, deux jeunes domestiques s'avancèrent et firent la révérence, comme si les sœurs Noirot étaient des personnes de qualité.

— Elles ont l'habitude de s'occuper de jeunes enfants et je pense, madame, que vous devez songer à vous reposer après ce que vous avez enduré. M. le duc a insisté pour qu'on montre à la jeune demoiselle la maison de poupées de lady Alice. Feu la sœur de Sa Grâce, précisa la gouvernante en baissant la voix. M. le duc prétend que votre fille oubliera plus facilement son traumatisme si on la laisse jouer dans un environnement enfantin.

Mme Michaels s'approcha de la fillette et se pencha pour lui dire gentiment :

— Vous aimeriez voir cette maison de poupées, mademoiselle ?

— Oh, oui ! dit Lucie qui tendit à la gouvernante sa poupée pleine de suie – cette poupée qui avait bien failli la tuer. Et regardez, Susannah a besoin de prendre un bain.

— C'est tout à fait vrai, confirma Mme Michaels avec le plus grand sérieux. Vous voudrez peut-être en prendre un avec elle ? Et dîner ensuite ? Sarah et Mary vont s'occuper de vous.

Lucie regarda sa mère :

— Je peux, maman ?

— Oui, vas-y, soupira Marcelline.

Elle avait déjà remarqué que les deux soubrettes couvaient sa fille d'un regard attendri. Toute crasseuse qu'elle soit, Lucie avait commencé à envoûter son monde.

Marcelline aurait dû prévenir les deux domestiques qu'elles devaient faire preuve de fermeté, mais elle savait bien que c'était inutile. Lucie, qui avait hérité le caractère passionné et volontaire de ses ancêtres, ignorait jusqu'au sens du mot « scrupule ». Si l'on osait contrecarrer ses désirs, elle piquait des colères mémorables.

Marcelline était toutefois d'accord avec le duc. La maison de poupées divertirait l'enfant et lui ferait oublier qu'elle venait de frôler la mort.

De toute façon, elles n'étaient là que pour une nuit, se répéta-t-elle en regardant sa fille s'éloigner en compagnie des deux domestiques. Lucie pouvait bien jouer à la princesse le temps d'une soirée. La dure réalité ne serait pas longue à les rattraper. Et, pendant ce temps, Marcelline pourrait réfléchir en toute quiétude à ce qu'il leur fallait entreprendre pour retomber sur leurs pieds.

Cela aurait été plus facile si elle ne s'était pas trouvée sous le toit de Clevedon, et si le cadre ne lui avait rappelé à chaque seconde le propriétaire des lieux... cet homme infiniment séduisant à qui elle avait appartenu l'espace de quelques instants.

Ce n'était que de la passion charnelle, se rappela-t-elle. Rien de plus. Dès leur rencontre, le désir avait flambé entre eux. Mais il était le duc de Clevedon, et elle une simple commerçante. Il ne verrait jamais en elle qu'une maîtresse, et les nobles ancêtres de Marcelline n'auraient pas toléré qu'elle s'abaisse à ce niveau.

Et puis, il n'y avait pas que sa famille et ses origines à prendre en considération. Elle devait également songer à ses ambitions et à ses rêves.

Les instants magiques qu'ils avaient vécus appartenaient au passé.

Elle devait se tourner vers l'avenir.

Il fallait trouver un hébergement durable, ainsi qu'un endroit qui pourrait leur servir d'atelier. Sophia gérerait la communication avec la clientèle par voie de presse. Dès demain, l'histoire de l'incendie s'étalerait à la une des gazettes.

À cette pensée, un vertige saisit Marcelline. Elle imaginait déjà les manchettes : le duc qui s'était comporté en héros en arrachant un enfant aux flammes... Bien vite, les journalistes se demanderaient ce qu'il faisait sur les lieux du sinistre. Les spéculations débuteraient. Et on s'interrogerait sur la réaction de lady Clara.

— Oh, Seigneur ! murmura-t-elle en se prenant la tête à deux mains.

— Quoi donc ? s'étonna Sophia. Tu n'as pas peur pour Lucie, au moins ? Il est évident qu'elle est entre de bonnes mains.

— Et rien de tel que ce luxe décadent pour soigner ses peurs, ajouta Léonie en désignant la pièce d'un large geste. Le luxe et le confort guérissent tous les maux, je crois. Quand je pense qu'elle n'a pas une mais *deux* domestiques à ses petits soins !

Marcelline releva la tête, misérable :

— Non, ce n'est pas à Lucie que je pensais... mais à lady Clara. Sa robe ! Qu'allons-nous faire, mon Dieu ?

Pritchett s'était précipitée dans son meublé, avait bouclé sa valise et déclaré à sa logeuse qu'elle partait précipitamment au chevet d'un parent malade. Puis elle avait pris un fiacre qui l'avait conduite à l'auberge de la Croix d'Or, à Charing Cross.

De là, elle avait envoyé un message à Mme Moss pour lui expliquer qu'elle comptait prendre la prochaine diligence pour Douvres, et que si Mme Moss voulait récupérer quoi que ce soit, elle ferait mieux de passer à l'auberge le plus vite possible.

Cette dernière ne tarda pas à se montrer et lui fit savoir qu'elle n'appréciait pas d'être convoquée au débotté, et encore moins de mener des tractations dans la cour d'une auberge où, en dépit de l'heure tardive, circulaient encore palefreniers, cochers, coursiers, servantes, ainsi que des prostituées qui tentaient d'aguicher les voyageurs.

Ignorant la mine revêche de la couturière, Pritchett alla droit au but :

— J'ai eu de la chance. J'ai mis la main sur le portfolio qu'elle rangeait d'ordinaire sous clé.

Elle prit un dessin, le tendit à Mme Moss qui feignit de n'y jeter qu'un bref coup d'œil et haussa les épaules.

— J'ai entendu parler de l'incendie qui a ravagé sa boutique. Elle est finie, de toute façon. Maintenant ces gribouillages ne valent plus un clou à mes yeux.

Pritchett rangea le dessin dans le carnet.

— Elle était assurée et elle a quelques économies à la banque. Je vous parie que d'ici quelques semaines, elle sera de nouveau sur le pied de guerre. C'est une femme qui ne renonce jamais. Très bien, si vous n'en voulez pas, j'emporte ce carnet. Il fera sûrement des heureux qui seront prêts à payer bien plus que vingt pauvres guinées. Oui, vous avez raison, elles ont plus de valeur pour moi que pour vous.

— Nous étions d'accord pour vingt guinées, râla Mme Moss.

— J'ai ici les modèles définitifs du portfolio, non de simples ébauches. Je suis si pressée de quitter la région que je m'apprêtais à vous les céder contre vingt guinées. Mais vous m'avez contrariée.

— Je devrais vous dénoncer. Les incendiaires sont pendus dans ce pays.

— Je me demande ce qui se passerait si je racontais à la police que j'ai agi sur votre ordre. Enfin, nous ne le saurons jamais, soupira Pritchett. Ah, voici la diligence…

Un lourd véhicule venait de faire son entrée dans la cour de l'auberge. Pritchett reporta son attention sur Mme Moss et lança d'une voix durcie :

— Cinquante guinées.

— Je n'ai pas une telle somme sur moi.

Pritchett glissa le portfolio sous son bras, ramassa sa valise et commença à s'éloigner. Dans sa tête, elle se mit à compter : Un. Deux. Trois. Quatre. C...

— Attendez !

Pritchett s'immobilisa sans se retourner.

Mme Moss la rejoignit. Un très gros sac changea de main.

Quelques minutes plus tard, Pritchett grimpait à bord de la diligence.

Les trois sœurs avaient dressé un plan de bataille sommaire avant de s'effondrer dans leurs lits respectifs, terrassées par la fatigue.

En dépit de son épuisement, Marcelline dormit très mal.

Elle avait assisté au bain de Lucie qu'une nurse avait gentiment savonnée, tandis que l'autre baignait la poupée et nettoyait sa robe tachée avec un grand soin.

Ensuite, on avait conduit Lucie dans la nursery pour lui montrer la maison de poupées. Un ravissant petit lit avait été ajouté à la chambre qui jouxtait celle de Marcelline. La petite fille n'avait fait aucune histoire pour y dormir. Elle se sentait en sécurité.

C'est Marcelline qui fit des cauchemars.

Elle rêva que Lucie périssait dans les flammes de l'incendie et qu'elle-même tombait tout droit dans la bouche de l'enfer, hurlant le nom de sa fille, l'appelant désespérément, pour entendre un rire horrible résonner à ses oreilles au moment où une porte lui claquait au nez...

Il était neuf heures passées lorsqu'elle s'éveilla le lendemain matin, bien plus tard qu'à l'accoutumée. La femme de chambre qui lui monta son chocolat lui apprit que Lucie était en train de savourer son petit déjeuner en compagnie du duc.

Oubliant le chocolat, Marcelline jaillit hors du lit.

— Où sont mes sœurs ?

Elles étaient convenues la veille de se lever à six heures et demie. Les ouvrières devaient arriver à huit heures à Fleet Street où ne restaient plus que des ruines désolées...

— Mme Michaels a recommandé de ne pas vous déranger, madame Noirot, répondit la domestique. Mais Mlle Lucie vous a réclamée, alors M. le duc m'a priée de venir vous réveiller.

Noirot ne fit pas irruption dans la salle à manger. Elle entra d'un pas normal, nullement échevelée, même si Clevedon était certain que les quelques mèches échappées de son chignon ne devaient rien au hasard. Quelles que soient les circonstances, elle conservait ce qu'elle appelait son *style*.

Elle était pâle et avait les yeux cernés. Sans doute avait-elle mal dormi. Comme lui. En conséquence il s'était levé de mauvaise humeur, jusqu'au moment où il avait trouvé Lucie qui, aidée de Joseph, le valet, était en train de dévaliser le contenu d'un placard.

Le sourire de la fillette lui avait réchauffé le cœur.

À présent elle était assise à sa droite, une pile de coussins sous les fesses. Avec entrain, elle appliquait du beurre et de la confiture sur une tartine. Installée à côté d'elle, sa poupée avait elle aussi eu droit à sa pile de coussins.

— Ah, voilà ta mère, dit Clevedon, dont le cœur s'était bêtement mis à battre la chamade.

Noirot alla embrasser sa fille sur le front et lui lissa les cheveux.

— Bonjour, maman. Après le petit déjeuner, nous allons faire une promenade en voiture. Tout ce qui est présenté sur la desserte est excellent. Joseph t'aidera si tu n'arrives pas à soulever les couvercles. Il y a des œufs et du bacon frit, du pain, des gâteaux...

— Je n'ai pas le temps de déjeuner, répliqua Noirot. Dès que tes tantes seront descendues, nous partirons.

Lucie se rembrunit aussitôt. Elle plissa les paupières et son minois se durcit dans une expression que Clevedon commençait à connaître. Noirot l'avertit :

— Il n'est pas question de faire une scène, Lucie. Tu vas remercier M. le duc pour sa générosité et...

— Inutile, intervint Clevedon. Nous avions une conversation passionnante à propos de la maison de poupées. Lucie a à peine eu le temps de jouer avec. Elle est arrivée trop tard hier soir. Et je lui ai promis cette promenade au parc. Je ne vois pas pourquoi vous devriez partir toutes affaires cessantes. Rien ne presse.

Sur ces entrefaites, les sœurs de Noirot pénétrèrent dans la salle à manger, avec l'air grognon des gens qui n'ont pas dormi tout leur content.

— Il faut absolument que nous allions voir à la boutique ce qui peut encore être sauvé, dit Noirot. Et accueillir les ouvrières, leur expliquer... du moins, si elles sont encore là. Nous aurions dû les faire prévenir hier soir, mais je vous avoue que je n'y ai pas pensé sur le moment. Nous avons besoin d'elles. Et nous devons trouver un nouvel atelier au plus vite. Il faut absolument terminer la robe de lady Clara.

Clevedon aurait dû frémir en entendant mentionner le nom de sa fiancée. Il aurait dû avoir honte. Il *avait* honte. Mais pas assez pour dévier de la trajectoire qu'il avait décidé d'emprunter la veille.

— Pardonnez-moi, dit-il, j'ai pris la liberté d'envoyer Varley, mon courtier d'affaires, sur les lieux du sinistre ce matin, accompagné d'une dizaine de domestiques. J'ai déjà reçu un rapport. La structure de l'immeuble a résisté, semble-t-il, même si les dégâts intérieurs sont énormes. Tout est carbonisé, trempé, inutilisable. Nous avons cependant retiré des décombres deux coffres qui seront montés dans vos appartements dès qu'ils auront été nettoyés.

— Mais…

— Apparemment, Varley a réussi à sauver quelques registres. Mais nous parlerons de tout cela plus tard. Je vous en prie, venez vous restaurer, ajouta-t-il en désignant la desserte.

Pour une fois, Noirot parut réduite au silence. Il crut même la voir vaciller légèrement. Son imagination devait lui jouer des tours : rien ne pouvait abattre cette femme. Cependant, elle se laissa choir un peu rudement sur la chaise placée à sa gauche, face à Lucie.

— Veux-tu que je t'apporte une assiette, maman ? proposa la fillette avec un empressement suspect. Ne t'inquiète pas, Joseph va m'aider.

Elle posa ses couverts d'argent, s'essuya soigneusement les mains à l'aide de sa serviette brodée, puis descendit de son trône. Le valet s'avança aussitôt pour lui prêter main-forte et, suivant ses instructions, se mit à remplir une assiette.

— Ce doit être très agréable d'être duc, commenta celle des deux sœurs qui était blonde.

— J'en conviens, répondit-il. J'habite une demeure assez vaste pour qu'on puisse y installer votre atelier, sans que cela dérange le moins du monde ma petite routine. J'ai une domesticité nombreuse et zélée. Et j'ai les moyens de vous aider à remettre votre affaire sur pied, sans que cela modifie mon train de vie d'un iota.

Joseph déposa l'assiette devant Mme Noirot, puis retourna vers Lucie qui lui donna d'autres directives concernant les préférences de ses tantes.

— Vous voulez dire que… vous seriez prêt à nous héberger ? C'est impossible ! s'exclama Noirot.

— J'ai cru comprendre que vous étiez dans l'urgence. Vous ne voulez pas perdre votre clientèle, n'est-ce pas ? J'ai consulté Varley à ce sujet. Il est possible selon lui de trouver de nouveaux locaux d'ici quelques jours. En attendant, vous travaillerez ici.

— Ici, répéta-t-elle. Vous suggérez que nous installions notre atelier ici... à Clevedon House ?

— C'est la solution la plus simple.

Il y avait réfléchi durant la majeure partie de la nuit, avait retourné le problème en tous sens pour aboutir chaque fois à la même conclusion.

Se concentrer sur ces questions d'ordre pratique avait tenu à l'écart d'autres pensées bien plus dérangeantes. Mais quand son regard croisa celui de Noirot, il ne put s'empêcher de songer à leur étreinte fougueuse sur la table de l'atelier, de se remémorer ses gémissements de plaisir et la joie féroce que lui-même avait éprouvée...

Il dut faire un effort pour revenir à leurs préoccupations présentes :

— Mme Michaels vous aidera à vous organiser. Vous et vos sœurs pourrez utiliser mes véhicules et demander l'assistance de mes serviteurs. N'hésitez pas à passer commande si vous avez besoin de matières premières. Et vos ouvrières sont les bienvenues également, cela va de soi.

Noirot était devenue livide. Ses sœurs la dévisageaient. Il n'aurait su dire si elles étaient inquiètes ou juste étonnées. Elles aussi étaient très douées pour dissimuler leurs sentiments.

— Ce plan-là me plaît mieux que le nôtre, déclara finalement la sœur blonde. Marcelline avait décidé de jouer aux cartes et de gagner l'argent dont nous aurons besoin pour renflouer l'affaire.

Marcelline.

Le cœur de Clevedon se mit à palpiter sous l'effet d'une excitation ridicule.

Même durant la tempête, à bord de ce bateau malmené par les flots furieux de la Manche, alors qu'ils frôlaient la mort, ils avaient continué à employer des formules de politesse guindées.

À présent, il connaissait son prénom.

Il aurait voulu le prononcer tout haut, le sentir rouler sur sa langue. *Marcelline*. On aurait dit un secret chuchoté dans le noir…

La voix de la sœur rousse le ramena à la conversation :

— Me Belcher et le courtier de M. le duc – M. Varley, c'est ça ? – peuvent s'entendre pour rédiger un contrat par lequel nous souscrirons un emprunt…

— Cela n'a pas de sens, coupa Clevedon. Quel que soit le prix de vos fournitures, cela ne représente sans doute qu'une infime part de ce que nous donnons chaque mois aux institutions caritatives.

Les joues de Noirot – *Marcelline* – reprirent un peu de couleur. Elle s'inclina vers lui et dit d'une voix étouffée :

— Nous ne demandons pas la charité. Je vous dois la vie de ma fille, ne me rendez pas plus redevable encore.

Une douleur transperça la poitrine de Clevedon. Son regard vola vers Lucie, l'enfant qu'il avait sauvée. Noirot pensait avoir envers lui une dette inestimable. Elle ne pouvait pas connaître la valeur du cadeau qu'il venait de recevoir.

Il n'avait pas pu sauver Alice. Il se trouvait au loin lorsque l'accident avait eu lieu. Il savait bien que rien ne lui ramènerait sa petite sœur. Il savait bien que sauver Lucie ne lui rendrait pas Alice.

Mais au moment où il était sorti de l'immeuble en flammes, la fillette saine et sauve dans les bras, une joie incommensurable l'avait submergé.

Avec l'aide de Joseph, Lucie remonta sur son perchoir.

— Cela n'a rien à voir, répondit Clevedon à Marcelline. Pour une fois, asseyez-vous sur votre fierté et votre insupportable besoin de tout contrôler. Et choisissez la solution la plus sensée.

— C'est vous qui n'êtes pas raisonnable. Pensez aux commérages.

— C'est vrai, nous ne pouvons pas accepter vos largesses, Votre Grâce, admit la sœur rousse. Nous avons déjà perdu notre gagne-pain, nous ne pouvons pas nous permettre de perdre en plus notre réputation.

— Nos concurrentes ne seraient pas longues à en profiter, renchérit la blonde.

Clevedon reporta son attention sur Lucie :

— Et toi, qu'en penses-tu, Erroll ?

— Puis-je jouer avec la maison de poupées ?

— Bien sûr, chérie.

Il tourna la tête vers Noirot :

— Vous êtes dures en affaires, toutes les trois. Entendu, j'accepte que notre arrangement prenne la forme d'un prêt. Je serai donc votre créancier.

— Merci, dit Noirot.

Ses sœurs lui firent écho. Puis, sur un seul regard de l'aînée, toutes trois se levèrent.

— Puis-je laisser Lucie sous la surveillance de vos domestiques, Votre Grâce ? Vous semblez décidé à la gâter, et elle ne va certainement pas essayer de vous en dissuader. Pour ma part, je n'ai pas le temps de vous raisonner. La robe de lady Clara doit impérativement être prête pour sept heures.

Il lui retourna un regard interloqué.

— C'est une plaisanterie ? Votre boutique vient de brûler. Vos clientes ne peuvent tout de même pas exiger que vous livriez leurs commandes aujourd'hui !

— Vous ne comprenez pas. Lady Clara n'a absolument *rien* à se mettre pour le bal de l'Almack. J'ai jeté toutes ses toilettes, vidé ses armoires. Il lui faut cette robe. J'ai donné ma parole.

Cinq heures, le même jour

Clevedon House était en proie à un chaos que son propriétaire voulait croire contrôlé.

Les domestiques s'activaient en tous sens. Certains livraient le matériel que les trois femmes avaient acheté dans la matinée, d'autres portaient des messages à Dieu sait qui, d'autres encore acheminaient des plateaux de nourriture.

Peu avant midi, une demi-douzaine d'ouvrières avaient fait leur entrée dans la place, bouche bée devant tant de munificence. Mais, bien vite, elles avaient envahi les chambres du premier étage, transformé temporairement en atelier de couture.

La jeune fille rousse – Mlle Léonie Noirot – avait promis à Clevedon que le calme régnerait une fois le matériel en place et les ouvrières installées. Elle l'avait remercié avec effusion pour avoir sauvé les livres de comptes, et s'était contentée de sourire lorsqu'il avait rétorqué qu'il n'y était pour rien, qu'il aurait été bien incapable de distinguer un registre de comptabilité d'un missel, dans la mesure où il n'avait jamais ouvert ni l'un ni l'autre.

La blonde – Mlle Sophia Noirot – avait emprunté du papier, des plumes et de l'encre afin de rédiger une annonce destinée aux journaux. Clevedon lui avait proposé de se retirer dans son bureau, car Mlle Léonie lui avait expliqué que sa sœur avait besoin de calme pour trouver l'inspiration, et le reste de la maison bruissait comme une ruche pleine d'abeilles sous les ordres de leur reine incontestée, Marcelline Noirot.

De son côté, Clevedon s'était réfugié dans la bibliothèque.

Il aurait pu fuir la maison, mais cela lui aurait paru lâche et irresponsable. Il était à l'origine de tout ceci, il n'allait pas se défiler. D'ailleurs on avait besoin de lui. De temps à autre, quelqu'un venait lui poser une question dont lui seul détenait la réponse. Et certains problèmes nécessitaient son intervention personnelle. Par exemple...

La vérité, c'est qu'il n'avait pas envie de s'en aller.

Il trouvait cette vaste entreprise fascinante et, plus souvent qu'à son tour, il s'attardait sur le seuil de la bibliothèque pour épier les allées et venues des unes et des autres.

Il aurait bien aimé assister à la confection de la robe de Clara, mais Mlle Sophia l'avait prévenu avec tact : les ouvrières auraient été incapables de se concentrer s'il était resté dans les parages. Déjà qu'elles étaient tout émoustillées par la présence des valets, ces superbes gaillards dans leur livrée écarlate…

Clevedon doutait cependant que la robe soit finie en temps et en heure. Les fournitures nécessaires n'avaient été livrées qu'en début d'après-midi et, même en abattant une somme de travail surhumaine, il y avait peu de chances d'accomplir une telle prouesse.

Il était en train de feuilleter un magazine féminin intitulé *La Belle Assemblée*, qu'une de ses tantes avait oublié lors de son dernier séjour, lorsqu'il entendit un bruit de pas se rapprocher dans le couloir.

Vivement, il reposa le journal et posa par-dessus une pile d'invitations.

La porte s'ouvrit et le valet Thomas annonça lord Longmore, qui fit irruption dans la pièce la seconde suivante, les yeux étincelants.

— As-tu perdu la tête ? rugit-il, tandis que Thomas déguerpissait en toute hâte.

— Bonjour, Longmore. Oui je vais très bien, merci. Mais j'ai le regret de te dire que tu sembles en proie au délire. J'espère que ce n'est pas contagieux. La maison grouille de monde, il ne faudrait pas que tous ces gens tombent malades.

— Ne dis pas n'importe quoi ! Quand j'ai lu la presse ce matin, j'ai cru que ces maudits journalistes fabulaient, comme d'habitude. C'est du moins ce que j'ai dit à ma mère.

Cette déclaration ramena brutalement Clevedon sur terre.

Il avait totalement oublié lady Warford. Mais quelle différence cela faisait-il ? Il n'allait pas se laisser dicter sa conduite par cette hystérique.

— Ensuite je suis venu juger par moi-même, poursuivit Longmore. Et qu'est-ce que je découvre ? Que les gazettes sont encore loin de la vérité ! Je me rends compte que mon ami a installé chez lui *trois* jeunes femmes célibataires ! Non pas dans une discrète garçonnière de Kensington, mais dans sa propriété ancestrale ! Que ses domestiques suent sang et eau pour satisfaire les caprices de ces *commerçantes* ! J'ai vu de mes propres yeux Hallyday transbahuter un panier de linge !

Le rôle du majordome était de superviser le travail des autres domestiques. Il recevait les ordres du maître et les transmettait. Jamais il n'avait lui-même mis la main à la pâte. Si Hallyday s'occupait du linge, c'est que cela devait l'amuser, ou bien qu'il avait trouvé là un prétexte pour satisfaire sa curiosité envers les invitées, réfléchit Clevedon.

Longmore n'en avait pas fini :

— Je sais bien que tu aimes braver les conventions, mais là… Bon sang, les mots me manquent ! Oublions ma mère, mais que vais-je dire à Clara ? Comment vais-je pouvoir la regarder dans les yeux ?

— Ma foi, tout cela est très cocasse.

— Cocasse ?

— Oui, si l'on songe que ces femmes sont ici à cause de ta sœur. Elles sont en train de lui confectionner une robe pour la réception de ce soir, et paraissent convaincues qu'absolument rien, nulle action humaine ou divine, ni la peste, ni la famine, ni les pires catastrophes naturelles, ne pourrait les empêcher de tenir leur promesse. C'est très curieux. On dirait que c'est aussi important à leurs yeux que le serait une dette d'honneur pour nous.

— Au diable cette robe ! Tu as fumé de l'opium ? Bu de l'absinthe ? Contracté la fièvre ? La syphilis, peut-être ? J'ai cru comprendre que cela montait au cerveau au bout d'un moment. Cette couturière...

— De laquelle parles-tu ? Elles sont trois.

— Ne joue pas au plus fin avec moi, gronda Longmore. Seigneur, tu userais la patience d'un saint ! Je ne tolérerai pas que tu ridiculises ma sœur. Et il n'est pas question...

Il s'interrompit brusquement, car la porte venait de s'ouvrir. Mlle Sophia fit son entrée.

— Pardonnez-moi, Votre Grâce, mais je me demandais...

Elle referma la bouche en remarquant la présence de Longmore. Ou peut-être en avait-elle eu conscience avant même de pénétrer dans la pièce, allez savoir. La ruse était apparemment congénitale chez les Noirot. Cette interruption ne devait sans doute rien au hasard. On devait entendre Longmore vociférer à l'autre bout du parc.

Mlle Sophia afficha un air de surprise :

— Je vous prie de m'excuser, je ne voulais pas vous déranger. La porte était ouverte et...

— Pas du tout, coupa Clevedon. Je vous présente mon ami – pour peu qu'il le soit encore – lord Longmore. Longmore, bien que tu ne le mérites pas, permets-moi de te présenter Mlle Noirot, une de nos très estimées couturières.

Longmore avait fait volte-face vers la jeune femme et s'était figé, comme frappé par la foudre. Enfin, il s'inclina :

— Mademoiselle Noirot.

— Enchantée, milord, dit-elle en plongeant dans une révérence.

Une révérence charmante, sans doute pas aussi impressionnante que celles de Marcelline, mais cependant remarquable.

— Eh bien, qu'y a-t-il ? interrogea Clevedon.

Les grands yeux bleus innocents de Mlle Sophia se posèrent sur lui.

— C'est à propos de l'annonce que nous voulons publier dans les journaux. J'ai l'habitude de rédiger ce genre d'articles et d'ordinaire cela ne me donne pas tant de mal, mais là, en dépit du confort que vous m'avez offert… le doute m'assaille.

Mlle Sophia, en panne d'inspiration ? Hautement improbable, songea Clevedon. Il était bel et bien face à une tentative de diversion destinée à désamorcer la colère de Longmore.

Il décida d'entrer dans son jeu :

— C'est le contrecoup, après une nuit tellement chargée en émotions.

— Vous êtes très compréhensif, Votre Grâce, répliqua-t-elle avec un sourire. Si ce n'est pas trop vous demander, j'aimerais que vous relisiez ma prose pour me donner votre avis. Cela me rassurerait. Du moins… si lord Longmore n'y voit pas d'objection, ajouta-t-elle en glissant un regard incertain en direction de Longmore.

Celui-ci s'écarta pour aller se laisser tomber dans le canapé.

— Faites, je vous en prie, acquiesça Clevedon.

Mlle Sophia saisit un papier dans sa poche, le déplia et lut à voix haute :

— « La maison Noirot informe son aimable clientèle qu'elle compte ouvrir très prochainement une autre boutique où il sera possible d'acheter les dernières créations inspirées de la mode parisienne, à des prix défiant toute concurrence… »

— Inutile de mettre cette dernière phrase, décréta Clevedon. Faire des affaires n'intéresse que les classes bourgeoises. Si vous souhaitez vous adresser à l'aristocratie, il ne faut pas baisser vos prix. Les dames de la haute société n'achèteront pas un article bon marché, elles le jugeront de piètre qualité.

— Vous avez raison, opina Mlle Sophia. Marcelline m'aurait sûrement dit la même chose, mais je n'ai pas osé la déranger. Si la robe de lady Clara n'est pas terminée à temps, ma sœur sera catastrophée.

— Encore faudrait-il que ma mère l'autorise à la porter, marmonna Longmore du fond de son canapé.

Sophie pivota vers lui, interdite.

— Que voulez-vous dire, milord ? Vous n'êtes pas sérieux, n'est-ce pas ? Ma sœur est en train de *se tuer* pour achever cette toilette !

— Ma chère petite... commença Longmore.

— Notre boutique a brûlé. Ma nièce a failli mourir dans cet incendie. Elle ne doit la vie qu'au courage de M. le duc qui s'est précipité dans les flammes pour la sauver. Non content de cela (la voix de Léonie grimpait dans les aigus), il nous a recueillies, nous a prêté de l'argent afin que nous puissions acheter nos fournitures et remplir nos obligations. Neuf personnes travaillent d'arrache-pied depuis ce midi. Et vous dites... vous prétendez que votre mère empêcherait lady Clara... de porter cette robe ?

Longmore se leva.

— Voyons, il ne faut pas prendre les choses trop à cœur...

Sophia se redressa de toute sa taille.

— Si votre mère ose dire du mal de cette robe ou de ma sœur, je vous promets que je me déplacerai en personne pour l'étriper, toute marquise qu'elle soit !

Sur cette prédiction vengeresse, Mlle Sophia jeta le papier par terre et sortit de la bibliothèque, sans oublier de claquer la porte derrière elle.

Décontenancé, Longmore ramassa le feuillet avant de se lancer à sa poursuite.

Clevedon attendit que le bruit de leurs pas se soit estompé. Puis il applaudit dans la bibliothèque vide :

— Bien joué, mademoiselle Sophia !

Souriant, il alla refermer la porte, puis retourna se plonger dans la lecture de *La Belle Assemblée*.

Clevedon était en train de prendre des notes devant le magazine ouvert lorsque la porte s'ouvrit, juste assez pour qu'une tête surmontée d'une coiffe apparaisse dans l'embrasure.

— J'y vais, annonça Noirot.

La tête disparut et le battant commença de se refermer. Il se leva.

— Attendez !

De nouveau, elle passa la tête dans l'interstice.

— Je n'ai pas le temps d'attendre. Je voulais juste vous prévenir que la robe était prête, dit-elle avec une note de triomphe dans la voix.

Il s'avança jusqu'à la porte, l'ouvrit en grand.

Elle tenait dans ses bras une sorte de long suaire rose pâle. Sans aucun doute la fameuse robe, protégée de plusieurs couches de papier de soie, puis enveloppée avec soin dans de la mousseline.

— Vous n'allez tout de même pas la livrer vous-même ? Il doit bien y avoir un valet dans le coin. Tenez, là… vous, Thomas.

D'un geste, elle arrêta le domestique qui faisait déjà mine de quitter son poste au bout du couloir.

— Non. J'ai promis de la livrer en personne et je ne m'en séparerai pas.

— Puis-je… la voir ?

— Sûrement pas. Je n'ai pas le temps de la déballer. Vous la verrez ce soir sur votre fiancée. Et, comme tout le monde, vous serez ébloui.

Le bal. Il se rembrunit. Ce soir, nul doute que l'incendie serait sur toutes les lèvres. Derrière les éventails et les jeux de cartes, il se murmurerait que le duc de Clevedon s'intéressait décidément beaucoup à la couture. Lady Warford aurait beaucoup à dire sur le sujet et ferait connaître son indignation avec la subtilité qui la caractérisait...

Il se remémora alors ce qu'avait dit Longmore, à propos de sa mère qui interdirait peut-être à Clara de porter la robe.

— Je ferais mieux de venir avec vous. Longmore prétend...

— Je sais, coupa-t-elle. Sophia s'est occupée de lui. Et pour ma part, je m'occuperai de lady Warford si elle nous pose un problème. Toutefois j'en doute. Quand lady Clara se verra dans le miroir... Enfin bref, je ne vais pas me rengorger, je n'ai pas le temps et cela vous ennuierait de toute façon.

— Pas du tout. Je lisais justement...

— Il est six heures et demie. Il faut que je parte.

— Prenez le phaéton, suggéra-t-il.

— Hallyday m'a déjà promis votre véhicule le plus rapide. Le cocher m'attend.

Il ne voulait pas rester là. Il voulait l'accompagner, voir la robe et l'expression émerveillée de Clara lorsqu'elle la découvrirait. Il voulait que tout le monde se rende compte que Noirot, non contente d'avoir du talent, était une femme de principe – dans une certaine mesure –, une femme d'honneur – du moins dans le cadre de son métier.

Mais ce n'était pas seulement pour cela qu'il avait envie d'aller avec elle. À sa grande honte, il était obligé de le reconnaître. En cet instant il percevait son parfum, voyait l'éclat nacré de sa peau, ses bouclettes mutines qui dansaient sur son front, ses pommettes rosies...

Il avait envie de prendre son visage entre ses mains, de poser ses lèvres sur les siennes...

Idiot. Idiot. *Idiot*.

Idiot et ignoble, car elle tenait la robe de Clara, Clara qu'il aimait, qu'il avait toujours aimée, et qu'il ne voulait surtout pas blesser.

Il en avait assez fait comme cela. Lady Warford avait vraisemblablement harcelé Clara toute la journée, la tenant pour responsable de l'inconduite notoire de Clevedon qui hébergeait chez lui tout un atelier de couture. Et les péronnelles qui se prétendaient ses amies allaient se déchaîner contre elle, toutes griffes dehors.

Il recula.

— Je ne devrais pas vous retenir alors que, contre toute attente, vous avez réussi l'impossible.

Elle recula à son tour et répliqua :

— Oui. Maintenant, il n'y a plus qu'à espérer qu'on me laissera entrer.

12

« Une dame bien inspirée saura apporter de la distinction à sa tenue grâce à une simple broche ou tout autre ornement raffiné, à l'instar d'un écrivain qui, d'une expression bien choisie, donne de l'âme à une phrase entière. »

JOHN GAY, poète et dramaturge anglais (1685-1732)

Marcelline arriva à Warford House à huit heures moins cinq. Bien qu'elle ait voyagé dans la voiture de Clevedon qui arborait son blason sur la portière, elle se garda bien d'emprunter la porte principale et contourna la demeure pour trouver l'entrée de service.

Elle ne voulait pas envisager qu'on puisse lui claquer la porte au nez. La robe était magnifique. Lady Clara avait bien compris qu'elle s'était remise entre les mains d'une experte, sinon elle aurait envoyé promener Marcelline dès que celle-ci avait commencé à inventorier le contenu de sa garde-robe.

Elle dut patienter un moment avant que Davis, la femme de chambre de Clara, n'apparaisse pour lui donner la permission de monter à l'étage par l'escalier de service. La mine fermée de la domestique ne tarda pas à s'expliquer, quand Marcelline trouva la marquise de Warford en compagnie de sa fille.

Manifestement, ces deux-là venaient de se disputer violemment, comme l'attestaient leurs visages rubiconds.

Lorsque Davis annonça : « La couturière est arrivée, milady », un lourd silence retomba dans la chambre.

Lady Warford était aussi grande que Clara et avait dû être aussi belle jadis. Elle passa à l'attaque sur-le-champ :

— *Vous !* Comment avez-vous le front de vous présenter dans cette maison !

Lady Clara, qui avait les yeux fixés sur le paquet que tenait Marcelline, s'interposa :

— Je vous en prie, maman. Madame Noirot, je vous avoue que j'en ai à peine cru mes oreilles quand on m'a dit que vous étiez ici avec la robe. Votre boutique... Est-il vrai qu'elle a été ravagée par le feu ?

— C'est vrai, milady. Mais je vous avais donné ma parole.

— Au diable cette robe ! s'emporta la marquise. Je ne comprends pas que cette créature ait le toupet de...

— La robe est terminée ? demanda Clara avec espoir. Vous avez réussi ?

Marcelline hocha la tête. Elle déposa le paquet sur une table basse, dénoua la ficelle et dégagea la robe de son suaire de mousseline.

Derrière elle retentirent trois exclamations de stupeur admirative.

— Oh, mon Dieu... Oh, mon Dieu ! souffla Clara.

— C'est... scandaleux, fit lady Warford d'une voix moins convaincue, tout à coup. Clara, je ne comprends pas que tu t'obstines à...

— Je n'ai rien d'autre à me mettre ! coupa sa fille.

— Rien d'autre, rien d'autre... C'est inouï !

Ignorant sa mère, Clara fit signe à sa camériste de l'aider à ôter son déshabillé. Lady Warford se laissa tomber sur une chaise et se mit à bouder ostensiblement, tandis que la domestique et Marcelline joignaient leurs efforts pour habiller sa fille.

Cela fait, lady Clara alla se placer devant la psyché.

— Oh, mon Dieu ! répéta-t-elle dans un souffle inaudible.

La femme de chambre avait la main devant la bouche.

La marquise fixait sa fille d'un œil rond.

Marcelline avait imaginé une robe en satin d'un blanc pur dont les plis très sophistiqués s'ouvraient sur un jupon de soie brochée bleu pervenche, de la même couleur que les yeux de Clara.

Le décolleté plongeant soulignait la rondeur de sa jeune poitrine et de ses épaules, tout en dégageant son cou de cygne. Marcelline avait délibérément limité les rubans et fanfreluches, consciente que l'apparente sobriété de la robe attirerait l'attention sur la coupe étudiée et la perfection des drapés. Quelques nœuds papillons judicieusement disposés, du même bleu que le jupon, ornaient les manches gigot d'un volume impressionnant et les pans de la surjupe. De délicates broderies de feuillage argenté et vert tendre agrémentaient le satin blanc. L'ensemble était d'une fraîcheur et d'une élégance incomparables, mais c'était bel et bien lady Clara qu'on admirait pour sa beauté merveilleusement rehaussée, et non l'écrin qui la parait.

Lady Clara le voyait dans la glace.

Sa camériste le voyait.

Et même sa mère.

Dans la chambre, le silence était assourdissant.

Satisfaite, Marcelline contemplait son œuvre. Grâce à la méticulosité fanatique qu'elle apportait à la prise des mesures, l'ajustement frisait la perfection. L'ourlet tombait juste à la bonne hauteur. À peine faudrait-il reprendre le décolleté afin d'effacer un minuscule pli dans le dos. Les manchettes fournies par la camériste ne convenaient pas pour des manches aussi volumineuses, mais l'on trouverait aisément une solution à ce détail.

Sans perdre de temps, elle se mit au travail.

Une fois les dernières retouches effectuées, elle donna des instructions à Davis pour la note finale : un diadème à poser sur la couronne de cheveux tressés de sa maîtresse ; de lourdes boucles d'oreilles en argent et saphir ; une étole de mousseline blanche rebrodée de fils d'argent.

Tout cela prit presque une heure, durant laquelle lady Warford, gagnée par l'impatience, s'agita sur son siège en marmonnant que l'heure tournait. Elle n'accorda même pas une minute à Marcelline pour admirer le résultat final, se plaignit que par sa faute elles seraient en retard au dîner, puis entraîna sa fille hors de la chambre sans un mot de plus.

Et certainement pas le moindre remerciement.

Davis admit du bout des lèvres que sa jeune maîtresse serait magnifique au bal, avant de reconduire Marcelline dans l'escalier de service, comme un sale petit secret que l'on cache.

En ressortant sous le ciel étoilé, Marcelline se dit qu'elle était très, très heureuse.

Elle avait accompli sa tâche. Lady Clara n'avait jamais paru plus belle. À l'Almack, tout le monde en conviendrait. Clevedon aussi. Et il retomberait amoureux de sa fiancée.

À cette pensée, Marcelline ressentit comme un coup de poignard en pleine poitrine, qui déchira le cocon de son triomphe. Elle savait bien pourquoi. Elle excellait dans l'art du mensonge, mais on ne se ment pas si aisément à soi-même.

La vérité, c'est qu'elle aurait voulu être à la place de lady Clara, ou du moins lui ressembler, être de son monde. Elle aurait voulu que le duc tombe amoureux d'*elle*, et pas de sa cliente.

Fadaises, se dit-elle. Sa fille était en vie. Elle-même et ses sœurs se portaient bien. Elles allaient prendre un nouveau départ et, à partir de cette nuit, la crème de la bonne société se battrait pour leur passer commande.

Tout allait pour le mieux.

Clevedon venait à peine d'arriver à l'Almack qu'il se surprit à calculer le laps de temps qui devrait s'écouler avant qu'il puisse décemment s'éclipser. De toute façon, lady Warford ferait grise mine, mais il n'était pas venu pour elle, seulement pour Clara, et à l'avenir il n'entendait pas être à la botte de sa belle-mère.

Mais, comme il ne tarda pas à s'en rendre compte, Clara avait peu de temps à lui consacrer. Elle était la reine de la fête, sollicitée par tous. Elle ne pouvait lui accorder qu'une seule danse. Elle n'était pas sûre qu'il viendrait, et les autres messieurs s'étaient montrés si pressants... s'excusa-t-elle.

Il est vrai que la cohorte de ses admirateurs était encore plus impressionnante que d'ordinaire. Il n'y avait là rien d'étonnant, car elle était vraiment fantastique dans cette robe que Noirot et ses ouvrières lui avaient confectionnée. Et Clevedon remarquait sur le visage des dames présentes la même expression d'envie qu'avaient arborée les Parisiennes chez la comtesse de Chirac.

Quel dommage que Noirot ne soit pas là pour voir ça.

Comme ils évoluaient sur la piste, Clara dit :

— Cette robe est vraiment merveilleuse. C'est extraordinaire que Mme Noirot ait pu la terminer, après tout ce qui s'est passé.

— C'est une femme très déterminée.

— Certes. Et très fière.

Fière. Obstinée. Passionnée.

— Elle n'est vraiment pas banale, votre couturière.

— C'est *votre* couturière, pas la mienne, objecta-t-il.

— Ce n'est pas ce qu'on raconte. Il paraît qu'elle s'est installée chez vous, avec toute sa famille. L'avez-vous adoptée ?

— Je ne savais pas quoi faire d'autre. Pris au dépourvu...

Il s'interrompit. Clara lui jeta un regard vif avant de détourner la tête. Le silence retomba. Enfin, elle murmura :

— J'ai lu quelque part que si quelqu'un sauvait la vie d'une autre personne, cette dernière lui appartenait.

— Vous n'allez pas vous aussi me parler de ma conduite héroïque ? C'est ridicule ! Je n'ai pas eu le choix, figurez-vous. Si votre mère s'était retrouvée piégée dans cette boutique en flammes, je ne serais pas resté sur le trottoir, les bras croisés. Et Longmore aurait agi exactement de même, quoi qu'il en dise.

— Oh, il a beaucoup à dire sur le sujet, en effet. Après vous avoir rendu visite, il est venu conseiller à maman de ne pas faire toute une histoire à propos de cette couturière tyrannique. Il a dit que cela vous ressemblait bien de faire de la provocation en hébergeant ces femmes.

— Elle est certes tyrannique. Vous avez pu en juger par vous-même.

Il revoyait encore Noirot houspillant Clara, la malmenant sans pitié, la mettant face à ses erreurs. Avec cet aplomb incroyable, cette détermination farouche. Et sa passion contagieuse.

— Il est vrai que les gens sont très surpris que j'utilise ses services, reconnut Clara. Surpris... voire choqués.

— Il ne leur faut vraiment pas grand-chose.

— Je voulais cette robe. Maman a bien essayé de m'interdire de la porter mais, sur le conseil de Mme Noirot, j'ai fait une scène terrible et elle a fini par céder. Je dois vraiment être très vaniteuse.

— Pas du tout. Il était temps au contraire que vous cessiez de vous cacher dans votre coquille pour laisser votre beauté éclore aux yeux du monde. Je me demande même si votre mère ne fait pas…

Il se tut brusquement, consterné par ce qu'il avait été sur le point de dire, et stupéfait que ce soupçon lui vienne seulement maintenant : cette mère si orgueilleuse n'avait-elle pas délibérément habillé sa fille comme une godiche pour empêcher que les hommes lui tournent autour ? Afin de mieux la préserver pour Clevedon ?

Auquel cas, elle l'avait préservée pour un homme qui certes l'aimait tendrement, mais n'avait nulle envie d'être là et se languissait d'une autre vie, sans toutefois pouvoir définir en quoi consistait cette notion…

Mensonge. Il le savait parfaitement.

Mais à quoi bon y penser, puisqu'il s'agissait de la seule chose que ne pouvaient lui procurer son rang et sa fortune ?

— Qu'alliez-vous dire à propos de ma mère ? s'enquit Clara.

— Qu'elle vous protège trop, prétendit-il. Mais finalement, vous avez obtenu satisfaction.

Il ne remarqua pas le regard inquisiteur que Clara levait sur lui. Son attention avait dévié sur les toilettes des dames qui virevoltaient sur la piste de danse. Presque toutes portaient encore le demi-deuil. Les hommes, bien sûr, étaient en habits sombres. Il faisait chaud, l'air était saturé de parfums qui lui rappelaient d'autres lieux, d'autres temps. Mais on n'était pas à Paris et la différence ne tenait pas seulement aux couleurs éteintes des toilettes.

L'ambiance aussi semblait éteinte.

Il n'y avait pas de magie, pas d'étincelle.

À Paris, la féerie avait été presque irréelle, lors de cette réception où Noirot n'avait pas sa place et où pourtant elle s'était imposée, tel l'astre solaire autour duquel gravitent des planètes sans éclat.

Il se mordit la lèvre. Une féerie, vraiment ? Quel idiot il faisait ! Il tenait dans ses bras la plus belle fille de Londres, tous les hommes présents l'enviaient, et pourtant il ne songeait qu'à déguerpir au plus vite.

Oui, quel fieffé imbécile !

Bibliothèque de Clevedon House, vendredi 1er mai

— Il faut que nous nous en allions, dit Marcelline à Clevedon.

Ils ne s'étaient pas revus depuis mercredi soir. On était vendredi, il était dix heures du matin. Les ouvrières étaient arrivées une heure plus tôt et s'étaient attaquées aux commandes les plus urgentes. En temps normal, pendant que ces dernières s'activaient, Marcelline et une de ses sœurs allaient dans la boutique servir les clientes. Mais il n'y avait plus de boutique. Et après l'apparition triomphale de lady Clara au bal de l'Almack, on pouvait s'attendre à de nombreuses commandes. Si la maison Noirot n'était pas en mesure de les honorer, la fabuleuse robe de lady Clara tomberait vite aux oubliettes.

Marcelline avait bien d'autres raisons qui la poussaient à quitter Clevedon House, mais celle-ci était la plus pragmatique.

Elle se proposait d'écrire un mot au duc quand Hallyday, le majordome, était venu la prévenir que Sa Grâce se trouvait dans la bibliothèque et demandait à lui parler.

Elle l'avait trouvé penché sur une table jonchée de divers documents et magazines.

Sans attendre de connaître les raisons de cette convocation, elle s'était lancée.

— Nous ne pouvons pas rester. Je ne veux pas paraître ingrate – vous savez que je vous suis très reconnaissante –, mais il faut que je reprenne en main mon affaire, mes employées, ma famille. Lucie en particulier. Les femmes de chambre, les valets... elle commence à trouver cela *normal*. Ici, elle est tellement choyée... Elle est beaucoup plus difficile à gérer que vous ne le pensez, et il va me falloir des semaines pour réparer les dégâts...

Les mots moururent sur ses lèvres comme il relevait la tête pour darder sur elle son incroyable regard vert. Quand elle cessa de se focaliser sur ses yeux, ce fut pour s'attarder sur son nez droit et fort, puis sa bouche sensuelle et pourtant si virile.

La température de la pièce parut augmenter de plusieurs degrés. La chaleur se communiquait graduellement à son corps. Son cœur s'était mis à cogner à coups sourds dans sa poitrine.

Elle recula d'un pas.

— Et puis... il y a *ça*, enchaîna-t-elle, yeux baissés.

— Oui. Je sais.

— Je... Je souhaite garder la clientèle de lady Clara. Plus je m'incrusterai chez vous, plus sa mère me haïra. Et je ne suis pas certaine qu'elle soit capable de lui tenir tête très longtemps.

Je ne suis pas non plus certaine de pouvoir vous résister très longtemps, ajouta-t-elle en pensée.

Elle l'entendit pousser un soupir, releva les yeux. Elle aurait voulu se blottir contre lui, le toucher, poser la tête sur sa poitrine, sentir sa chaleur, son odeur, sa force. Le sentir en elle.

La veille, elle était restée éveillée au lit, à imaginer un bruit de pas léger dans le couloir, le grincement de la porte qui s'ouvrait, se refermait, sa respiration légèrement haletante qui rompait le silence de la chambre, le matelas qui s'enfonçait sous son poids, le chuintement de sa chemise dont il se débarrassait, le murmure de sa voix, le contact humide de sa bouche contre son oreille... Et puis ses mains sur elle, qui retroussaient sa chemise de nuit, glissaient entre ses jambes...

Stop. Arrête.

— J'ai parlé à mes sœurs. Elles sont d'accord avec moi, elles pensent qu'il est grand temps de nous mettre en quête d'un autre logis.

— Ce ne sera pas nécessaire.

— C'est au contraire crucial. Il nous faut profiter du succès de lady Clara à l'Almack. Une telle occasion ne se reproduira peut-être pas et... Oh, vous ne comprenez pas !

— Je comprends très bien.

Il fit glisser vers elle le document qu'il était en train de lire lorsqu'elle était entrée :

— Varley vous a trouvé une boutique. Voulez-vous que nous allions la visiter ?

L'immeuble faisait partie des nombreux biens immobiliers que possédait Clevedon. Il était situé sur St. James's Street, près de l'intersection avec Bennet Street. Clevedon apprit aux trois couturières que les locataires précédents – un couple – avaient rencontré des difficultés financières alors qu'ils se proposaient d'ouvrir un commerce. Ils étaient partis à la cloche de bois quelques jours plus tôt, nonobstant trois mois d'arriérés de loyer, sans oublier d'emporter la plupart du mobilier.

Cette histoire était évidemment inventée de A à Z.

En vérité, Varley avait graissé la patte de l'homme et de la femme pour les convaincre de déménager, en les autorisant à emporter à peu près tout ce qui n'était pas cloué au mur ou au sol.

— Quelle coïncidence bienvenue, commenta Mlle Léonie pendant que Varley déverrouillait la porte.

— Il est peut-être temps que le hasard joue en notre faveur, non ? rétorqua Mlle Sophia.

Tout le monde pénétra dans les locaux, sauf Noirot qui s'attarda sur le trottoir et leva un regard critique sur la façade, avant de pivoter sur elle-même d'un air pensif pour jauger le voisinage.

L'adresse était prestigieuse. Non loin se trouvaient les plus célèbres clubs masculins de la ville, ainsi que les commerces les plus réputés, le bottier Hoby, le chapelier Lock et les frères Berry, cavistes de leur état. Bien entendu, le quartier comptait également son lot de tripots et de bordels, mais ceux-ci avaient tendance à se dissimuler dans les venelles avoisinantes.

— Alors, votre sentiment ? l'interrogea-t-il.

— C'est ici que j'ambitionnais de m'installer. À St. James's Street. Je savais que j'y arriverais, mais je ne pensais pas que ce serait si tôt.

Un sourire énigmatique aux lèvres, elle entra à son tour. Il lui emboîta le pas.

Mlle Léonie s'interrompit dans sa conversation avec Varley pour apostropher sa sœur :

— Je savais bien que c'était trop beau pour être vrai ! C'est au-dessus de nos moyens. Nous ne vendons pas assez pour couvrir les dépenses journalières, sans parler de la mise de fonds initiale. Il nous faudrait au moins deux vies pour rembourser Sa Grâce !

— Ne soyez pas stupide… commença Clevedon.

— Ne sois pas stupide, lâcha Noirot au même moment. L'endroit va nous permettre d'augmenter le volume de nos ventes et nos prix. Ici, nous aurons toute la place qu'il faut pour travailler à l'aise et présenter nos créations dans des vitrines dignes de ce nom. Il faudra embaucher au moins six ouvrières pour faire face à l'augmentation de la production. J'ai tellement d'idées, et jusqu'à présent il n'y avait jamais assez d'espace ou de main-d'œuvre pour les réaliser !

— Nous avons surtout besoin de clientes, objecta Léonie. Il nous faut au moins doubler…

— Sophia, coupa Noirot avec impatience, tu vas tout de suite rédiger une annonce pour la presse. « La maison Noirot informe son aimable clientèle que son nouveau magasin, sis au n° 56 sur St. James's Street, ouvrira le mercredi 6, blablabla... » acheva-t-elle avec un geste de la main. Pour le reste, tu broderas avec les accroches habituelles.

— Non, il faut innover au contraire ! protesta Clevedon. Créer l'événement avec quelque chose d'inédit... je ne sais pas, un corset moderne, par exemple.

Les trois femmes pivotèrent pour le dévisager d'un air stupéfait.

Il toussota.

— J'ai... beaucoup lu de magazines de mode, dernièrement. Et il me semble que les corsets...

— Il a raison, il faut que j'invente un corset, décréta Noirot. Je ne sais pas encore quoi, mais ce n'est pas grave. Pour l'instant, Sophia, contente-toi de trouver un nom. Quelque chose d'exotique. Souviens-toi du corset « circassien » de Mme Bell. Quoique. Il faudrait une consonance italienne. Les femmes aiment la lingerie italienne.

— Et pourquoi attendre le 6 pour ouvrir ? intervint encore Clevedon. Commencez dès demain. La décoration n'est peut-être pas entièrement à votre goût, mais au moins la peinture est-elle neuve. Il n'y a plus qu'à tout nettoyer et à apporter des meubles.

— Mais... ce n'est pas possible ! s'exclama Mlle Léonie.

— Comment pourrions-nous être prêtes en moins de vingt-quatre heures ? renchérit Mlle Sophia.

Noirot leva la main et s'adressa à Clevedon :

— Vous allez devoir nous prêter la plupart de vos domestiques. Et, une fois de plus, vos véhicules. Il va aussi falloir acheter du matériel et des fournitures en grande quantité.

— Je m'en doute, acquiesça-t-il.

— On ne s'en sortira pas sans votre aide.

— J'avais bien l'intention d'apporter ma contribution. Ce n'est pas un gros sacrifice si cela me permet de reprendre possession de ma maison.

Cet argument ferait taire lady Warford. Et les autres commères. Pour sa part, il ne craignait pas les cancans. Mais il pensait à Clara. Il ne voulait pas l'embarrasser publiquement et... il se savait incapable de résister à la tentation. Si Noirot continuait de vivre sous son toit, il ne répondait de rien.

— Ce n'est pas un gros sacrifice ? répéta Mlle Sophia en riant. Oh, c'est merveilleux d'être duc !

— C'est merveilleux de *connaître* un duc, corrigea Mlle Léonie. Dans cette boutique, Marcelline pourra peut-être laisser libre cours à son génie, mais il va falloir dépenser deux fois plus pour tout meubler et acheter de quoi travailler.

Noirot s'était mise à arpenter la zone qui, selon toute vraisemblance, deviendrait la boutique à proprement parler.

— Les rangements et les comptoirs conviennent, murmura-t-elle, mais tout doit être nettoyé, ciré ou verni. Et il faut acheter tout le reste. Des lustres, des appliques, des miroirs...

Clevedon avait sorti de sa poche son petit calepin et un crayon. Il commença à prendre des notes.

Il fut facile de répartir les responsabilités. Marcelline et ses sœurs connaissaient leur affaire. Sophia retourna à Clevedon House afin de rédiger son annonce et superviser le travail des ouvrières. Léonie resterait à St. James's Street pour recevoir les livraisons et surveiller les domestiques et ouvriers qui arriveraient bientôt.

C'est donc Clevedon qui emmènerait Marcelline faire des achats.

Elle n'avait pas le choix. Elle avait besoin de lui. Bon gré mal gré, il lui faudrait dominer ses élans interdits. Mais, après tout, elle avait l'habitude.

— Je ne veux pas perdre de temps avec des employés bavards, qui essaient de me vendre quelque chose dont je n'ai que faire. Je ne veux pas non plus passer des heures à négocier. J'ai besoin d'un service rapide, de préférence obséquieux. Votre présence me garantira cela.

— Je comptais bien venir avec vous, de toute façon. N'avez-vous pas vu que j'ai pris des notes ?

Bien sûr, elle l'avait vu. Et elle s'était posé des tas de questions. Elle contint néanmoins sa curiosité, jusqu'à ce qu'ils soient installés dans la voiture.

— Je croyais que vous détestiez faire les magasins avec les femmes ? C'est ce que vous avez dit à lady Clara l'autre jour.

— C'était *avant*. Maintenant, par votre faute, cela m'intéresse.

Comme elle haussait le sourcil, l'air interrogateur, il s'expliqua :

— C'est toute cette agitation, cette mobilisation générale, cette volonté de construire, de mener un projet à bout… Votre conviction inébranlable que la réussite se trouve au bout du chemin. C'est très excitant pour un oisif de mon espèce !

— Il vaut mieux entendre ça que d'être sourde. J'ai juste trouvé un moyen de gagner ma vie, qui n'exige pas que je trime toute la journée au service de quelqu'un d'autre et me permet d'aller de l'avant. Mais si rien ne m'obligeait à travailler, soyez sûr que je me contenterais de profiter de l'existence, en faisant preuve de charité chrétienne de temps à autre envers le commun des mortels.

— Vous racontez n'importe quoi. Vous vivez pour votre métier. Vous respirez par lui. Ce n'est pas un travail, c'est une vocation.

— Pas du tout. J'aspire à l'oisiveté, moi aussi. C'est mon but principal.

— Non. Vous ne serez jamais oisive. Même au sommet de votre art, vous seriez incapable d'arrêter. Vous n'avez pas un point de vue extérieur sur vous-même, tandis que moi je vous vois, je vous observe. Je vous ai vue vider la garde-robe de Clara. À vos yeux, s'habiller mal n'est pas seulement une faute de goût. C'est *criminel*. Vous vous êtes débrouillée pour confectionner une robe en un temps record parce que c'était une question de vie ou de mort pour vous. Vous n'auriez pas supporté que Clara se présente au bal de l'Almack avec une de ses vieilles nippes.

— Pff ! Vous n'avez pas l'impression d'exagérer un brin ? répliqua-t-elle, le regard tourné vers la vitre. « Une question de vie ou de mort », rien que ça !

Son ironie lui servait juste à déguiser le malaise qui s'était emparé d'elle. Les affirmations de Clevedon la déstabilisaient. Il n'avait pas tort, et elle s'en rendait seulement compte maintenant. Elle était ambitieuse, vénale, obsédée par son ascension sociale. Mais il est vrai qu'elle avait peut-être un moteur encore plus grand.

Finalement, Clevedon était un fin observateur, alors qu'elle l'avait cru seulement soucieux de déceler ses faiblesses, pour mieux l'amener là où il le souhaitait, c'est-à-dire le dos contre un mur… ou contre une table.

— D'accord, vous avez raison, je ne l'aurais pas supporté, admit-elle à contrecœur. Ça ne m'aurait pas tuée sur place, mais… cela m'aurait sûrement rendue malade !

Il se mit à rire.

La voiture s'arrêta. Ils descendirent, la conversation prit fin, et les emplettes débutèrent.

Ce fut sans doute la journée la plus trépidante que Clevedon eût jamais connue. Sans temps mort, ils passèrent d'une boutique à l'autre pour acheter du tissu d'ameublement, du mobilier, des lampes, des miroirs... Chaque fois, ils furent reçus par le patron en personne, avec toute la déférence qu'un duc est en droit d'attendre. Tout le monde était prêt à remuer ciel et terre pour satisfaire leurs exigences.

Or Noirot savait exactement ce qu'elle voulait.

Clevedon aurait dû périr d'ennui. Or il s'amusait comme un fou et ne voyait pas le temps passer. Ils firent juste une courte pause, le temps d'avaler quelques sandwichs que la cuisinière avait préparés à leur intention et mis dans un panier de pique-nique. Mais il aurait été bien incapable de dire si une heure ou cinq heures s'étaient écoulées.

Finalement, alors qu'ils sortaient d'un entrepôt, il remarqua que la luminosité avait franchement baissé. Le soir tombait. Dans la rue, les réverbères étaient allumés. Les boutiques fermeraient bientôt, mais le quartier était encore animé, sillonné d'acheteurs ou de gens qui rentraient simplement chez eux.

Bientôt, les employés quitteraient leur lieu de travail pour retrouver eux aussi leur logis douillet.

Et lui ? songea-t-il tout à coup. Quand avait-il arpenté le trottoir d'un pas vif, pressé de rejoindre son foyer ?

Il n'en avait aucun souvenir.

Ils montèrent en voiture, et il demanda à son cocher de les ramener à la boutique de St. James's Street.

Après avoir écumé les rues commerçantes de Londres à ce qu'elle estimait être une allure d'escargot, Marcelline descendit enfin de voiture pour se retrouver face à une boutique déserte, plongée dans l'obscurité.

— Mais... ils sont tous partis ! s'exclama-t-elle. Je croyais... J'avais pensé que...

— C'est certainement bon signe, objecta Clevedon. Sans doute ont-ils été plus efficaces que prévu. Vos sœurs ont dû rentrer à Clevedon House dîner et prendre un repos bien mérité. Et c'est exactement ce que nous allons faire. Mais tout d'abord, nous allons jeter un coup d'œil. Venez.

Il sortit une clé de sa poche, et ajouta avec un clin d'œil :

— C'est moi le propriétaire !

Ils pénétrèrent dans la boutique. Clevedon s'empressa d'allumer une, puis deux lampes à gaz.

Marcelline pivota lentement sur elle-même, les mains pressées contre son estomac chaviré.

Son regard glissa sur les meubles élégants qui luisaient doucement et fleuraient bon la cire d'abeille, les lustres de cristal, les tentures aux drapés élégants. On se serait cru dans un boudoir raffiné.

— Alors, satisfaite ? s'enquit-il.

— Le mot est faible. Je sais bien que j'ai un goût parfait...

— Encore cette insupportable humilité !

— ... mais voir dans la réalité ce que j'ai imaginé... c'est quand même très troublant. Il faudra juste déplacer quelques meubles demain matin. Léonie a l'œil, toutefois son sens de l'esthétique reste parfois un peu conventionnel. La première impression du client est primordiale. La boutique doit dégager une ambiance élégante et sophistiquée, mais également un petit je-ne-sais-quoi qui fait toute la différence.

— Un petit je-ne-sais-quoi, répéta-t-il en hochant la tête.

— Rien qui soit trop clinquant ou outrancier.

— Je vois exactement ce que vous voulez dire, mais je serais bien incapable de le définir. Venez, allons voir le reste.

Ils visitèrent les bureaux, l'atelier, l'entrepôt. Puis il l'entraîna à l'étage, et elle découvrit alors d'autres pièces dévolues au travail : un studio très lumineux dans lequel elle pourrait dessiner ses futurs modèles, un salon confortable destiné à recevoir les clientes, ainsi que deux bureaux pour Sophia et Léonie.

Le deuxième étage était réservé aux appartements privés.

Confondue, elle s'exclama :

— Seigneur, je n'ai pas pensé que… Oh, j'espère qu'il y a à Clevedon House un ou deux matelas qui ne servent pas… Ainsi qu'une table et quelques chaises, même si ce n'est pas indispensable dans un premier temps. Nous avons déjà vécu dans des conditions spartiates. Vraiment, je n'arrive pas à comprendre comment j'ai pu oublier d'acheter des affaires… pour *nous* !

— Suivez-moi, nous allons faire un tour là-haut. Avec un peu de chance, les précédents locataires auront laissé quelques meubles.

Muni d'une lampe, il la précéda dans l'escalier. Parvenu sur le palier, il lui demanda d'attendre, avant d'aller ouvrir une porte. Quelques instants plus tard, il l'appela :

— Venez donc voir.

Elle obtempéra et entra dans la pièce désormais illuminée par trois lampes.

Ses yeux s'écarquillèrent.

Il y avait là un canapé, deux fauteuils, une table et des chaises. Des rideaux encadraient les fenêtres. Un épais tapis jetait une note colorée sur le parquet. Le mobilier était simple mais ravissant, confortable. On se sentait tout de suite chez soi.

Quelque chose gonfla dans la poitrine de Marcelline, menaçant de l'étouffer.

— Seigneur… murmura-t-elle.

Du salon, il la conduisit dans une petite salle à manger, décorée dans le même style chaleureux, puis une nursery où tout avait été agencé pour rendre heureuse une petite fille. Lucie avait sa propre table, sa chaise, un service à thé, des étagères pour ranger ses livres, et un coffre peint pour ses jouets et ses trésors.

De là, ils passèrent dans une autre pièce, plus vaste.

— J'ai pensé que celle-ci aurait votre préférence, mais bien sûr vous pouvez changer avec vos sœurs si tel est votre désir. Néanmoins, comme c'est vous l'artiste, je vous ai attribué la chambre qui surplombe le jardin. On aperçoit même un bout du parc public, mais il vous faudra peut-être vous mettre sur la pointe des pieds…

Dans la famille Noirot, on ne montrait pas facilement ses émotions. Pourtant, cette fois, sa maîtrise vola en éclats.

— Oh, Clevedon !

Un sanglot franchit sa gorge. Et pour la première fois depuis des années, des siècles, une éternité, elle se mit à pleurer.

13

« Mme Hughes informe son aimable clientèle que sa boutique ouvrira le mardi 4 janvier pour la présentation de la nouvelle collection. Mme Hughes tient à remercier ses nombreux amis qui ont su lui faire confiance. Le magasin recherche une apprentie et une retoucheuse. »

Annonce de janvier, *Ackermann's Repository*, vol. XI, 1814

Elle n'avait jamais eu la larme facile. Quand ses parents avaient succombé au choléra, elle avait eu de la peine pour toutes ces occasions ratées, tous ces espoirs qu'elle avait malgré tout nourris pour eux. Quand la maladie avait emporté sa cousine Emma – qui les avait recueillies, elle et ses sœurs –, elle avait également eu beaucoup de chagrin ; ainsi qu'à la mort de Charlie, qu'elle avait aimé de tout son cœur lorsqu'elle était jeune fille.

Et pourtant, elle n'avait jamais pleuré comme en cet instant. Elle n'en avait jamais eu le loisir. Car chaque nouveau deuil l'avait obligée à réagir sur-le-champ et à trouver des solutions pour sauver les siens.

Mais à présent... c'était la goutte d'eau qui faisait déborder le vase. Elle pleurait, pleurait. De gros sanglots lui déchiraient la poitrine, lui secouaient les épaules. On aurait dit que des serres géantes étaient en train de la déchiqueter, si puissantes qu'elle ne pouvait rien pour s'en libérer.

— Allons, fit Clevedon, cet appartement n'est tout de même pas aussi laid que ça ? Moi aussi, je me targue d'avoir un peu de goût. Voyons, Noirot...

Elle aurait ri si elle en avait été capable, mais on aurait dit qu'une digue s'était rompue en elle.

— Sapristi, si j'avais su que vous en feriez une telle histoire, je vous aurais ramenée tout de suite à la maison... Je veux dire à Clevedon House, marmonna-t-il.

À la maison. Chez lui. Où il l'avait hébergée quand elle avait perdu son toit. Et aujourd'hui, il lui offrait un foyer.

Une autre vague d'émotion la ravagea, la fit tressaillir.

— Cette surprise était censée vous faire plaisir, reprit-il. Vous étiez censée dire : « Quelle bonne idée vous avez eue, Clevedon ! », et ensuite vous deviez l'accepter comme un dû. Vous n'avez pas l'intention, j'espère, de vous montrer à vos clientes dans cet état-là ? Vous perdriez instantanément leur respect et il vous serait impossible de les mener à la baguette. Et comment feriez-vous alors pour leur vendre toutes ces belles robes ?

Comme elle pleurait de plus belle, il bougonna :

— Enfin, Noirot, que se passe-t-il ?

Vous. C'est à cause de vous, triple buse, songea-t-elle.

La tempête commençait à se calmer. Marcelline laissa retomber ses mains tremblantes. Elle dénicha un mouchoir, s'essuya le visage, remarqua alors que Clevedon se tenait de manière bizarre, le dos raide, les bras plaqués le long du corps.

Il avait failli la prendre dans ses bras pour la consoler, devina-t-elle. Réaction toute naturelle. Mais il s'était retenu. Sans doute à cause de lady Clara. Sa future femme.

C'était comique, vraiment. Alors qu'il venait d'abattre les ultimes défenses de Marcelline après d'innombrables tentatives, il avait trouvé en lui la force de se tenir à l'écart !

— Vous… ne comprenez pas, bredouilla-t-elle.

— C'est on ne peut plus vrai.

— Personne… Personne… n'a jamais…

Un autre sanglot la terrassa. Elle se mordit la lèvre, agita son mouchoir en l'air.

— De toute ma vie… personne… ne m'a offert… une maison… la sécurité…

Non, personne. Ni ses parents qui déménageaient à tout bout de champ, ni sa cousine Emma chez qui les trois sœurs n'avaient possédé aucun bien personnel. L'appartement situé au-dessus de la boutique de Fleet Street, bien que vétuste et exigu, avait été le premier logement dans lequel elles s'étaient senties bien.

Mais ici…

— Oh, Clevedon, que vais-je faire ? soupira-t-elle.

— Emménager ?

Elle plongea son regard dans ces yeux verts où elle avait vu le diable danser, où elle avait vu la flamme du désir, le rire, la fureur. Et aussi tant d'affection pour Lucie.

— Il fallait bien que quelqu'un y pense, poursuivit-il. Vous aviez tellement à faire par ailleurs. La boutique primait sur le reste.

C'était une des raisons pour lesquelles elle était aussi bouleversée : il comprenait l'importance que revêtait son métier à ses yeux. En l'espace de quelques semaines, il était passé du dédain à l'investissement le plus total. Dans la mauvaise littérature, on parlait de personnages incapables de trouver leurs mots, tant leur cœur débordait de reconnaissance. Cela n'était pas près de lui arriver ! avait-elle songé avec une ironie lucide. Et pourtant, en cet instant, elle était coite.

C'était trop. Tout se mettait en place, tel un magnifique puzzle.

— Je n'allais pas vous déranger avec des détails domestiques alors que vous vous attaquiez à l'impossible, se justifia-t-il encore. C'est ce que vous faites tout le temps, d'ailleurs. Fabriquer une robe en vingt-quatre heures. Traverser la Manche pour me filer dans les rues de Paris. Qui songerait à entreprendre de telles folies ?

— Mais ça a marché.

— Oui.

Hormis une légère erreur de calcul. Elle sentit ses yeux s'embuer, cilla, se força à sourire :

— Je ne pourrais pas être plus heureuse ! J'ai tout ce que je désirais, et plus encore. Un appartement, une magnifique boutique sur St. James's Street, assez vaste pour que je puisse laisser libre cours à mon inspiration…

— Ça, je n'en suis pas sûr. Il faudrait au moins la cathédrale Saint-Paul. Et encore… Y a-t-il des limites à cette imagination débridée ?

Il la connaissait si bien. Elle se mit à rire, secoua la tête :

— Tout est comme dans mes rêves les plus audacieux.

Elle alla s'asseoir sur une chaise, croisa les mains et se mit à fixer le tapis qu'il avait choisi, d'un vert bronze semé d'un feuillage d'or pâle sur lequel se détachaient des coquelicots d'un rouge éclatant.

Alors, elle comprit.

Cette maison était un cadeau d'adieu.

Elle avait poursuivi cet homme, l'avait rattrapé, puis était tombée dans son propre piège.

Quelle ironie.

Elle était amoureuse.

Et il lui disait au revoir, de la manière traditionnelle prisée par les hommes, sous la forme d'un cadeau extravagant.

— Noirot, ça ne va pas ? Je sais que la journée a été rude et que nous sommes tous deux très fatigués. Quand je pense que j'ai fait des courses toute la journée... avec une femme... Je ne sais pas si je m'en remettrai un jour !

Elle le regarda.

Il n'y avait aucun avenir pour eux.

Étant donné leurs positions respectives, elle ne pourrait être que sa maîtresse, et ce n'était pas possible. Non pour des raisons de morale qu'elle-même peinait à comprendre, mais à cause de son entreprise, de sa famille.

Elle pouvait museler ses sentiments, souffrir en silence. Le remercier, dire au revoir. Il n'y avait même rien d'autre à faire. Le souci, c'est que se sacrifier avec grandeur d'âme n'était pas vraiment son genre.

Elle l'aimait.

Tout se décida très vite dans sa tête. En un clin d'œil, elle sut ce qu'elle allait faire.

Elle se leva, désigna le lit d'un geste :

— Asseyez-vous là, je vous prie.

— Ne dites pas de bêtises, Noirot.

Elle dénoua le ruban qui retenait son chapeau.

— Noirot, vous n'avez peut-être pas compris pourquoi j'avais hâte que vous et vos sœurs quittiez mon domicile. Je me moque des commérages, mais je ne suis pas le seul concerné, et je ne veux blesser personne.

— Vous êtes un homme. On leur pardonne aisément ce qu'on ne tolère pas chez les femmes.

— Je me suis promis de ne rien faire qui m'obligerait ensuite à demander pardon.

— Vous ne seriez pas le premier à manquer à votre parole.

Tenant toujours les extrémités du ruban, elle le dévisagea sans rien dissimuler de ses sentiments. Elle l'aimait et elle refusait de le cacher, de culpabiliser.

Ce serait son cadeau à elle.

Les traits tendus, il s'assit au bord du lit.

Elle laissa filer le ruban entre ses doigts. Le chapeau bascula, tomba doucement sur le tapis.

— Noirot, bon sang…

— Ce n'est pas grave. C'est un adieu.

— Noi…

Elle lui posa vivement un doigt sur les lèvres :

— Je vous remercie pour tout ce que vous avez fait. Du fond de mon petit cœur dur et cupide. Je vous rembourserai certaines choses ; d'autres ne pourront jamais l'être. Aussi, je tiens à ce que vous ne doutiez pas de ma profonde gratitude. Parce que, à partir de demain, vous ne devez jamais revenir ici. Vous ne franchirez plus le seuil de ma boutique. Lorsque votre épouse ou votre maîtresse viendront s'acheter une robe à la maison Noirot, vous vous tiendrez à l'écart. Et vous ne me parlerez pas si d'aventure vous me croisez dans la rue. Comprenez-vous ?

Les yeux verts s'assombrirent. Elle y lut une brusque colère, de la déception, et… quoi d'autre ?

Il voulut se lever, elle le retint.

— Mais cette nuit, rien que cette nuit, je veux vous donner tout mon amour.

Un éclat scintilla dans ses prunelles. Il s'empourpra soudain tandis que son beau visage se crispait. Cela ne dura qu'un instant, assez cependant pour qu'elle saisisse ses regrets et son chagrin. Elle comprit alors qu'elle avait pris la bonne décision.

Lentement, elle se déshabilla. Défit les attaches qui maintenaient ses manches, se débarrassa des manchettes de dentelle qu'elle laissa tomber à ses pieds, comme le chapeau. Dégrafa le bustier qui s'ouvrit jusqu'à la taille, laissa la robe s'affaisser doucement à ses pieds, apparut dans sa chemise de batiste qu'elle fit gracieusement passer par-dessus sa tête.

Le vêtement blanc et léger atterrit en douceur au sommet de la pile.

Elle avait encore sa camisole, plusieurs jupons, son corset, ses bas, ses chaussures. Mais elle marqua une pause, pour le laisser savourer le spectacle. Nul doute qu'il l'appréciait, comme tout homme en de telles circonstances, et elle se disait que peut-être – peut-être – il s'efforçait comme elle de graver ces instants dans sa mémoire.

Puis elle s'agenouilla.

— Marcelline...

C'était la première fois qu'il prononçait son prénom, et elle eut l'impression de recevoir une caresse.

Elle n'était pas près d'oublier ce son enchanteur.

— Vous vous êtes occupé de mon logis, dit-elle. Laissez-moi m'occuper de nos derniers moments ensemble. Remettez-vous-en à moi. Vous savez bien que je réussis tout ce que j'entreprends.

Elle tira sur une botte, puis sur l'autre. Les posa soigneusement à côté de la pile de vêtements féminins.

Elle se releva, se pencha. Déboutonna son manteau, le fit glisser de ses épaules, le plia aussi habilement que n'importe quel valet, puis le déposa sur la chaise.

De la même façon, elle disposa du gilet et de la cravate. Lorsque ses doigts s'activèrent sur les boutons de la chemise, elle sentit son haleine contre sa joue, l'entendit inspirer profondément.

— Seigneur, votre parfum... murmura-t-il.

Les pans de la chemise s'entrouvrirent. Elle glissa sa main dans l'échancrure, caressa sa peau nue, les contours durs de sa poitrine, tout en posant sa joue contre la sienne. À son tour, elle huma son odeur masculine, le chaud parfum d'un homme, aussi fort et entêtant que du cognac.

Enfin, elle recula.

Elle délaça ses bottines, les ôta. Tira sur le lacet qui maintenait son corset, le fit coulisser à travers les œillets jusqu'à ce qu'il soit assez lâche pour retomber sur ses hanches. Libérée, la camisole glissa sur son épaule droite, révélant un sein.

Elle se débarrassa du corset, dénoua la ceinture d'un premier jupon, puis d'un deuxième, puis d'un troisième. Desserra le lien qui maintenait sa culotte, qu'elle enleva également.

À présent, il ne restait plus que la camisole et ses bas.

Elle marqua une deuxième pause, ravie par la lueur de plaisir qu'elle voyait luire dans ses yeux.

— Vous me faites mourir à petit feu, dit-il d'une voix sourde.

— Quelle belle mort.

Elle posa un pied sur le lit, près de sa cuisse, retroussa sa camisole pour révéler son genou. Clevedon émit un bruit étranglé.

Elle ôta sa jarretière, la jeta sur le tapis ; puis, sans hâte, roula son bas de soie blanche jusqu'à la cheville, dégagea son pied. Elle l'entendit soupirer au moment où le bas chutait, garda la position quelques secondes, avant de réitérer l'opération pour l'autre bas.

Lorsqu'elle se retrouva jambes nues, sa camisole avait glissé le long de ses bras pour tomber en plis amples au creux des coudes. D'un seul frémissement, elle fit glisser la mousseline arachnéenne jusqu'à ses pieds, dans un chuintement sensuel.

Alors, elle fut nue devant lui.

Il respirait de manière laborieuse.

— Venez plus près, petite coquine, ordonna-t-il.

Elle obéit, et il l'enlaça. Sa bouche réclama la sienne, mais la quitta aussitôt pour s'égarer sur ses seins. Elle ne put s'empêcher de pousser un petit cri quand il prit un téton dans sa bouche. D'un geste automatique, elle enfouit les doigts dans son épaisse chevelure et, yeux clos, inclina la tête pour embrasser les mèches d'un brun lustré. La sensation était si délicieuse qu'elle devenait presque douloureuse...

Lorsqu'il voulut la serrer plus étroitement, elle s'écarta.

— Je n'ai pas fini, dit-elle.

— J'espère bien.

Rapidement, elle déboutonna son pantalon, libéra les pans de sa chemise.

— Levez les bras.

Il obtempéra.

Elle fit passer sa chemise par-dessus sa tête, saisit la ceinture de son pantalon et tira, l'obligeant à se renverser en arrière et à soulever les hanches. Elle procéda de manière tout aussi rapide et efficace avec son caleçon.

Libéré, son membre se dressa aussitôt au-dessus du nid de poils sombres. Elle ne put s'empêcher de le prendre en main pour éprouver sa chaleur et sa dureté. Il était épais et d'une longueur impressionnante, bien proportionné comme le reste de sa personne.

— Seigneur, Marcelline...

Souriant, elle se pencha pour embrasser le gland écarlate au toucher velouté. Il jura, et le sourire de Marcelline s'élargit. Elle aurait pu continuer ainsi – elle en avait très envie – mais elle voulait faire durer ces instants le plus possible. Aussi le lâcha-t-elle pour s'attaquer à ses chaussettes.

Elle n'était plus aussi adroite. Le désir l'étourdissait. Les mains et la bouche de Clevedon l'avaient embrasée. D'ordinaire, elle gardait toujours le contrôle. Elle savait tout ce qu'il y avait à savoir sur les hommes, maîtrisait cette science. Mais, avec lui... c'était différent. Elle avait l'impression d'avancer en terrain inconnu.

Elle grimpa sur le lit pour s'installer à califourchon sur lui. Il lui prit le visage entre ses mains et, pendant un long moment, ils se dévisagèrent. Elle crut qu'il allait dire quelque chose, mais finalement il l'embrassa.

Un baiser d'une infinie tendresse, qui devint au fil des secondes de plus en plus vorace, ardent.

Elle aussi avait faim de lui. Une faim dévorante. Sa bouche soudée à la sienne, elle repensa à tous les rêves et fantasmes qui l'avaient tenue éveillée depuis des semaines et la tourmentaient la nuit, lui interdisant de trouver le sommeil.

Maintenant cet homme était là, tout contre elle. Sa langue plongeait à l'intérieur de sa bouche, la caressait, s'aventurait plus loin à chaque assaut. Son odeur la grisait, l'intoxiquait. Oui, il était bel et bien là, et elle ne se lassait pas de faire courir ses mains sur ses larges épaules, ses pectoraux saillants. Il émanait de lui une telle puissance ! Il n'avait pas le corps d'un gentleman. Elle avait tout de suite remarqué cette force physique incongrue, sous les habits de prix. Elle savait que l'animal qui sommeillait en lui était toujours prêt à se réveiller pour bondir…

Lorsque sa bouche la quitta, elle faillit crier de frustration, mais bientôt ses lèvres se posèrent sur sa clavicule, son cou, ses seins, et elle renversa la tête pour mieux savourer les sensations qui explosaient.

Il se mit à la lécher et, de nouveau, elle se représenta une panthère magnifique et dangereuse. Chaque fibre de son être parut se tendre, et elle eut l'impression que dans son corps tout entier s'accumulait une charge électrique intolérable.

Bientôt, elle se mit à trembler sous l'effet de la passion qui culminait dans son ventre en une douloureuse pulsation. Là encore, elle aurait voulu prolonger le plaisir, mais l'impatience la gagnait. Se redressant, elle prit son sexe pour le guider en elle, puis, avec une lenteur torturante, se rassit pour l'absorber sur toute sa longueur, centimètre par centimètre.

Il émit un son qui hésitait entre le rire et le grondement, la saisit aux hanches.

— Oh, Seigneur !

Marcelline aurait voulu continuer sur le même rythme langoureux, mais un éclair de plaisir la transperça, lui arrachant un cri. Elle accéléra la cadence, fut récompensée par des sensations encore plus éblouissantes.

À présent, elle aurait été bien incapable de se restreindre. Une urgence primitive la poussait à chevaucher cet homme qui, les mains crispées sur ses fesses, grondait, poussait des cris presque bestiaux, visiblement en proie à un plaisir aussi intense que le sien. Leurs corps s'épousaient, se soulevaient, retombaient.

Tout à coup il se mit à rire, d'un rire rauque, sauvage, auquel elle joignit le sien, joyeux, haletant. Ce fut peut-être ce rire ou peut-être la folie qui la fit basculer dans l'extase, jusqu'à l'explosion finale qui lui donna l'impression que son être tout entier se dissolvait en particules infinitésimales…

Ravagée, elle pesait sur lui alors qu'il la tenait enlacée, encore bouleversé par ce qu'il venait de vivre.

— *Ce n'est pas grave. C'est un adieu…* avait-elle dit un peu plus tôt.

Il ne pouvait en être autrement. Il avait déjà abusé de la patience de Clara, s'était comporté comme le dernier des égoïstes. Même un indiscipliné comme lui savait que son chemin et celui de Noirot devaient désormais se séparer. Il avait fait des pieds et des mains pour se débarrasser d'elle et de sa famille, lui avait offert une boutique et un appartement pour soulager sa conscience. Elle, ses sœurs et sa fille seraient désormais en sécurité. Elles survivraient. Elles feraient fortune.

Sans lui.

Et un jour viendrait où il l'oublierait.

— *Mais cette nuit, je veux vous donner tout mon amour.*

Non, il ne devait pas y penser.

L'amour n'entrait pas en ligne de compte dans la partie qu'ils avaient jouée.

Ses mains glissèrent dans le dos de la jeune femme. Rien au monde n'était plus doux que sa peau. Sa chevelure lui chatouillait le menton. Il respira son parfum avec délice.

Tout son *amour*...

Lorsqu'elle avait prononcé ce mot, son esprit s'était arrêté de fonctionner. Il s'était figé, tel un idiot. Il l'avait crue, tout en refusant de la croire. S'était traité d'imbécile. Quoi qu'elle dise, quoi qu'elle fasse, il savait qu'il ne devait pas se laisser détourner du droit chemin. Ce serait irresponsable, cruel, avilissant...

Et voilà. Malgré toutes ses résolutions, il avait cédé à la tentation. Il était faible. Peut-être pas aussi faible et débauché que son père, mais presque. Il avait perdu la bataille, perdu ces qualités d'honneur, de respect et de considération que lord Warford avait tenté de lui inculquer.

— Nous ne pouvons pas rester ici, chuchota-t-elle.

— Je sais.

Il était tard. Ils devaient partir. Ils n'avaient pas le temps de refaire l'amour, pas même le temps de s'attarder dans les bras l'un de l'autre pour se toucher, se caresser ; à peine le temps de reprendre leurs esprits après l'éblouissement...

Il l'aida à se rhabiller, puis elle lui passa ses vêtements.

Le trajet de retour à Clevedon House se déroula bien trop brièvement. Il n'eut pas le loisir d'étudier son profil faiblement éclairé par la lumière des réverbères. Ni d'imprimer dans sa mémoire les contours délicats de son visage. Oh, il la reverrait sûrement, même si elle s'opposait à ce qu'ils se fréquentent à l'avenir. Cela surviendrait fatalement un jour ou l'autre, au détour d'une rue... Mais il ne reverrait plus son visage sous cet éclairage particulier, entre ombre et lumière. Il ne sentirait plus son parfum capiteux. Et il ne l'approcherait plus d'assez près pour entendre le bruissement de ses vêtements lorsqu'elle bougeait.

Il tenta de se raisonner. Voyons, il s'en remettrait. Il oublierait tous ces petits détails ridicules qui, pour l'heure, lui semblaient essentiels. L'ourlet de sa robe qui s'était relevé pour dévoiler une fine cheville, au moment où il lui avait tendu la main pour l'aider à descendre de voiture. Les gémissements qu'elle avait poussés quand il avait plongé en elle, encore et encore, la première fois qu'il l'avait prise. Son propre plaisir, si violent que le mot même – *plaisir* – semblait trop ordinaire pour définir ce qu'il avait éprouvé.

Il oublierait tout cela, comme il oublierait cette nuit incroyable.

Les souvenirs persisteraient dans sa mémoire quelque temps, puis s'effaceraient, tout comme s'estomperaient la douleur, la frustration, la colère et le chagrin.

Elle s'était donnée à lui pour qu'il se rappelle cette nuit toute sa vie. Mais, bien sûr, il oublierait.

Marcelline et ses sœurs se levèrent tôt le lendemain matin. À huit heures et demie, elles se rendirent dans la boutique. Les ouvrières arrivèrent peu après, tout excitées, mais elles se mirent rapidement à l'ouvrage. À une heure précise, le magasin ouvrit ses portes, comme l'avait promis l'annonce parue dans les journaux londoniens.

Un quart d'heure plus tard, lady Renfrew et Mme Sharpe entrèrent pour leurs essayages. Ensuite ce fut un défilé de clientes qui venaient, certaines pour acheter, d'autres pour regarder. Les sœurs Noirot n'eurent pas une minute de libre avant l'heure de fermeture.

Je suis heureuse, tellement heureuse ! se dit Marcelline le soir venu.

Elle aurait vraiment été stupide d'en vouloir plus.

14

« Une aristocrate anglaise désireuse de tenir son rang saura apporter à sa tenue toute l'attention nécessaire en s'attachant aux détails et ornements qui signent la véritable élégance. »

La Belle Assemblée, réclame, juin 1807

Dimanche 3 mai

La vaste demeure était étrangement calme, même pour un dimanche. Les couloirs déserts étaient silencieux. Les domestiques avaient pris leur journée, ou se fondaient dans le décor. Personne ne se précipitait d'une pièce à l'autre. Et aucune des sœurs Noirot ne faisait irruption dans la bibliothèque.

Clevedon était assis devant une pile de gazettes et magazines féminins. Sur la première page de l'un d'eux s'étalait une manchette tape-à-l'œil : *Invention révolutionnaire de Mme Noirot : LE CORSET VÉNITIEN !*

Une nouvelle vague douloureuse l'assaillit. Quand cela cesserait-il ? se demanda-t-il.

Il aurait dû jeter ces magazines au feu, mais il ne pouvait s'empêcher de les consulter, de les annoter, de consigner de nouvelles idées.

Sans doute pour éviter de périr d'ennui.

C'était plus drôle que de répondre à son courrier.

Il perdait son temps.

Il sonna un valet, demanda qu'on lui envoie Hallyday. Trois minutes plus tard, le majordome se présenta dans la bibliothèque.

— Ah, vous voilà ! Je voudrais que vous fassiez livrer la maison de poupées chez Mlle Lucie Noirot.

Il y eut un silence imperceptible avant que Hallyday réponde :

— Entendu, Votre Grâce.

Clevedon releva la tête.

— Cela pose-t-il un problème ? Je sais bien qu'elle n'est pas toute neuve, mais je la croyais en bon état ?

— Non, aucun problème, Votre Grâce. Je m'en occupe tout de suite.

— Mais ?

Le majordome lui jeta un regard incertain.

— Je vous demande pardon, Votre Grâce ?

— J'entends un « mais » dans votre voix.

— Ce n'était pas vraiment une objection, plutôt de l'impertinence, je le crains. Je vous prie de me pardonner, Votre Grâce. La vérité, c'est que nous avons eu l'impression... que Mlle Erroll... je veux dire Mlle Noirot... reviendrait bientôt ici.

Clevedon se redressa avec raideur.

— Pourquoi diable avez-vous eu cette impression ?

— Je ne saurais le dire, Votre Grâce. En réalité, nous l'espérions. Cette enfant a charmé tout le monde à Clevedon House.

Il parlait évidemment au nom de la domesticité. Clevedon murmura, songeur :

— C'est vrai, elles ont envoûté tout le monde, on dirait. La petite Sarah a tout de suite accepté quand on lui a demandé d'aller vivre quelque temps à St. James's Street pour servir de nurse auprès de Mlle Lucie, le temps que les Noirot recrutent une personne avec des références. Et Mlle Sophia a même réussi à désarmer Longmore…

Hallyday toussota.

— Il est vrai que ces jeunes personnes sont remarquables. Mme Michaels et moi-même avons été très impressionnés par leurs manières et leur éducation. C'est bien la première fois que nous rencontrons des couturières si bien élevées. D'ailleurs, Mme Michaels est persuadée d'avoir affaire à des dames de qualité.

— Des *dames* ?

— Oui, elle est certaine qu'il s'agit de demoiselles de bonne famille qui auraient connu des revers de fortune.

Clevedon se rappela sa toute première impression de Marcelline, qui l'avait fortement désorienté. Certes, elle se conduisait comme une dame, s'exprimait comme telle. Pourtant elle n'appartenait pas à la noblesse, elle l'avait elle-même souligné.

Non ?

— Mme Michaels a une imagination débordante. Je sais qu'elle lit beaucoup de romans, dit-il d'un ton indulgent.

— Sans doute. Néanmoins elle n'en démord pas, Votre Grâce.

Les domestiques étaient encore plus sensibles que leurs maîtres à la hiérarchie sociale. Ils étaient capables de détecter un roturier à cinquante pas. Si Mme Michaels avait été mystifiée… c'est que les sœurs Noirot étaient décidément d'une habileté démoniaque. Charmeuses. Enjôleuses. Capables de tourner la tête au plus vertueux des…

Seigneur, il perdait l'esprit. C'était sans doute la lecture de ces maudits magazines. Toute cette prose féminine lui montait au cerveau.

— Allons, vous les avez vues à l'œuvre. Ce sont de vraies professionnelles, personne ne peut en douter.

— C'est pourquoi Mme Michaels a fini par se dire qu'elles avaient dû connaître des temps meilleurs, avant de tomber dans une pauvreté qui les a contraintes à travailler de leurs mains.

Sur ces entrefaites, le valet Thomas apparut dans l'encadrement de la porte :

— Lord Longmore est ici et demande à vous parler, Votre Grâce. Dois-je…

Il ne put achever sa phrase, bousculé par Longmore qui venait de faire irruption dans la bibliothèque. Le visage déformé par la fureur, celui-ci dépassa Hallyday et marcha droit sur Clevedon.

— Espèce de salopard ! éructa-t-il avant de lui décocher un coup de poing en pleine mâchoire.

Pendant ce temps, à la maison Noirot

Assise sur l'appui de la fenêtre, Lucie fixait le macadam de St. James's Street depuis plusieurs heures.

Marcelline savait ce que sa fille espérait et se doutait que l'orage n'était pas loin.

— Tes poupées t'attendent pour le thé, chérie. Sarah a tout mis en place sur ta jolie table.

Boudeuse, Lucie ne répondit pas.

— Ensuite, Sarah t'emmènera faire une promenade au parc. Tu pourras voir plein de belles dames et de beaux messieurs.

— Je ne veux pas sortir, rétorqua Lucie. Tu te rends compte, s'il venait pendant ce temps-là ? Il serait très déçu de ne pas me trouver.

Marcelline sentit son cœur se serrer. Elle s'approcha de la fenêtre.

— Ma chérie, M. le duc ne viendra pas. Il nous a aidées dans la tourmente, mais il est très occupé, il a sa vie et…

Lucie se renfrogna davantage.

— Pour moi, il a du temps.

— Nous ne faisons pas partie de sa famille. Grâce à lui, nous avons un beau logement. Et il t'a fait de très jolis cadeaux. Mais d'autres personnes comptent plus à ses yeux…

Lucie sauta sur le parquet et cria :

— Non ! Non, non, non, non !

— Lucie Cordélia !

— Je m'appelle Erroll. Je ne veux pas qu'on m'appelle Lucie. Il va revenir ! Il m'aime ! Il aime *Erroll* !

La fillette se laissa tomber sur le tapis, criant, pleurant, lançant des coups de pied. Sophia et Léonie, attirées par le tapage, accoururent dans la nursery, suivies de Sarah qui avisa la scène d'un air consterné. C'était la première fois qu'elle voyait Lucie piquer une colère. Elle eut un mouvement vers l'enfant, mais Marcelline l'arrêta d'un geste.

D'une voix calme et ferme, elle s'adressa à sa fille :

— Lucie Cordélia, ça suffit. Les demoiselles bien élevées ne se roulent pas par terre.

— Je ne suis pas une demoiselle bien élevée ! Je te déteste !

Sarah poussa une exclamation étouffée.

Sophia tenta de s'interposer :

— Cesse cette comédie et relève-toi, Erroll. Tu vas finir par te rendre malade.

— Il va revenir ! Il m'aime ! trépigna Lucie.

Marcelline prit une profonde inspiration, se baissa pour relever l'enfant. Puis, la tenant serrée contre sa poitrine, elle se mit à la bercer tant bien que mal, comme elle le faisait lorsque Lucie était encore bébé.

— Arrête, chérie, murmura-t-elle. Tu dois être raisonnable. Tu es une grande fille, maintenant.

Les coups de poing et de pied perdirent de leur vigueur. Bientôt, des pleurs misérables remplacèrent les hurlements. L'enfant finit par hoqueter :

— Pourquoi… on ne peut pas… rester là-bas ? Pourquoi… il ne veut pas… me garder ?

Marcelline s'assit sur l'appui de la fenêtre et se mit à lui caresser les cheveux.

— Tu ne peux pas vivre avec toutes les personnes qui t'aiment, Lucie. Il y en a trop ! Et que deviendrait maman ? Ta place est auprès de moi et auprès de tes tantes. Tu voudrais nous abandonner ? Qu'en penses-tu, Sophia ? Devons-nous habiller Erroll en princesse pour l'envoyer vivre très loin dans un château ?

Ces bêtises apaisèrent Lucie, qui resserra son étreinte autour du cou de sa mère.

— Je veux bien vivre ici avec vous, dit-elle. Mais pourquoi… il ne vient pas, lui ?

— Il a beaucoup à faire, chérie. Il a sa propre famille. Bientôt, il se mariera et il aura des enfants. Tu ne peux pas jeter ton dévolu sur tous les beaux messieurs que tu rencontres, tu sais.

Erroll s'était calmée. Sa mine pensive apprit à Marcelline qu'elle était déjà plongée dans d'autres réflexions. Sans doute bâtissait-elle dans sa jeune cervelle prolifique des projets ambitieux qui lui permettraient de devenir princesse…

Sarah s'avança :

— Venez donc avec moi, mademoiselle Erroll. Les poupées vous attendent pour prendre le thé. Après nous irons au parc et, qui sait, peut-être verrons-nous la princesse Victoria ? Comment, vous ne la connaissez pas ? C'est la nièce du roi, et un jour elle sera reine d'Angleterre.

Marcelline releva vivement la tête :

— Surtout, s'il vous arrivait de croiser la princesse, faites bien attention à sa tenue et retenez tous les détails pour me la décrire ensuite.

Pendant qu'une petite fille piquait une grosse colère sur St. James's Street, le comte de Longmore piquait la sienne dans la bibliothèque de Clevedon House.

Clevedon para le deuxième coup de poing et parvint à bloquer le bras de son ami. Après un bref pugilat, on passa aux invectives.

Hallyday s'était retiré en refermant la porte derrière lui en toute discrétion. N'étant pas parvenu à casser la mâchoire de Clevedon ou à le provoquer en duel, Longmore buvait maintenant le cognac du duc et, entre deux gorgées, lui adressait de véhéments reproches.

Clevedon avait beau savoir qu'il les méritait, il avait quelque peine à supporter ce sermon sans broncher. Bon sang, on ne pouvait quand même pas dire que sa vie était devenue une partie de plaisir ! Il avait plutôt l'impression d'endurer un enfer.

— Tu ne mérites pas ma sœur ! râlait Longmore. Je n'aurais jamais dû aller à Paris. Clara me l'a reproché, et elle avait raison. J'aurais dû te laisser pourrir là-bas. J'aurais dû l'encourager à regarder ailleurs. J'ai été surpris que tu rentres plus tôt que prévu et, naïf que je suis, j'ai cru que Clara te manquait. Quelle plaisanterie !

— Je ne me rappelle pas avoir précisé le moment exact de mon retour, objecta Clevedon.

— Je t'avais dit que tu pouvais attendre quelques semaines. Je voulais juste pouvoir annoncer à ma mère ton prochain retour. J'aurais plutôt dû lui dire d'inscrire ton nom dans la colonne des pertes sèches !

— Si c'est à cause de Mme Noirot...

— Et qui d'autre ? aboya Longmore. Pour qui d'autre aurais-tu perdu tout sens des convenances ?

— Des *convenances* ? répéta Clevedon. Vraiment, Longmore, j'en crois à peine mes oreilles. Depuis quand te soucies-tu des convenances ?

— Je n'ai jamais prétendu être un saint...

— Bien, parce que personne ne t'aurait cru.

— Mais je ne vais pas jusqu'à inviter une famille de couturières à dormir sous le toit ancestral !

— Un incendie les a chassées de chez elles. C'était dans les journaux. Tu ne penses tout de même pas que j'aurais inventé ça ? Mais je ne sais pas pourquoi je pose la question. Si tu étais cohérent, tu ne serais pas ici en train de vider ma carafe de cognac aussi vite que la citronnade de l'Almack. Ces personnes sont parties. Je ne les ai hébergées que quelques jours...

— Et tu n'aurais pas pu les conduire à l'hôtel ?

— Sapristi, tu ne comprends rien ! Elles ont une boutique à faire tourner. Il leur fallait un endroit où installer leur atelier. Elles ont toutes travaillé sans compter leurs heures pour que la robe de Clara soit prête à temps...

— Je t'interdis de parler de cette créature et de ma sœur dans la même phrase !

— Elles sont parties, idiot ! Depuis trois jours. Depuis samedi matin, si tu tiens à le savoir.

— Et le vendredi soir, tu t'es envoyé la patronne !

Clevedon ne s'attendait pas à cela. Il eut l'impression de recevoir un coup parti de nulle part. Il vit rouge, littéralement : des flammes se mirent à danser devant ses yeux. Il serra les poings et articula d'une voix dangereusement contenue :

— Je ne sais pas comment je me retiens de te casser la figure.

— Ne monte pas sur tes grands chevaux. Comme si cette femme avait une réputation à protéger !

— Seul le dernier des soudards peut parler d'une femme de cette manière.

— Tu étais avec elle, insista Longmore, et vous n'avez même pas pris la peine de vous cacher. J'étais au White's quand un de mes amis est venu me dire qu'il avait vu ta voiture dans Bennet Street. Les insinuations n'ont pas tardé. Alors je me suis frappé la tête et j'ai fait semblant de me rappeler que j'avais rendez-vous avec toi là-bas. Je m'en suis allé devant la boutique et j'ai attendu. Attendu. Et attendu.

— Tu as dû t'ennuyer, remarqua Clevedon, le cœur battant.

Il n'avait même pas honte, ce qui était encore plus condamnable. Si son cœur tambourinait de la sorte, c'est juste qu'il se souvenait des instants merveilleux que lui-même avait vécus pendant ce temps-là.

Longmore alla se resservir en cognac et vida la moitié de son verre d'une longue gorgée.

— Tu es la risée de Londres, dit-il. Je ne t'ai jamais vu te comporter ainsi avec aucune autre femme. Elle t'a bien harponné, celle-là ! S'il s'agissait d'une foucade ordinaire, je te demanderais seulement un peu de discrétion. La peste soit de toi, Clevedon, tu aurais au moins pu demander à ton cocher de stationner ailleurs !

— Je n'y ai pas pensé, avoua Clevedon. Je ne comptais pas rester plus d'un quart d'heure. Je...

— Que vais-je faire ? C'est injuste et humiliant pour Clara. Dois-je lui dire que l'homme qu'elle attend depuis des années a perdu la tête pour une *couturière* ? Tu veux vraiment la voir souffrir ?

— C'était un adieu, dit Clevedon d'une voix enrouée. Il a pris plus longtemps que prévu, c'est tout. Comprends-tu ? À l'origine, Mme Noirot voulait juste devenir la couturière attitrée de la duchesse de Clevedon. Elle s'est servie de moi dans ce but. C'est vrai, elle m'a tourné la tête. Et tu me connais : une fois que j'ai des visées sur une femme, je n'ai de cesse que de la mettre dans mon lit. Eh bien, c'est fait. Et c'est fini. Je te demanderai juste, par égard pour Clara, de garder cette histoire pour toi.

— C'est vrai ? C'est terminé ? Tu me le jures ? s'enquit Longmore d'un air méfiant.

— Je...

Clevedon s'interrompit comme la porte s'ouvrait. Hallyday apparut sur le seuil, tenant un petit plateau d'argent. Ce n'était pas bon signe. En temps ordinaire, le majordome ne se chargeait jamais d'apporter les messages. C'était le travail des valets.

— Pardonnez-moi de vous déranger, Votre Grâce, mais l'on m'a assuré que ce pli ne pouvait attendre.

Clevedon traversa la bibliothèque en quelques enjambées, s'empara de l'enveloppe et la déchira.

Il n'y avait pas de salutation. Seulement deux phrases griffonnées :

Nous avons besoin de votre aide. Lucie s'est enfuie.

Le mot était signé d'une simple initiale.

M.

Vingt minutes plus tard, Clevedon et Longmore faisaient irruption dans la boutique de St. James's Street.

Lucie avait disparu peu de temps après être rentrée de sa promenade au parc. Sarah était partie lui faire couler un bain et, à son retour, elle avait trouvé la nursery déserte.

Depuis, on avait fouillé chaque recoin de l'immeuble, leur expliqua Marcelline.

— Elle a réussi à sortir en passant par la fenêtre qui donne sur la cour arrière, ajouta-t-elle.

— Pourquoi aurait-elle disparu d'un coup ? Vous avez une idée de ce qui a pu motiver cette...

— Elle a piqué une colère épouvantable, dit Marcelline. Ensuite, elle a paru se calmer. D'après Sarah, elle était joyeuse et normale au parc.

Sarah porta soudain la main à sa bouche. Clevedon s'approcha d'elle :

— Quoi donc ? Si vous savez quelque chose, dites-le sans tarder, il ne faut pas perdre une minute.

— Oh, madame... c'est ma faute ! Je suis désolée, gémit Sarah qui se mit à pleurer.

— Quoi, bon sang ? s'énerva Clevedon.

Sarah s'essuya les yeux. Elle avait les joues écarlates.

— Quand nous étions au parc, Mlle Lucie m'a demandé où se trouvait votre famille, Votre Grâce. Elle voulait savoir pourquoi vous viviez seul à Clevedon

House. J'ai répondu que vous n'étiez pas encore marié et je lui ai désigné Warford House, qui se trouve de l'autre côté de la rue. Je lui ai dit que votre fiancée habitait là. Elle a fait une drôle de tête, et j'ai compris que j'aurais dû me taire. Elle était déjà si bouleversée quand vous lui avez dit que M. le duc ne reviendrait pas, madame...

Clevedon regarda Marcelline avec étonnement. Celle-ci précisa :

— Elle passait son temps à vous attendre. Je lui ai dit que ce n'était pas la peine, que vous aviez votre vie. C'est pour cela qu'elle s'est mise en colère.

C'était sa faute, songea-t-il. Il lui avait donné une poupée qui avait déjà failli lui coûter la vie. Chez lui, elle avait été dorlotée par les domestiques et elle avait joué dans la nursery. Et bien sûr, elle avait cru qu'elle faisait désormais partie de sa famille. Quoi de plus normal pour une petite fille de six ans ?

Une fois de plus, il n'avait pas réfléchi aux conséquences de ses actes, s'était montré désinvolte, sans penser que la petite aurait peut-être à en souffrir.

Son père n'avait pas agi différemment, et c'est ce qui avait tué sa mère et Alice...

Une nausée l'assaillit.

— Cela simplifie les choses, dit-il. Il semble qu'elle soit partie à ma recherche. Nous la retrouverons sans doute du côté de Clevedon House.

— Elle ne connaît pas le chemin, objecta Marcelline.

Une enfant de six ans perdue dans le dédale des rues londoniennes. Et le soir qui commençait à tomber.

— Il faut prévenir la police, décida-t-il. Peut-être d'ailleurs l'a-t-on déjà trouvée ? Une enfant seule attire forcément l'attention des gens.

Mais pas que des personnes bien intentionnées. Des prédateurs sans scrupule rôdaient, prêts à bondir sur une proie innocente...

Il pivota vers Longmore :

— Envoie un de nos valets au poste de police. Mais ils n'auront sûrement pas assez d'effectifs là-bas pour quadriller le quartier. Va également rameuter tes domestiques pour qu'ils se joignent aux miens.

— Elle a peur du noir, dit encore Marcelline d'une voix tremblée.

Elle avait les yeux rouges, mais contenait ses larmes. Ses sœurs vinrent l'entourer et la soutenir, comme elles l'avaient fait le soir de l'incendie.

Il ne pouvait pas la prendre dans ses bras. Cela lui était interdit. Et le chagrin qu'il en concevait était presque aussi fort que l'angoisse qui le tenaillait à la pensée que Lucie avançait peut-être seule dans les bas-fonds de la cité.

— Nous la retrouverons avant la tombée de la nuit, assura-t-il. Je serais beaucoup plus inquiet si elle s'était échappée de votre ancienne boutique de Fleet Street.

St. James's était quand même une zone plus sûre. Le palais royal n'était pas loin. Et à pied, Lucie n'avait pas pu aller très loin.

Il la retrouverait, se promit-il.

Lundi, trois heures et quart du matin

Rien.

Aucune trace de Lucie.

Elle s'était volatilisée. La police et les détectives privés mis sur l'affaire n'avaient rien trouvé. Et les domestiques de Clevedon et Longmore étaient rentrés bredouilles.

Personne ne l'avait vue.

Clevedon, Longmore et Marcelline avaient participé aux recherches. Cette dernière avait dit qu'elle ne supporterait pas d'attendre chez elle. Elle avait arpenté les rues en leur compagnie jusqu'à tituber d'épuisement.

À trois heures du matin, Clevedon avait dû la ramener presque *manu militari*.

— Vous ne nous aiderez pas si vous ne tenez plus debout, avait-il objecté.

— Comment pourrais-je me reposer avec cette angoisse ?

— Étendez-vous, surélevez vos pieds, buvez un peu de cognac. De mon côté, c'est ce que je vais faire. Les recherches sont toujours en cours. Longmore et moi viendrons vous retrouver d'ici quelques heures, quand l'aube se lèvera.

— Elle a peur du noir…

— Je sais.

— Que vais-je devenir ?

Que vais-je devenir si elle meurt ? Telle était la question qu'elle n'avait osé formuler.

— Nous la trouverons, avait-il promis.

Allongé sur le canapé de la bibliothèque de Clevedon House, il venait de revivre cette conversation. Il ferma les yeux, les rouvrit. Le sommeil s'obstinait à le fuir.

Il se releva, se mit à faire les cent pas devant la cheminée.

Il fallait bien envisager l'impensable. Accepter l'éventualité que la fillette ait été kidnappée. Soit, mais tout n'était pas perdu. On demanderait une rançon. Aucun malfrat ne s'embarrasserait d'une enfant bien habillée s'il espérait pouvoir en tirer quelque argent.

La police y avait-elle songé ?

Il s'installa au bureau, prit quelques notes et commença à dresser un plan de bataille en attendant le lever du soleil.

Un toussotement l'éveilla.

Clevedon ouvrit les yeux. Il avait la bouche pâteuse et le crâne douloureux. Sa première pensée fut qu'il avait la gueule de bois. Puis il se rendit compte qu'il s'était endormi la tête sur le bureau.

Il se souvint alors des événements de la veille, se dressa dans un sursaut.

Hallyday se tenait devant lui.

— Quoi ? Quelle heure est-il ?

Son regard se porta vers la fenêtre. L'horizon pâlissait à peine.

— Sept heures et quart, Votre Grâce.

— Merci de m'avoir réveillé.

— Quelqu'un demande à vous voir, Votre Grâce.

— La police ? A-t-on retrouvé Mlle Lucie ?

Hallyday marqua une hésitation notable. Le cœur de Clevedon se mit à battre la chamade.

— Qu'y a-t-il ? Que s'est-il passé ?

— Si je puis me permettre, Votre Grâce...

— Oui, quoi ? Quoi ?

Hallyday recula, repassa dans le couloir.

— Hallyday !

Le majordome revint presque aussitôt. Il tenait dans ses bras une petite chose trempée et crasseuse.

— Sa Majesté vous présente ses compliments et vous demande si par hasard ceci vous appartiendrait...

La voiture du duc de Clevedon arriva plus tard que promis. Le soleil avait déjà commencé son ascension dans le ciel. Marcelline avait renoncé à manger le petit déjeuner que lui avaient préparé ses sœurs. Elle n'avait pas fermé l'œil de la nuit.

Elle faisait les cent pas devant la vitrine de la boutique fermée lorsque le véhicule s'immobilisa le long du trottoir. Elle courut au-dehors, se heurta presque à Joseph qui venait à sa rencontre. Celui-ci s'exclama :

— Tout va bien, madame Noirot ! Nous l'avons retrouvée, elle est saine et sauve. M. le duc vous présente ses excuses pour ne pas avoir ramené Mlle Lucie tout de suite, mais c'est elle qui n'a pas voulu. Aussi, on m'a dépêché pour vous demander si... la montagne voulait bien venir jusqu'à Mahomet ? Ce sont les mots exacts du duc, madame.

Marcelline les trouva dans le salon, ou plutôt l'un des salons. Ils étaient assis sur le tapis jonché de soldats de plomb, de chevaux et de canons. Lucie était vêtue de ce qui semblait être une livrée de page, d'une veste et de bretelles manifestement faites pour un garçon plus grand qu'elle. Elle portait des chaussettes rouges, et pas de chaussures. Ses cheveux avaient été noués en queue de cheval, apparemment à l'aide d'un mouchoir.

Clevedon était en train d'aligner une armée de cavaliers en plomb. Il leva le nez à l'entrée de Marcelline, se releva d'un bond.

— Maman ! s'exclama Lucie en apercevant sa mère.

Marcelline s'agenouilla pour la recevoir dans ses bras ouverts.

— Ma chérie !

Elle huma un parfum familier dans le petit cou tiède, mêlé à une fragrance fleurie. Du savon, sans doute. Lucie avait encore les cheveux légèrement humides.

La mère et la fille s'étreignirent un long moment, puis Lucie se dégagea pour lui montrer le champ de bataille miniature :

— Regarde, nous jouons à la guerre !

Marcelline la saisit par les épaules et chercha son regard d'un bleu vif, tellement semblable à celui de sa grand-mère DeLucey.

— Tu t'es enfuie. Tu as failli nous faire mourir de peur.

Lucie avança la lèvre inférieure :

— Je sais. J'ai promis à M. le duc de ne plus recommencer. Et je sais que les demoiselles ne passent pas par la fenêtre. Mais j'étais *désespérée*, maman.

— Et tu te permets, en plus, de refuser de rentrer ! Il faut encore que je vienne te chercher. Quelle sera votre prochaine folie, mademoiselle Lucie Cordélia ?

— *Erroll.* Il fallait bien que je prenne un bain. J'étais très sale. Je me suis cachée dans une écurie quand ils ont voulu me ramener à la maison. Et je suis tombée dans un abreuvoir.

Marcelline leva les yeux sur Clevedon, qui tournait et retournait un soldat de plomb entre ses mains.

— *A priori*, elle a atteint Pall Mall East, puis s'est égarée du côté des écuries du roi. Elle s'est vite fait repérer par les palefreniers. Ces gens lui ont demandé si elle s'était perdue et où elle habitait. Elle leur a répondu qu'elle était la princesse Erroll d'Albanie et qu'elle voulait parler à la princesse Victoria.

— Mon Dieu ! s'exclama Marcelline, atterrée. Lucie, tu sais bien que ce n'est pas ton vrai nom ! Erroll est un nom pour jouer, un nom inventé...

— Je sais, maman. Mais tu crois vraiment que la princesse se serait dérangée pour parler à Mlle Lucie Cordélia Noirot ? répliqua sa fille comme s'il s'agissait d'une évidence.

— J'aurais voulu voir leurs têtes, s'amusa Clevedon. Elle a beaucoup insisté et on a fini par lui répondre que Son Altesse royale n'était pas disponible. Elle a dit que ce n'était pas grave, qu'elle attendrait. Les employés ne savaient pas vraiment quoi faire. Ils n'avaient jamais entendu parler de la princesse Erroll d'Albanie, mais ils ont bien vu qu'elle était issue d'une bonne famille.

Marcelline se releva, le cœur battant. Les choses étaient déjà assez compliquées comme ça. Elle ne voulait pas qu'en plus, l'histoire de sa famille se retrouve étalée au grand jour. Les gens lui tourneraient le dos et elle n'aurait plus qu'à fermer boutique.

— Voyons, ce ne sont que des fadaises, les élucubrations d'une enfant trop imaginative, protesta-t-elle.

Il lui retourna un regard énigmatique avant de poursuivre :

— Quoi qu'il en soit, ils n'allaient pas la laisser errer seule dans les rues de Londres.

— Pourquoi n'ont-ils pas appelé la police ?

— Ils n'ont pas osé, de peur qu'il s'agisse d'une histoire délicate dans laquelle aurait été impliqué un membre de la famille royale.

Elle comprit à demi-mot. Le roi n'était pas un exemple de chasteté. Il avait dix enfants nés d'une ancienne liaison avec une actrice.

— Pour finir, la princesse Erroll d'Albanie s'est endormie dans une des voitures royales et les palefreniers ont demandé des instructions au palais. Dans la foulée, ils ont appris qu'on recherchait activement une petite fille disparue la veille. Il paraît qu'ils ont eu un mal de chien à l'attraper, car elle s'était réveillée entretemps et avait compris qu'on allait la ramener chez elle. Finalement il y a eu compromis, et Erroll a obtenu d'être déposée ici, à Clevedon House. On me l'a amenée peu après sept heures, avec les compliments de Sa Majesté.

Marcelline ne savait pas si elle devait rire ou pleurer. Elle eut peur de faire les deux. Cette histoire absurde était tellement typique de sa famille ! Elle ne comptait pas les fois où ses parents avaient usurpé une identité en prétendant s'appeler Mme la comtesse de Ci ou le prince de Ça.

— Lucie, ta mère et moi avons besoin de nous entretenir en privé, déclara soudain Clevedon. Je t'ai expliqué comment former des carrés. Pendant que je serai parti, je te conseille vivement de regrouper ton armée de cette manière, si tu espères mettre les Français en déroute aussi efficacement que l'a fait le duc de Wellington.

15

« Le porche franchi, on découvre une cour carrée d'un style architectural certes moins surchargé, mais qui se distingue plus par sa sobriété que par sa majesté. Au bout du jardin, un rideau d'arbres masque les diverses infrastructures qui bordent les rives de la Tamise au cœur de cette vaste cité commerçante. »

LEIGH HUNT (description de Northumberland House), *La Ville : ses caractéristiques et événements remarquables*, vol. I, 1848

Clevedon entraîna Marcelline au-dehors. Ils s'immobilisèrent au centre de la cour intérieure, là où se croisaient plusieurs allées, bien en vue de quiconque aurait regardé par l'une des fenêtres de la grande bâtisse.

C'était le meilleur endroit pour avoir une conversation privée en tout bien tout honneur.

Prudent, il garda ses distances pour ne pas sentir son parfum capiteux qui aurait risqué de lui affaiblir l'esprit et de saper ses résolutions.

— Je n'aurais pas dû accepter de ne plus revenir vous voir, commença-t-il. Je n'avais pas pensé à la réaction de Lucie.

— Elle est sous ma responsabilité, pas la vôtre.

— Elle a vécu une expérience traumatisante.

— Les enfants sont résistants. Elle s'en remettra.

— Est-ce la première fois qu'elle fait une fugue ?

— Oui, et cela ne se reproduira pas.

— Vous ne pouvez pas l'affirmer. C'était un acte désespéré, elle n'aurait pas été réduite à une telle extrémité si elle n'avait été profondément bouleversée.

— C'est surtout qu'elle déteste être contrariée. Elle sait que la ville est dangereuse, mais elle était trop furieuse pour se soucier des règles et des recommandations. Et malheureusement, Sarah ne la connaît pas assez pour repérer chez elle les signes de rébellion.

Elle était tendue, visiblement recrue de fatigue. Désormais rassurée sur le sort de sa fille, sans doute subissait-elle le contrecoup de la peur. Il la sentait agacée, sur la défensive. Mieux valait aller droit au but.

— Je pense que cela ne lui suffit pas, dit-il.

— Laissez-m'en juge, s'il vous plaît.

Il n'avait pas le choix. Il se força à poursuivre :

— Après la mort de ma mère et de ma sœur, je me suis tourné vers mon père.

Il dut prendre une profonde inspiration avant de continuer. Il n'avait jamais parlé à personne de ses douleurs d'enfant, pas même à Clara, et c'était encore plus difficile qu'il ne l'avait supposé.

— C'était un accident de la route. Il était ivre, et par sa faute la voiture a versé dans le fossé. Il a survécu. J'ai été... Je ne savais pas comment m'en sortir. J'avais neuf ans à l'époque et le chagrin m'a terrassé, comme vous l'imaginez. Mais j'étais aussi terrifié. Je ne sais pas vraiment de quoi j'avais peur, je me souviens juste que j'avais désespérément besoin de la présence de mon père à mes côtés. Mais il m'a envoyé vivre chez mes tantes pour pouvoir continuer à se saouler tranquillement. Et il en est mort. Tout le monde savait qu'il buvait, qu'il avait tué ma mère et ma sœur, mais moi j'étais trop jeune pour m'en rendre compte. J'avais besoin de lui et il m'a abandonné.

Il prit une autre inspiration afin de dominer son émotion.

— Je ne veux pas que Lucie pense que je l'ai abandonnée. Dans son intérêt, j'aimerais que vous m'autorisiez à lui rendre visite une fois par semaine, par exemple le dimanche.

Il y eut un long silence. Puis Noirot articula :

— Non.

Elle était pâle mais très calme, le visage impavide, comme durant une partie de cartes. Il lui avait ouvert son cœur, mais il n'avait pas abattu le mur qu'elle avait dressé entre eux.

— Vous avez raison, Lucie a besoin de vous, reprit-elle. Et elle a subi une rude épreuve. Mais c'est à moi de gérer le problème. Vous voudriez lui rendre visite le dimanche ? Mais pendant combien de temps ? Vous ne pourrez pas le faire indéfiniment. Or, plus vous la verrez, plus elle se convaincra que vous lui appartenez. Vous ne voulez quand même pas provoquer un autre scandale et, une fois de plus, briser le cœur de lady Clara ? Rien de tout cela ne serait arrivé, *Votre Grâce*, si vous étiez resté dans votre caste.

Lui-même s'était dit la même chose, peu ou prou. Il savait bien qu'il s'était mal conduit. Mais il voulait se racheter et c'est pour cette raison qu'il lui avait fait ces confidences. Il ne s'attendait pas à la froide colère qu'elle lui opposait maintenant.

Son visage lui brûlait, comme si elle venait de le frapper. Il riposta :

— Vous voilà bien soucieuse des sentiments de lady Clara, tout à coup.

Elle eut un petit rire.

— Je me soucie de sa garde-robe. Quand allez-vous enfin vous mettre cela dans la tête ?

Que racontait-elle ? Elle l'avait appelé à la rescousse lorsque Lucie avait disparu. Ils avaient fouillé la ville ensemble, partagé les mêmes espoirs et les mêmes terreurs. Il y avait bien plus entre eux qu'une relation mercantile.

— Il y a quelques nuits, vous avez dit que vous m'aimiez, lui rappela-t-il.

— Quelle différence cela fait-il ? J'ai toujours une affaire à gérer, et si vous ne reprenez pas vos esprits, vous allez m'obliger à quitter l'Angleterre. Vous nuisez à ma réputation en faisant ce que bon vous semble, de manière totalement égoïste, sans vous soucier des ragots. Pensez un peu aux conséquences de vos actes, voulez-vous ? Pour une fois, cessez de vous regarder le nombril, *Votre Grâce* !

Sur ces mots, elle tourna les talons et quitta la cour. Il ne tenta pas de la suivre. Un brouillard rouge obscurcissait sa vision. La fureur, la honte et le chagrin bouillonnaient en lui. Il aurait voulu se venger, répliquer de manière aussi cruelle et brutale, mais il pouvait seulement la regarder s'éloigner et la haïr. Au moins autant qu'il se haïssait lui-même.

Car elle venait de lui jeter à la figure la stricte vérité.

Un peu plus tard ce jour-là, le duc de Clevedon se rendit chez le joaillier de la cour, Rundell & Bridge, pour y acheter le plus gros diamant qu'il puisse trouver, « la bague fabuleuse » que Longmore lui avait conseillé d'acquérir.

Il passa le reste de la journée à mettre au point sa demande en mariage. Il l'écrivit, la modifia maintes fois. Elle devait être parfaite. Il déclarerait ses sentiments à Clara, la persuaderait qu'elle seule désormais régnait sur son cœur, et que le temps des incartades était révolu.

En temps ordinaire, les mots lui venaient facilement. Il maîtrisait l'art d'écrire et, sur le papier, ses idées s'ordonnaient, s'enchaînaient, bien mieux que lorsqu'il prenait la parole. Mais cette fois l'inspiration lui manqua. Il travailla laborieusement et ne quitta la bibliothèque qu'une fois le texte bien en mémoire.

Il était du coup trop tard pour se rendre à Warford House. À cette heure, Clara serait au bal ou à un dîner quelconque.

Il la verrait le lendemain, décida-t-il.

Quand le duc de Clevedon se présenta à Warford House le mardi, lady Clara faillit se faire porter pâle pour éviter de le recevoir. Mais sa mère poussa les hauts cris :

— Voyons, Clara, lady Gorrell l'a vu entrer hier chez Rundell & Bridge ! Il sait bien que nous ne recevons pas le mardi, il est venu pour profiter d'un peu d'intimité. Ce n'est pas le moment de faire un caprice !

La marquise imaginait déjà la bague qui ornerait la main de sa fille. Clara, elle, était lasse, excédée. Toute la matinée, elle avait dû écouter les récriminations de la marquise qui pestait contre « ces créatures qui détournent les hommes honnêtes du droit chemin ». Et comment s'étonner que le duc ait un faible pour les amours ancillaires ? C'était la faute de Clara, qui ne savait pas le distraire. Elle manquait d'entrain et de subtilité, elle donnait trop souvent son opinion, elle riait sottement et ne savait pas mener une conversation...

Clara finit par capituler de guerre lasse, mais lorsque Clevedon fit son entrée dans le salon, elle l'accueillit d'un sourire mitigé.

Bien entendu, la marquise ne put s'empêcher d'évoquer « l'affaire » qui avait bouleversé la journée du dimanche : la disparition de la fille de Mme Noirot. Les réponses monosyllabiques de Clevedon n'engageaient pas à poursuivre sur le sujet, pourtant la marquise persista et finalement, incapable de refréner sa propre curiosité, Clara questionna :

— Est-il vrai que la petite a demandé à voir la princesse Victoria ?

Il eut un sourire attendri et se décida à raconter l'anecdote dans son entier, avec la verve et l'humour qui le caractérisaient.

— ... et elle a répondu à sa mère : « Tu crois vraiment que la princesse se serait dérangée pour parler à Mlle Lucie Cordélia Noirot ? » J'ai eu toutes les peines du monde à ne pas éclater de rire !

Il aime cette gamine, c'est l'évidence même, pensa Clara.

Une sensation de malaise l'envahissait.

— Cette petite me paraît bien impertinente, commenta la marquise.

— Sans doute. Vous avez de la chance, milady, d'avoir trois filles qui ne vous ont jamais causé le moindre souci.

— Vous êtes loin du compte, mon cher Clevedon. Au contraire, plus elles avancent en âge, plus elles m'inquiètent !

— Maman a peur que nous finissions toutes vieilles filles... ou, pire, victimes de mésalliance, ironisa Clara.

Sa mère lui décocha un regard acéré.

— Il ne faut pas faire attention à ce que dit Clara aujourd'hui. Elle a mal à la tête, paraît-il.

— Vous ne vous sentez pas bien, chère Clara ? s'alarma Clevedon.

— Bah ! Ce n'est qu'une petite migraine, assura la marquise.

— Peut-être, mais vous êtes pâle, en effet. Ce n'est pas grave, je reviendrai une autre fois.

Sur ce, il se leva et prit congé.

Par la suite, il ne fallut guère de temps pour que Clara, en partie à cause de la pluie de reproches maternels, en partie à cause des émotions confuses qu'elle éprouvait, se mette au lit avec une migraine tout à fait réelle.

Mercredi après-midi, Green Park

— Si je comprends bien, vous avez déguerpi comme un lapin, traduisit Marcelline.

Elle avait emmené Lucie au parc. Celle-ci poussait une poussette d'enfant, un des nombreux cadeaux dont Clevedon avait empli la nursery. À l'intérieur trônait Susannah, qui était toujours sa poupée préférée et découvrait le monde de ses immenses yeux en verre bleu.

Marcelline avait fait ce qu'il fallait pour se faire détester. Et pourtant Clevedon était revenu. Ne l'ayant pas trouvée à la boutique et n'ayant obtenu aucune information de ses sœurs, il avait demandé à parler à Sarah qui, officiellement, était toujours à son service. Évidemment, cette dernière lui avait avoué que Mme Noirot était en promenade au parc avec sa fille.

Non content de l'avoir poursuivie jusque-là, il venait de lui raconter par le menu ses démêlés sentimentaux avec lady Clara !

Il était intelligent, sensible, attentionné. C'était un amant habile et passionné. Mais il semblait croire que le monde tournait autour de sa petite personne.

Bien sûr, il était duc...

En secret, elle était contente qu'il ne soit pas encore fiancé à lady Clara. Mais ce n'était qu'une question de temps, elle le savait bien.

— Vous avez sauté sur la première excuse qui s'est présentée, poursuivit-elle. Si vous aviez persévéré, sa migraine se serait envolée, je vous le garantis. C'est votre comportement qui la chagrine.

— Je sais que tout est ma faute. Mais je me suis mis dans une situation tellement inextricable que je ne sais plus comment m'en sortir.

— Je ne pense pas que vous arrangiez quoi que ce soit en venant me rejoindre ici.

— C'est vous l'experte en cas de problème. Vous intervenez, vous donnez vos directives, et tous les soucis se règlent...

— Oui, pour les questions d'ordre *vestimentaire*.

— Clara n'a pas eu l'air particulièrement heureuse de me voir. Et je dirais même qu'elle a été soulagée que je parte.

— Comment s'en étonner ? Vous la négligez depuis des semaines. Vous vous donnez en spectacle, vous défiez les conventions en vous acoquinant avec des couturières, et dans la foulée vous courez lui acheter une bague. Il y a de quoi la contrarier.

— Vous caricaturez...

— Vous n'avez pas consacré une minute de votre temps à lui faire la cour !

— Mais je la connais depuis qu'elle a cinq ans !

— Les femmes aiment qu'on les courtise. Vous le savez, pourtant. Êtes-vous donc idiot ?

Il s'immobilisa pour lui jeter un regard horrifié assez comique.

— Voudriez-vous que je la suive partout en buvant ses paroles avec des yeux de merlan frit, comme tous ces crétins qui l'escortent ?

— Vous êtes décidément obtus. Vous savez parfaitement comment séduire une femme. Le problème, c'est que vous considérez lady Clara comme votre *sœur*.

Il tressaillit, se remit brusquement à marcher, de cette démarche pleine d'arrogance qui le caractérisait, comme si le monde allait s'ouvrir devant lui. Pourquoi lui demandait-il de résoudre ses soucis matrimoniaux ? Ne comprenait-il pas qu'il la faisait souffrir ?

Mais c'était sa faute, aussi. Quel besoin avait-elle de tomber amoureuse de lui ?

Il allait épouser lady Clara. Qui, malgré les commérages, continuait de fréquenter la boutique. Un essayage était prévu l'après-midi même.

Une petite fille accompagnée de sa nurse venait de s'arrêter, en admiration devant la poupée de Lucie.

— Quelle jolie robe ! s'extasia-t-elle.

— C'est ma mère qui l'a faite, se rengorgea Lucie. Elle habille les grandes dames et les princesses !

La nurse prit la petite fille par la main et l'entraîna. Celle-ci se laissa faire à contrecœur, les yeux fixés sur la poussette.

— Vous devriez donner des cartes professionnelles à votre fille, elle se chargerait de les distribuer aux clientes potentielles, plaisanta Clevedon. Avez-vous songé à créer une ligne vestimentaire pour poupées ?

— Non.

— Vous devriez.

— J'ai trop à faire pour le moment. J'ai rendez-vous avec lady Clara tout à l'heure. Je dois lui faire une robe pour vendredi soir, à l'occasion d'un bal, un des plus importants de la saison, si j'ai bien compris.

Il fronça les sourcils, réfléchit.

— Vendredi ? Sacredieu, ce doit être celui de lady Brownlow. Je suis censé y assister.

— Pourquoi n'iriez-vous pas ? Vous aimez danser.

— Oui. À Paris. À Vienne. Ou à Venise.

— Des tas de gens donneraient un œil pour être invités à cette réception.

Il eut un brusque sourire.

— Par exemple… vous ? Si vous le souhaitez, je peux me débrouiller pour vous faire entrer, même sans carton d'invitation.

Elle se retint de crier.

— Vous êtes incorrigible ! Vous devez faire la cour à lady Clara. Il ne manquerait plus que nous arrivions ensemble au bal ! Croyez-vous que cela remplirait ma boutique ?

Il se rembrunit, détourna la tête.

— Cela m'aurait amusé de vous voir à cette soirée. Tant pis, j'imaginerai la scène quand je serai là-bas. Cela trompera mon ennui.

Elle aussi s'imaginait très bien au bal. Pas en l'état actuel des choses, mais en tant que celle qu'elle aurait pu être : la fille d'un aristocrate admise dans les meilleures maisons. Mais si elle avait été reçue chez lady Brownlow, elle n'aurait pas eu Lucie ; elle n'aurait pas appris la couture et n'aurait pas su qui elle était vraiment, en profondeur.

Elle aurait vécu comme tous ces gens.

Sa vie aurait été beaucoup plus aisée, mais tellement moins passionnante. Il n'y avait qu'à voir ce pauvre Clevedon. Lady Brownlow était une des hôtesses les plus en vue de Londres, et pourtant il faisait la fine bouche, comme si on l'avait obligé à suivre une conférence de mathématiques !

— Bien sûr que vous irez, insista-t-elle. Vous arriverez à l'heure et vous resterez en compagnie de lady Clara. Vous ne regarderez qu'elle, comme si les autres femmes n'existaient pas. Vous ferez semblant de la découvrir, comme si elle venait de vous apparaître telle une vision, une Vénus surgie des flots, une déesse…

Ces clichés n'étaient pas très originaux, mais elle n'avait pas le lyrisme de Sophia, hélas.

— Vous allez l'éblouir, la faire tomber follement amoureuse de vous. Vous l'attirerez sur un balcon, ou dans un salon à l'écart de la fête, et vous lui ferez votre déclaration, de telle sorte qu'il lui sera impossible de refuser. Charmez-la, Clevedon. Ne pensez pas à elle comme à une amie ou à une sœur, mais comme à une femme désirable que vous voulez conquérir et qui deviendra votre duchesse.

Bal de la comtesse de Brownlow, vendredi soir

Le duc de Clevedon décida de suivre les conseils de Noirot, et surtout de ne pas réfléchir. À quoi bon ? Il voulait épouser Clara. Elle lui était destinée depuis toujours. Il l'avait toujours aimée.

Comme une *sœur*... s'obstinait à chantonner une petite voix perfide dans sa tête.

Il fit le vide dans son esprit.

Obéissant aux instructions, il arriva tôt et se mit en quête de Clara. Il s'efforça de la divertir, glissant des remarques plus ou moins spirituelles à son oreille chaque fois qu'il en avait l'occasion, c'est-à-dire quand ces crétins énamourés qui ne la lâchaient pas d'une semelle voulaient bien lui en laisser le loisir.

Il fallait avouer qu'elle était ravissante. Noirot avait imaginé pour elle une toilette de mousseline rose agrémentée de rubans et de volants qui faseyaient gracieusement au moindre de ses mouvements. Clevedon avait surpris plus d'un homme à reluquer l'échancrure de son décolleté.

Il la conduisit sur la piste de danse, conscient d'être l'homme le plus envié de la salle.

Il l'aimait.

Comme une sœur.

Il faillit s'étrangler à cette pensée, la saisit mentalement pour lui tordre le cou, la piétiner et l'abandonner, toute ratatinée, dans un coin de sa cervelle.

Ils dansèrent. Puis, comme on le lui avait suggéré, il entraîna Clara sur la terrasse.

Quelques couples s'étaient également réfugiés là. Ils parvinrent néanmoins à se retrancher dans un coin discret. Il était de toute façon hors de question de s'isoler totalement. Cela aurait fait scandale.

Les rayons de lune éclairaient la terrasse. Quelques nuages vaporeux s'élevaient au-dessus des arbres, sans cacher l'éclat des étoiles. C'était une nuit tout à fait romantique.

Il la fit rire et rougir, puis, au moment qui lui parut le plus idoine, il déclara :

— J'ai quelque chose de très important à vous demander, ma chère.

— Vraiment ? fit-elle avec un sourire.

— Oui, et mon bonheur dépend de votre réponse.

Décelait-il un soupçon de moquerie dans son sourire ? Non, elle était juste nerveuse, sans doute. Comme lui.

Il était temps de la prendre dans ses bras.

Il le fit, et elle ne le repoussa pas.

Parfait.

Non, quelque chose clochait.

Pas du tout, tout allait bien.

Il inclina la tête, prêt à l'embrasser.

Mais alors, elle leva vivement la main pour l'interposer entre leurs bouches.

Surpris, il se redressa, et un sentiment agréable se répandit en lui. Quelque chose qui ressemblait à du soulagement.

Que se passait-il ?

Clara souriait toujours, mais une étincelle dansait dans ses yeux bleus. Quand lui avait-il vu une expression similaire ? Ah oui, quand elle s'était emportée après sa mère. Bizarre… Si seulement Noirot avait été là pour le guider ! La situation était en train de déraper, il le sentait, et il ne savait pas comment la remettre sur les rails.

Tout à coup, il comprit où le bât blessait.

Quel idiot ! Il aurait dû formuler sa demande *avant* d'essayer de l'embrasser.

— Pardonnez-moi, bredouilla-t-il. C'était stupide… et présomptueux de ma part.

Elle arqua ses sourcils déliés.

Bon, le discours maintenant. Cette déclaration qu'il avait répétée des heures durant. Mais, par un prodigieux tour de passe-passe, elle avait déserté sa mémoire. Il ne se souvenait plus d'un traître mot.

Il plongea à l'aveuglette :

— Je voulais vous demander si vous me feriez l'immense honneur de devenir ma femme.

Il tâtonna à l'intérieur de sa veste. Où diable était passée cette maudite bague ?

— Je suis un peu maladroit, bafouilla-t-il. Vous êtes si belle... vous me faites perdre la tête...

— Arrêtez, coupa-t-elle soudain. Vous me prenez vraiment pour une idiote ?

Il se figea.

— Une... idiote ? Certainement pas. Nous nous sommes toujours compris, vous et moi. Nous avons partagé tant de choses ! Toutes ces lettres, ces plaisanteries...

— Les lettres, répéta-t-elle. Vous avez cessé de m'écrire dès l'instant où vous avez rencontré... Mais là n'est pas la question. Regardez-moi !

— Je vous regarde. Vous êtes magnifique. La plus belle jeune fille de Londres.

— Clevedon, j'ai changé ! Je suis différente, mais vous n'avez rien remarqué. J'ai mûri. Les autres hommes s'en sont rendu compte, mais pas vous. À vos yeux je suis toujours Clara, votre chère amie. Mais pas vraiment une femme.

— C'est absurde, voyons. Toute la soirée, j'ai...

— Vous avez joué la comédie ! Cette demande en mariage, vous l'avez répétée, n'est-ce pas ? J'en mettrais ma main au feu. Il n'y a aucune passion en vous, aucune sincérité !

Sa voix montait dans les aigus. Il s'aperçut que plusieurs personnes sur la terrasse regardaient dans leur direction.

— Clara, nous devrions peut-être...

— Je mérite la passion ! Je mérite un homme qui me donnera tout son cœur, pas seulement une petite partie.

— Vous êtes injuste. Je vous ai toujours aimée...

— *Comme une sœur !*

La pensée ratatinée gonfla d'un coup pour occuper tout l'espace dans l'esprit de Clevedon.

— Non, c'est plus que ça, protesta-t-il sans grande conviction.

— Vraiment ? Eh bien, tant pis, jeta-t-elle en redressant la tête. Car moi je vous aime comme un frère. Je suis bien avec vous, comme je le suis avec Harry. Et encore... Car dernièrement vous n'étiez pas très drôle. Je sais bien que votre intérêt est ailleurs... Oh, pourquoi s'embarrasser d'euphémismes ? Nous savons tous deux de qui je parle. Maman m'a répété que les hommes sont ainsi faits, qu'ils ne peuvent pas s'empêcher de batifoler, et qu'il faut fermer les yeux. Ce que j'étais prête à faire.

— Clara, je vous jure...

— Je vous en prie, j'ai depuis longtemps dépassé ce stade ! Vous deviez venir dîner chez nous l'autre soir, et vous avez oublié. Vous ne vous êtes même pas donné le mal d'envoyer un mot d'excuses. Si l'avenir se présente ainsi, si je dois me retrouver face à un homme distrait, maussade, distant chaque fois que vous vous serez entiché de quelqu'un... c'est au-dessus de mes forces ! Je ne m'y plierai pas, même pour un duché. Non, même pour trois ! Je mérite mieux que le rôle d'une épouse complaisante. Je suis une femme cultivée, intéressante. Je lis. Je forge mes propres opinions. J'apprécie la poésie. J'ai le sens de l'humour.

— Je sais tout cela...

— Je mérite de connaître le véritable amour et, au cas où vous ne l'auriez pas remarqué, les candidats ne manquent pas. Pourquoi devrais-je me brader à un homme qui ne ressent pour moi que de l'amitié ? Pourquoi diable devrais-je me contenter de... *vous* ?

Sur ce, tête haute, elle retourna dans la salle de bal.

Clevedon prit alors conscience du silence profond qui avait envahi la terrasse. Brusquement, celle-ci lui parut surpeuplée. Des invités s'étaient agglutinés autour de la porte-fenêtre. Comme Clara en franchissait le seuil, on entendit quelques applaudissements et rires effrontés, mais la plupart des gens affichaient une mine ébahie.

Un cri strident retentit dans la salle. Clevedon reconnut la voix de lady Warford.

Au bout de quelques secondes, la musique reprit. La foule se dispersa dans un brouhaha de murmures étouffés vibrant d'excitation.

S'extirpant enfin de sa stupeur, Clevedon se dirigea vers le jardin, longea l'allée et franchit le portail pour se retrouver dans la rue.

Il parcourut une dizaine de mètres avant de s'arrêter, baissa les yeux sur ses mains qui tremblaient.

Tout à coup, l'idée recroquevillée dans un coin de son cerveau dansa de nouveau en toute liberté.

Il inspira profondément l'air frais de la nuit et comprit pourquoi il tremblait autant.

Il se sentait comme un homme qui vient de monter les marches du gibet, a senti le nœud coulant se refermer autour de son cou… et qui, à la dernière minute, recouvre la liberté.

Sophia rentra à l'aube.

Marcelline, allongée dans son lit les yeux grands ouverts, se leva en entendant un bruit de pas dans l'escalier.

À la demande de son ami Tom Foxe, Sophia s'était rendue au bal de lady Brownlow. Dès demain, tout le monde voudrait savoir quelle robe avait portée lady Clara quand le duc l'avait demandée en mariage. En échange d'espaces publicitaires conséquents dans les pages de sa gazette, Tom Foxe désirait obtenir des informations sur la soirée, vue de l'intérieur.

Ce n'était pas la première fois que Sophia s'introduisait ainsi dans une grande maison. Pour qu'une réception soit réussie, il fallait embaucher du personnel supplémentaire. Sophia était inscrite sous un faux nom dans toutes les agences de recrutement de bonne réputation. Elle savait comment servir les grands de ce monde, s'amusait à cela depuis son plus jeune âge, et n'avait pas son pareil pour passer inaperçue parmi une foule élégante. N'était-elle pas une Noirot ?

— Tout va bien, annonça-t-elle en ôtant son manteau. Cela ne s'est pas passé exactement comme prévu, mais j'ai réglé la question.

— Comment cela ?

— Elle a refusé de l'épouser.

— *Mon Dieu !*

Marcelline porta la main à sa gorge. Elle avait du mal à respirer, tout à coup. Elle ressentait du soulagement. Et du désespoir.

— Qu'y a-t-il ? fit la voix de Léonie.

Sophia et Marcelline se retournèrent. Léonie se tenait sur le seuil de sa chambre, en chemise de nuit, la mine ensommeillée.

— Lady Clara a repoussé la demande en mariage du duc, reprit Sophia. J'ai tout vu, tout entendu. Il lui a fait sa cour très galamment, il n'y avait rien à lui reprocher. C'était comme dans les romans... Parce que, dans la réalité, nous savons que les hommes ne sont pas vraiment romantiques...

— Que s'est-il passé ? interrogea Léonie.

— J'étais aux premières loges, devant la fenêtre qui donne sur la terrasse. Je n'en ai pas cru mes oreilles quand elle a dit non. Elle a été catégorique et elle a argumenté son refus. La musique s'est arrêtée juste au moment fatidique, et tout le monde en a profité.

— Oh non ! gémit Marcelline dont les épaules se voûtèrent.

— Il n'y a pas de quoi s'inquiéter, assura Sophia. J'ai donné à Tom un compte rendu qui va limiter les dégâts, et sans doute même tourner l'événement en notre faveur, si tout se passe comme je le souhaite. Nous en aurons le cœur net demain, après la parution du journal. Mais pour l'heure, mes chéries, je vais me coucher. Je tombe de sommeil !

16

« Si nos voisins parlaient de nous il y a quelque temps comme d'une " nation de marchands ", ils doivent admettre aujourd'hui que nous sommes des marchands de goût : Londres propose une infinie variété de boutiques et nulle autre ville au monde n'offre un spectacle aussi réjouissant d'élégance et de raffinement. »

Registre des métiers du commerce anglais, 1818

Huit heures, samedi matin

En dépit de son coucher tardif, Sophia vint prendre son petit déjeuner en même temps que ses sœurs. Volubile, elle leur montra la dernière édition du *Morning Spectacle*.

— Je vous l'avais dit ! Un article entier est consacré à la robe de lady Clara Fairfax, ou plutôt « lady C », comme l'écrit Foxe avec délicatesse.

Marcelline, qui s'apprêtait à boire une gorgée de café, suspendit son geste. Elle avait pourtant besoin de se donner un coup de fouet. Elle n'avait pas dormi de la nuit.

— Tom Foxe doit être content de toi, observa-t-elle.

— Et en échange, il m'a donné de l'espace publicitaire !

Léonie lui confisqua le journal.

— Laisse-moi voir… « Robe en mousseline rose printemps… bustier gansé de rubans de velours… surjupe à plis bouillonnés symétriques… » Seigneur, cela continue sur une page ! Jusqu'aux chaussures ! Comment as-tu réussi ce prodige, Sophia ?

— Ne t'occupe pas de la description, tu sais aussi bien que moi à quoi ressemble cette robe. Commence ici, dit sa sœur, l'index pointé sur un paragraphe.

Léonie lut à voix haute :

— « Nos lecteurs s'étonneront peut-être que nous accordions autant d'importance à la tenue de cette personne. Mais nous ne pouvions que rendre hommage à une robe si chic, si élégante qu'elle a donné à celle qui la portait le courage de refuser la demande en mariage d'un *duc* ! Avec au demeurant une verve et un aplomb remarquables, comme vous pourrez en juger… »

Suivait mot pour mot la diatribe de lady Clara, qui paraissait sortie tout droit d'un roman sentimental.

Marcelline posa sa tasse de café et se frotta les tempes en soupirant :

— Ainsi, il a essuyé une rebuffade. Alors qu'il est duc, qu'elle est amoureuse de lui, et qu'il est un séducteur patenté… Eh bien, adieu la duchesse de Clevedon !

— Peut-être, dit Sophia. Il lui faudra sans doute un peu de temps pour en trouver une autre. Mais regarde le bon côté des choses. Lady Clara continuera de nous accorder sa confiance.

— Et ses amies viendront chez nous, elles aussi, assura Léonie. L'anecdote restera dans les annales. Toutes les femmes présentes à ce bal voudront porter tes robes pour se sentir sûres d'elles, Marcelline. Oh, Sophia, tu t'es surpassée !

— Léonie a raison, opina Marcelline. Excellent travail, Sophia. Personnellement, je serais sûrement restée paralysée par la surprise. Mais toi, rien ne te déstabilise, pas vrai ?

— Tu te sous-estimes, contra Sophia. Nous avons toutes appris à ne jamais nous laisser prendre au dépourvu. Et maintenant, il faut songer aux robes que nous allons mettre en avant…

— Laisse-nous nous occuper de ça, intervint Léonie. Tu as besoin de repos. L'histoire va faire le tour de Londres en un rien de temps, et les autres gazettes vont s'empresser de plagier l'article de Tom. Je sais d'ores et déjà que nous aurons une journée chargée.

Marcelline ne jugea pas utile de préciser qu'elle-même n'avait pas fermé l'œil de la nuit. Étendue dans son lit, elle s'était répété qu'elle avait fait le bon choix, qu'elle n'avait pas eu d'alternative, de toute façon : depuis le début, elle et ses sœurs avaient déployé tous leurs efforts pour gagner la confiance de lady Clara. Il fallait *à tout prix* que Clevedon l'épouse. Dans cette optique, elle avait poursuivi le duc jusqu'à Paris, persuadée que le succès se trouvait au bout du chemin et que bientôt la maison Noirot régnerait sur la mode londonienne.

En définitive, lady Clara ne serait jamais duchesse de Clevedon, mais Sophia les avait sauvées, si bien que l'avenir leur souriait toujours.

Dès lors, les sentiments personnels de Marcelline n'entraient pas en ligne de compte.

— La soirée s'est révélée plus mouvementée que prévu, admit Sophia. Comme je vous l'ai dit, je me suis postée près de la fenêtre pour surprendre leurs propos, sans que quiconque remarque ma présence. Personne ne fait attention aux serviteurs. Mais quand j'ai voulu partir, je suis tombée sur lord Longmore.

Comme ses sœurs manifestaient leur curiosité, elle enchaîna :

— Je pensais être transparente à ses yeux, mais il a pilé net et s'est exclamé : « Que diable faites-vous ici ? »

J'ai été sidérée, mais vous me connaissez, je n'ai pas sourcillé. « Je travaille, monsieur », ai-je répondu de ma voix la plus humble – vous savez, avec un petit accent campagnard. « Pourquoi ? On vous a chassée de la boutique ? » s'est-il étonné. « De quelle boutique parlez-vous, monsieur ? » ai-je répliqué. Et puis, tout aussi poliment, je lui ai dit qu'il devait me confondre avec quelqu'un d'autre. Sauf qu'il n'a pas du tout eu l'air de me croire. Il s'est rembruni, et je suis sûre qu'il aurait continué de me cuisiner si sa mère ne s'était mise à crier quelque part dans la salle. Alors il a levé les yeux au ciel et s'en est allé.

— Tu ferais bien de te méfier de lui, dit vivement Marcelline. Il est loin d'être aussi idiot qu'il le laisse paraître, et ce n'est pas le moment d'avoir des déboires avec un aristocrate.

— Je crois qu'il nous déteste, de toute façon. Il nous prend pour des suppôts de Satan, pour le moins.

— Espérons que les dames de la haute société seront d'un autre avis, soupira Léonie.

Sophia se leva.

— Bien, je vais retourner me coucher. Mais ne me laissez pas dormir trop longtemps. Je ne veux rien rater de notre triomphe. Oh, et à votre place, je mettrais en avant la robe grise !

Plus tard ce jour-là, boutique de Mme Moss

Mme Moss regardait d'un air sombre la robe étalée sur le comptoir.

— Ça fait combien ? demanda-t-elle à Oakes, sa régisseuse.

— Six.

— Lady Gorrell me l'a lancée à la figure.

— C'est scandaleux, madame.

En vérité, Oakes n'était pas du tout scandalisée. Elle aurait certainement réagi comme lady Gorrell si, à l'instar de cette dernière, elle s'était rendu compte que sa robe – soi-disant une création originale payée une petite fortune – n'était que la copie d'un modèle en vogue l'année précédente.

Oakes avait pourtant tenté de mettre en garde sa patronne dès qu'elle avait vu les nouveaux modèles, que madame prétendait avoir reçus de son associée parisienne : les manches étaient d'un style bien particulier, déjà passé de mode. Mais Moss n'avait rien voulu savoir, soit parce qu'elle ne l'avait pas crue, soit parce qu'elle avait pensé que ses clientes n'y verraient que du feu.

Il est vrai qu'au début, les robes s'étaient vendues comme des petits pains. Puis, peu à peu, la clientèle avait fait connaître son mécontentement.

Une seule couturière à Londres confectionnait des robes d'un style si affirmé, et ce n'était pas Mme Moss. Des parentes, des amies avaient éveillé les soupçons des clientes les moins observatrices. Elles se souvenaient d'avoir vu tel plissé ou tel motif lors d'un banquet, au théâtre, ou au parc…

Ainsi, sur une douzaine de commandes, six clientes avaient déjà retourné leur achat, furieuses d'avoir été dupées.

Elles n'étaient pas les seules. De toute évidence, Mme Moss s'était fait avoir.

Combien avait-elle payé ces vieux modèles ? Et combien de clientes allait-elle perdre dans l'affaire ? s'interrogeait Oakes.

Il était peut-être temps de chercher une nouvelle patronne…

Comme s'y attendait Clevedon, la boutique était bondée.

Il était passé devant en se rendant à son club, puis plus tard en allant chez le bottier, le chapelier et le caviste. Il avait acheté toutes sortes de choses dont il n'avait nul besoin, sous prétexte d'arpenter St. James's Street en attendant une heure de moindre affluence.

Comme tout le monde, il avait lu le *Morning Spectacle*. Et même s'il savait le journaliste Foxe bien renseigné, il avait été stupéfait par la débauche de détails donnés sur la soirée de lady Brownlow. Manifestement, Foxe avait envoyé sur place un espion, et le petit doigt de Clevedon lui soufflait que cet espion n'était autre que Mlle Sophia.

Quelle autre plume aurait rédigé un article aussi dithyrambique et minutieux ?

Clevedon était soulagé, car il avait redouté que le refus de Clara ne signe l'arrêt de mort de la maison Noirot. Toute la nuit, il avait ressassé ses craintes : on crierait au scandale, on ferait porter le chapeau à cette Mme Noirot qui avait honteusement séduit un homme quasi fiancé ; les dames fuiraient la boutique de cette dévergondée, Clara la première ; et Marcelline serait à jamais marquée du sceau de l'infamie...

Mais c'était tout le contraire qui s'était produit. La boutique grouillait de monde, et les voitures s'arrêtaient devant la vitrine pour déposer les élégantes de Londres dans un incessant ballet.

Une robe si chic, si élégante, qu'elle a donné à celle qui la portait le courage de refuser la demande en mariage d'un duc ! avait osé écrire Sophia.

Quelle impudence. Ces Noirot faisaient décidément feu de tout bois. Il aurait voulu embrasser Sophia ! Mais ce n'était pas elle qui hantait son esprit. Ce n'était pas elle à qui il avait pensé toute la nuit.

Dès l'instant où il était sorti de chez lady Brownlow, tremblant comme une feuille, il avait su qu'il ne lui restait qu'une seule solution pour mettre un terme à cette farce.

Il attendit donc que l'après-midi s'étire et que ces dames rentrent chez elles une à une pour se préparer à leur rituelle promenade vespérale dans Hyde Park.

Alors, il traversa la chaussée et entra dans la maison Noirot.

La clochette retentit. Ça ne finira donc jamais ? pensa Marcelline avec lassitude.

Elle était heureuse, bien sûr. Leur succès dépassait ses espérances les plus folles. Les clientes étaient venues plus nombreuses encore que lorsque la fameuse robe couleur de givre avait suscité tant de curiosité. Leur vieille boutique n'aurait jamais réussi à contenir tout ce monde. Il lui faudrait embaucher rapidement des ouvrières supplémentaires afin de pouvoir livrer les commandes promises.

Toutes ces pensées lui passèrent dans la tête alors qu'elle se tournait en direction de la porte.

Son cœur se mit à battre douloureusement.

L'homme entra et jeta un regard autour de lui, comme l'aurait fait n'importe quel gentleman découvrant un magasin pour la première fois, sans se préoccuper dans un premier temps de la personne qui se trouvait derrière le comptoir.

Sauf que cet homme-ci était déjà venu.

C'était Clevedon, aussi grand et arrogant que de coutume, son chapeau crânement incliné sur ses cheveux sombres, ses deux mains gantées posées sur le pommeau en or de sa canne.

Ses mains... Elle les sentait encore se promener dans son dos, encadrer son visage, glisser sur ses seins et entre ses cuisses.

— Bonsoir, Votre Grâce.

— Bonsoir, madame Noirot.

Il ôta son chapeau et s'inclina.

Elle fit une rapide révérence.

Après avoir déposé son chapeau sur une chaise, il s'approcha du mannequin sur lequel était exposée la robe.

Le modèle était en tulle gris, une teinte très douce baptisée « gorge de colombe », agrémenté de ruchés d'un rose délicat. La jupe était rebrodée de roses et d'oiseaux.

— C'est ravissant, commenta-t-il.

— Merci.

— J'ai été enchanté de voir comment Mlle Sophia a transformé un fiasco retentissant en un événement fort profitable. Mais j'aurais dû m'en douter, bien sûr.

— Votre demande en mariage a été repoussée ?

— Oui. Quoi de plus normal ? Je ne l'ai pas faite à la bonne personne.

Marcelline eut l'impression que son cœur s'arrêtait de battre. Un vertige la saisit.

Il pivota vers la porte, retourna la petite pancarte pour afficher côté rue l'inscription *Fermé*.

— Mais… que faites-vous ?

— Vous avez assez travaillé pour aujourd'hui. Sortez de derrière ce comptoir.

— Sûrement pas, répliqua-t-elle en se raidissant.

Il sourit. Oh, ce sourire… Ce n'était qu'un simple sourire, mais il signifiait tant de choses !

Les yeux verts du duc pétillaient.

— Je ne peux pas me permettre de refuser des clientes, s'entendit-elle protester. Je ne suis pas du tout certaine que lady Clara reviendra…

— Oh, elle reviendra. Soyez-en sûre.

— … et comme il n'y aura pas de duchesse de Clevedon avant un certain temps, il faut bien que je me contente de personnes moins distinguées.

— Je voulais justement vous demander de devenir la prochaine duchesse de Clevedon.

Pour la première fois de sa vie peut-être, Marcelline demeura coite. Pourtant, elle avait pressenti que les ennuis n'étaient pas loin. Non, ce n'était pas possible. Il n'avait pas pu prononcer ces mots. Son imagination lui jouait des tours, ou bien c'est lui qui s'amusait à ses dépens.

Elle était fatiguée. La journée avait été rude après cette nuit sans sommeil. Elle prit une profonde inspiration, mais ce n'était pas suffisant. Il fallait qu'elle s'assoie ; qu'elle boive quelque chose de fort.

Finalement, elle s'enquit :

— Avez-vous perdu la tête ?

— La tête, je sais pas. Le cœur, oui, très certainement.

Elle s'efforça de se ressaisir.

— Je comprends. C'est le choc. Être rejeté par cette magnifique jeune fille, que vous aimez depuis des années...

— Que j'aime comme une *sœur*. Elle avait raison, et vous aussi.

— Vous ne savez plus où vous en êtes. Vous êtes en colère, je suppose. Elle vous a infligé une humiliation publique et... vous voulez vous venger.

— De Clara ? C'est absurde, voyons. Elle a eu mille fois raison de refuser ma demande en mariage, elle savait que je jouais la comédie en suivant vos instructions à la lettre. Nous aurions été tous deux très malheureux.

— Arrêtez ! cria Marcelline, les mains sur les oreilles.

Elle devait fuir, le plus loin possible, car chaque fibre de son être avait envie de répondre : « Oui, oh oui, je veux être votre duchesse ! » Mais, en disant cela, elle se détruirait elle-même.

— Quand j'ai quitté le bal, je tremblais comme un lapin, parce que j'avais été sur le point de commettre la pire erreur de ma vie. Heureusement, Clara m'en a empêché. Elle mérite un mari qui l'aime. Car moi, je n'aimerai jamais que vous.

Non, taisez-vous, taisez-vous je vous en supplie !

Un poids intolérable écrasait la poitrine de Marcelline. Elle avait du mal à respirer.

— Vous dites des inepties...

— Écoutez-moi. Toute la journée, j'ai arpenté St. James's Street en attendant que vos clientes daignent vider les lieux. Je voulais vous parler et, croyez-moi, j'ai eu tout le temps de réfléchir et de peser les conséquences de mes actes. Je suis tout à fait sûr de moi. Je vous aime, Marcelline. Et vous avez dit que vous m'aimiez, vous aussi.

Il ne s'arrêtait pas. Il persistait. Elle aurait dû savoir que rien n'arrêtait cette tête de mule quand il s'était mis une idée en tête ; et qu'il n'avait pas trop de scrupules sur la méthode à employer pour parvenir à ses fins.

Autrement dit, il était exactement comme elle.

Elle croisa les bras sur sa poitrine, comme pour se protéger.

— Ce n'est pas possible. Vous ne pouvez pas m'épouser. Un duc n'épouse pas une couturière.

— Il est déjà arrivé qu'un aristocrate épouse une courtisane. Ou sa gouvernante. Ou une vachère.

— Et cela se termine toujours mal !

Quand un noble contractait une telle mésalliance, sa femme et ses enfants en payaient toujours le prix, contraints de vivre entre deux mondes, snobés par les uns, jalousés par les autres.

— C'est insensé, et vous le savez, insista-t-elle.

— Au contraire, c'est très logique. Je vous aime. Je veux vous chérir et offrir à Lucie ce dont elle a besoin. Je ne parle pas de poupées ou de beaux habits, pas même d'une bonne éducation, mais d'un père, tout simplement. Je sais à quel point une famille est précieuse, j'ai perdu la mienne. Je veux faire partie de la vôtre et avoir une place dans vos vies.

Le désespoir qui vibrait tout à coup dans sa voix donna à Marcelline envie de pleurer.

— Je sais que vous aimez passionnément votre métier, reprit-il, et je ne vous demande pas d'y renoncer. J'y ai beaucoup pensé, depuis des semaines. Et... j'ai des idées ! Nous pourrions nous associer, entreprendre ensemble de grands projets. Je ne serais pas le premier aristocrate à me lancer dans les affaires. J'ai un don littéraire et les ressources qu'il faut pour créer un magazine de mode. Un peu comme *La Belle Assemblée*, mais en mieux. Vous prétendez être la plus grande couturière du monde, Marcelline. Je suis en mesure de vous aider pour que le monde entier le sache enfin. Épousez-moi.

Oh, c'était injuste.

Oui, elle était une rêveuse et avait des rêves impossibles, mais elle et ses sœurs s'étaient débrouillées pour que certains se réalisent.

Clevedon lui proposait un rêve fabuleux, mais n'en voyait que la partie merveilleuse.

— Les aristocrates qui se lancent dans les affaires gèrent des domaines agricoles, ou bien achètent des mines, à moins qu'ils n'investissent dans le chemin de fer ou dans la construction de grands ouvrages d'art. Ils n'ouvrent pas une petite échoppe de mode féminine ! Vos pairs ne vous le pardonneraient jamais. Nous ne vivons plus à l'époque du prince régent et de sa cour aux mœurs extravagantes, Clevedon. La société n'est plus si tolérante.

— Au diable tous ces rabat-joie ! Je me fiche de recevoir leur approbation. J'ai envie de me lancer dans l'aventure. Je crois en vous.

Elle secoua la tête. Il ne se rendait pas compte. Il ne comprenait pas ce que signifiait perdre le respect de ses proches, être banni du monde auquel on appartenait. Elle, en revanche, le savait parfaitement.

Il ignorait qui elle était en réalité.

Il la regardait, dans l'attente de sa réponse. Elle n'avait pas le choix. Il fallait bien que l'un d'eux garde la tête froide.

Elle joignit les mains.

— C'est très généreux de votre part, Votre Grâce. Vous me faites un immense honneur, je vous le dis en toute sincérité...

— Marcelline...

— ... mais ma réponse est non. Je ne peux pas vous épouser.

Il blêmit. Elle se détourna vivement, se dirigea vers la porte qui menait à l'arrière-boutique, l'ouvrit, puis sortit avant de la refermer, très, très doucement derrière elle.

Clevedon quitta la boutique et longea St. James's Street, hagard. Au bout de la rue, il s'arrêta pour fixer sans vraiment la voir la façade du palais St. James. Un horrible bruit rugissait dans sa cervelle. Une tempête d'émotions tournoyait en lui, colère, douleur et Dieu sait quoi d'autre, mais il n'avait pas le recul nécessaire pour les identifier.

Le vacarme dans son crâne était tel qu'il n'entendit pas qu'on l'appelait.

— Clevedon ! Tu es sourd ou quoi ? Je crie ton nom à m'en rendre aphone et je suis obligé de te courir après en pleine rue ! Je viens de te voir sortir de ce magasin, triple buse.

Clevedon tourna vers Longmore un regard courroucé :

— Je te conseille de ne pas me provoquer, parce que je suis d'humeur à étriper quelqu'un et tu feras parfaitement l'affaire.

— Ne me dis pas que la couturière ne veut pas de toi non plus ? Ma parole, ce n'est pas ton jour. Enfin, ta semaine.

Clevedon mourait d'envie de projeter son ami contre un réverbère, ou un portail, ou directement dans le caniveau. Mais les gardes du palais interviendraient immédiatement, et l'histoire serait dans la presse dès le lendemain matin.

Bah, un scandale de plus ou de moins…

Il lâcha sa canne, attrapa Longmore par l'épaule et lui donna une vigoureuse poussée. Longmore manqua tomber, jura, puis poussa Clevedon à son tour.

— Eh, bats-toi au moins comme un homme, mauviette !

L'instant d'après, ils arrachaient leurs manteaux qu'ils jetèrent sur le bitume, et les coups de poing se mirent à voler.

Marcelline envoya Sophia fermer la boutique.

En dépit de son épuisement, elle se garda bien d'aller au lit. Lucie la croirait malade et paniquerait. Et qui sait ce qu'elle serait alors capable d'inventer ? De toute façon, Marcelline savait qu'elle ne pourrait pas trouver le sommeil. Elle préférait se concentrer sur ses dessins, cela lui calmerait les nerfs.

Elle essayait de modifier l'attache en passementerie d'une pelisse quand Sophia la rejoignit, Léonie sur les talons.

— Que se passe-t-il, Marcelline ? Je te connais, je sais que tu n'es pas dans ton état normal.

Marcelline soupira. Son crayon s'enfonça dans le papier et la mine se cassa net.

— Oh, c'est ridicule ! Je devrais en rire, mais… je n'y arrive pas. Vous n'allez pas en croire vos oreilles.

— Quoi donc ?

— Le duc t'a offert carte blanche ? suggéra Léonie.

— Non, il m'a demandée en mariage.

Un silence stupéfait retomba.

Puis Léonie commenta :

— Eh bien, c'est sa marotte, on dirait.

Marcelline éclata de rire. Puis elle fondit en sanglots.

Mais avant qu'elle ne puisse s'effondrer totalement, Selina Jeffreys fit son entrée dans la pièce :

— Je vous demande pardon, madame, mais je viens d'aller chercher les rubans chez M. Adkins au bout de la rue et, sur le chemin du retour, j'ai vu deux messieurs qui se battaient comme des chiffonniers. Il y a tout un attroupement autour d'eux.

— Deux messieurs ? Tu veux dire deux mauvais garçons, Selina ?

— Non, mademoiselle. Il s'agit du duc de Clevedon et de son ami, le grand monsieur brun.

— Lord Longmore ? Il était ici il y a un instant, remarqua Sophia.

— Oui, mademoiselle, c'est bien lui. Ils sont en train de s'entretuer. Je suis vite rentrée, je n'ai pas voulu voir ça.

Sophia et Léonie n'avaient pas la délicatesse de Selina. Elles se précipitèrent hors de la boutique.

Les deux cadettes revinrent peu de temps après.

Marcelline avait renoncé à réussir son dessin. Elle n'était pas d'humeur créative. Elle était passée dans l'atelier où les ouvrières s'activaient, puis avait rejoint l'appartement pour jeter un coup d'œil dans la nursery, où Lucie lisait à sa poupée Susannah un livre offert par Clevedon.

Ensuite, seule dans le salon, elle s'était servi un grand verre de cognac.

C'est à ce moment-là que ses sœurs étaient rentrées, tout émoustillées.

— C'était formidable ! déclara Sophia. Ils doivent faire de la boxe tous les deux, parce qu'on voit bien qu'ils ont de l'entraînement.

— Sauf que cette fois ce n'était pas de l'entraînement, objecta Léonie. Ils cognaient vraiment !

— C'était féroce ! Un vrai corps à corps. Ils piétinaient leurs manteaux et avaient les cheveux complètement ébouriffés. Et leurs chemises étaient pleines de sang ! De quoi faire défaillir les jeunes filles, assura Sophia en s'éventant de la main.

— Et tous ces messieurs qui venaient du White's Club les encourageaient et prenaient des paris.

— Puis le comte de Hargate est sorti du palais St. James avec deux messieurs. Il a fendu la foule, tel Zeus en personne, avec sa couronne de cheveux blancs et ses airs autoritaires.

— Il a apostrophé le duc et lord Longmore pour leur dire qu'ils étaient la risée de tout St. James's Street et qu'ils devaient cesser ces enfantillages sur-le-champ.

— Mais ils ne l'ont pas écouté. Ils ont continué à se battre.

— On aurait dit deux loups en train de se déchiqueter.

— Alors lord Hargate s'est jeté dans la bagarre. Il a bien failli prendre un coup destiné à Clevedon, mais il a esquivé et a ceinturé Longmore, pendant que les deux jeunes gens qui l'accompagnaient – ses fils, je pense, étant donné la ressemblance – se chargeaient de maîtriser Clevedon. Oh, tu aurais dû voir ça, Marcelline ! conclut Sophia en se servant une rasade de cognac.

— Il n'est pas difficile de comprendre ce qui s'est passé. Longmore a voulu venger l'honneur de sa sœur, soupira Marcelline.

— Pour quelle raison le ferait-il ? Tout le monde sait que lady Clara n'a eu besoin de personne pour venger son honneur.

— Alors, à quoi rime cette échauffourée sur St. James's Street ?

— Ne sois pas stupide. Comme si les hommes avaient besoin d'une raison ! Ils étaient tous deux de mauvaise humeur et, de fil en aiguille, ils se sont battus. Et maintenant que tout est fini, je vous parie qu'ils vont se saouler ensemble.

— Pourquoi Longmore était-il de mauvaise humeur, Sophia ? s'enquit Marcelline.

— Il est venu me chercher des noises à propos du bal. Il m'a traitée de perfide parce que j'avais espionné sa sœur et son ami le duc. J'ai fait mine de ne pas comprendre. Oh, mon Dieu, nous sommes d'horribles sœurs ! ajouta soudain Sophia, la mine penaude. Nous avons filé dans la rue assister à ce divertissement mémorable en te plantant là alors que tu as le cœur brisé, ma pauvre Marcelline...

— N'exagère pas et garde le mélodrame pour la presse à scandale, je te prie.

Sophia alla s'agenouiller devant sa sœur et lui prit la main :

— Mais que s'est-il passé ? Qu'as-tu répondu à Clevedon, chérie ? Pourquoi fais-tu semblant d'aller bien ? Allons, dis-nous tout !

Clevedon House, dimanche 10 mai, trois heures du matin

La maison était plongée dans la pénombre. Tout le monde était couché, sauf une personne. Dans la bibliothèque, la flamme vacillante d'une bougie éclairait la haute silhouette d'un homme solitaire en robe de chambre. Dans sa main, il tenait une plume qui griffait furieusement la feuille de papier posée devant lui.

Le duc de Clevedon et son ami Longmore s'étaient mutuellement cassé la figure, avant de partir faire la tournée des bars où ils avaient vidé bouteille sur bouteille. Pourtant, Clevedon n'était pas encore assez saoul quand il était rentré chez lui. Il n'y avait pas assez d'alcool en ce bas monde pour anesthésier la douleur qui lui vrillait le cœur.

Sa conscience l'avait conduit dans la bibliothèque. Et il s'était aussitôt mis à écrire d'une traite :

Ne craignez pas, mademoiselle, en ouvrant cette lettre, que j'aie voulu y renouveler l'aveu de mes sentiments et la demande qui vous ont si fort offusquée hier soir[1].

C'est ainsi que commençait la première lettre qu'écrivait M. Darcy à Elizabeth Bennett dans *Orgueil et Préjugés*, le roman préféré de Clara. Il imaginait déjà le sourire réticent qui plisserait ses lèvres à cette lecture.

Il poursuivit avec ses mots propres :

J'ai eu tort de vous faire cette déclaration, et vous aviez raison sur toute la ligne. Néanmoins, vous n'en avez pas assez dit. Les oreilles indiscrètes qui nous entouraient auraient dû entendre également de votre bouche que j'avais abusé cent fois de votre patience angélique, sans aucune considération pour vos sentiments, par pur égoïsme. Vous m'avez toujours gardé votre loyauté, tandis que je n'étais loyal qu'envers moi-même. Quand vous portiez le deuil de votre grand-mère tant aimée, je vous ai abandonnée pour aller m'amuser sur le Continent. Je trouvais tout naturel que vous m'attendiez, et c'est ce que vous avez fait. Et comment avez-vous été récompensée de votre fidélité et de votre générosité ? Par mon hypocrisie et mon insensibilité.

---

1. *Orgueil et Préjugés*, Jane Austen, trad. V. Leconte et Ch. Pressoir, Plon, 1932.

Il poursuivit sa lettre, énumérant toutes les bassesses dont il se sentait coupable. Clara avait apporté de la joie dans sa vie, à l'époque où il n'était encore qu'un jeune orphelin solitaire au cœur brisé. Ses lettres avaient illuminé son existence morose. Il l'aimait tendrement et l'aimerait toujours, mais comme une amie, pas davantage. Au fond de son cœur, il avait toujours su que cela ne suffisait pas à garantir le bonheur d'une union, mais il n'avait pas eu le courage de parler. Il avait failli à leur amitié, à lui-même, par pure lâcheté.

Il vida ainsi son cœur avant d'en venir à la conclusion :

Je suis tellement navré, ma chère Clara ! J'espère que vous me pardonnerez un jour, même si pour le moment je me garderais bien de vous adresser une telle requête. Le plus sincèrement du monde, je vous souhaite de trouver le bonheur que je suis incapable de vous donner.

Il ajouta l'affectueuse formule dont il usait d'ordinaire pour la saluer et signa de ses initiales, comme d'habitude.

Il plia la feuille de papier, la mit dans une enveloppe, inscrivit l'adresse et la posa sur le plateau en argent afin qu'un valet l'emporte dès le matin avec le reste du courrier.

Alors, sa conscience soulagée, il resta seul avec sa douleur.

17

« L'expérience, qui est la mère de la sagesse, m'a depuis longtemps convaincu que la véritable beauté ne passe pas inaperçue des meilleurs juges ; et que l'affection d'un homme sagace est le plus beau compliment que puisse recevoir une femme de discernement. »

La Belle Assemblée, magazine de mode, juin 1807

Début d'après-midi, dimanche 10 mai

Le duc cilla, ébloui par la violente luminosité. Ce sadique de Saunders venait d'ouvrir les rideaux. Du fond de son lit, Clevedon remua la tête et le tonnerre explosa derrière son front.

— Je suis désolé de vous déranger, Votre Grâce.

— Menteur !

— M. Hallyday a insisté pour que je vous réveille. Mme Noirot est ici.

Clevedon s'assit dans un sursaut. Sa migraine était intolérable. On aurait dit que des épines avaient poussé à l'intérieur de son crâne.

— Lucie ! Est-elle malade ? Ne me dites pas qu'elle s'est encore sauvée... Bon sang, je lui ai pourtant dit que cette gamine...

Il s'interrompit, grimaça de douleur.

— Mme Noirot m'a prié de vous informer que la princesse Erroll d'Albanie se portait bien et faisait des additions avec sa tante. M. Hallyday a pris la liberté de demander à Mme Noirot d'attendre dans la bibliothèque. Il lui a fait porter quelques rafraîchissements pour vous donner le temps de vous préparer. Je vous ai apporté du café, Votre Grâce.

À présent, le cœur de Clevedon pulsait dans sa poitrine, mais pas au même rythme que ses méninges empoisonnées par l'alcool.

Il n'était pas en état de jaillir hors du lit, néanmoins il se leva plutôt vite pour un homme en proie à une monstrueuse gueule de bois. D'un coup de poignet, il avala son café. Il se lava et s'habilla en un temps record, même si les minutes lui semblaient s'écouler avec une lenteur désespérante.

Il ne jugea pas utile de se raser. Un regard au miroir lui apprit que cela n'arrangerait rien, de toute façon. Il ressemblait à une dépouille. Il fit un nœud approximatif à sa cravate, enfila une veste à la va-vite et sortit de la chambre avant même de l'avoir boutonnée.

Lorsqu'il entra dans la bibliothèque, lissant sa cravate tel un écolier nerveux appelé au tableau pour réciter un passage de *L'Iliade*, il trouva Noirot penchée sur la table.

Comme d'habitude, elle était parfaite dans un ensemble primesautier bleu canard, dont la jaquette s'ornait de soutaches noires. Cette rigueur militaire s'opposait délicieusement à la largeur frivole des manches bordées de manchettes de dentelle foisonnante. Le col de guipure noire, très couvrant pour une fois, lui montait presque jusqu'au menton. Elle portait un chapeau assorti extravagant incliné sur l'arrière de la tête, retenu par un gros ruban de velours noir noué sur la joue, et agrémenté d'un charmant fouillis de dentelle et de rubans de satin noir. Une plume d'autruche teinte en noir se dressait effrontément sur cette curiosité vestimentaire.

Clevedon avait conscience d'offrir un spectacle bien moins réjouissant.

Elle se redressa, l'aperçut et porta la main à sa gorge.

— Mon Dieu !

Elle se reprit :

— On m'a dit que vous vous étiez battu.

— Bah, ce n'est pas si grave. Je me défends sur un ring, vous savez. Longmore, c'est autre chose. Vous devriez voir sa tête : de la charpie ! Quoi qu'il en soit, voici la mienne après une nuit de libations avec l'homme qui a essayé de me tuer. Que venez-vous faire ici ?

Il réussissait à ne laisser transparaître aucune note d'espoir sur son visage et dans sa voix. Avait-elle changé d'avis ? Maintenant qu'il était bien réveillé, il regrettait d'être à peu près sobre et pouvait presque comprendre son alcoolique de père. La boisson et la douleur physique engourdissaient la peine. Il se rappelait chaque mot qu'elle avait prononcé et qui lui avait lacéré le cœur.

Elle désigna la table.

— Je jetais un coup d'œil à ces magazines. Je suis un peu trop curieuse, je crois, car j'ai aussi regardé vos notes. Quoique je n'arrive pas à déchiffrer votre écriture déplorable. Vous disiez avoir des idées neuves à propos de mon affaire ?

— C'est pour cette raison que vous êtes venue ? demanda-t-il sèchement.

Elle s'approcha de la fenêtre, se mit à regarder le jardin en contrebas.

— Hier, j'étais fatiguée. Épuisée, même. Je résistais pour ne pas m'écrouler, physiquement et nerveusement. Tellement que... je me suis montrée cruelle et injuste envers vous, conclut-elle en se tournant pour chercher son regard.

— Au contraire, vous avez décliné ma proposition avec ménagement et politesse.

Cette fois, il n'avait pu contenir l'amertume dans sa voix. C'était comme de dire : « Restons amis. » Il ne pourrait jamais se contenter de cela.

— Certes, vous avez mérité que je vous dise aujourd'hui la vérité me concernant.

Il se remémora alors le soupçon qui l'avait effleuré lorsqu'il avait vu Lucie pour la première fois.

— Bon sang, Noirot, vous êtes mariée ! J'y avais songé, mais… ensuite, j'ai oublié. Lucie a un père, c'est cela ?

— Oui. Il est mort.

Son soulagement fut tel qu'il en eut le tournis. Il s'approcha de la cheminée, feignit de s'appuyer négligemment au manteau. Ses mains tremblaient.

— Voyons, asseyez-vous, dit-elle. Je vois bien que vous vous sentez mal. Il ne manquerait plus que vous vous évanouissiez.

— M'évanouir ? Ça ne m'arrive jamais ! se récria-t-il avec indignation.

Néanmoins, il traîna sa carcasse jusqu'au canapé et s'y laissa choir.

Elle alla chercher une tasse sur le plateau posé sur la table, la lui apporta.

— Le café a refroidi, mais vous en avez besoin.

Il obtempéra tel un enfant.

Elle s'assit dans le fauteuil à côté de lui. Seul un mètre de tapis les séparait. Autant dire un monde.

— Mon mari s'appelait Charles Noirot. C'était un lointain cousin. Il est mort en France pendant l'épidémie de choléra, à l'instar de la plupart des membres de ma famille. Lucie elle-même est tombée gravement malade.

— Oh… je suis désolé, je n'en savais rien.

— C'est justement de ma famille dont je veux vous parler.

— Ainsi, vous vous appelez vraiment Noirot. Je me suis demandé si ce n'était pas un nom à consonance française que vous aviez adopté toutes les trois dans une optique commerciale.

Elle eut un sourire crispé.

— C'est le patronyme que mon grand-père paternel a choisi lorsqu'il a fui la France durant la Révolution. Il a réussi à sauver sa femme, ses enfants, quelques tantes et cousins. Les autres n'ont pas eu cette chance. Son frère aîné, le comte de Rivenoire, s'est fait arrêter alors qu'il s'apprêtait à quitter Paris. Lui et les siens ont été guillotinés, et c'est ainsi que le titre est revenu à mon grand-père. Qui s'est bien gardé d'utiliser son vrai nom. Sa famille, les Robillon, avait une très mauvaise réputation en France. Vous connaissez le personnage du vicomte de Valmont, dans le livre de Choderlos de Laclos, *Les Liaisons dangereuses* ?

Il hocha la tête.

— Les Robillon lui ressemblaient. C'étaient des libertins, qui se servaient des gens comme des pions et perdaient des fortunes au jeu. Autant dire qu'ils n'étaient pas très appréciés en France. Mon grand-père a donc pris un patronyme aussi banal que possible. Noirot. Et ses descendants, qui étaient il faut bien le dire un lot de personnages peu recommandables, escrocs et tout aussi manipulateurs, ont utilisé à tour de rôle ces deux identités, au gré des vicissitudes de leur existence.

Penché en avant, il l'écoutait avec une grande attention. Tout à coup, les pièces du puzzle s'imbriquaient : ses intonations distinguées, ses manières impeccables, la langue française qu'elle maîtrisait couramment, sans accent. Elle avait pourtant prétendu être anglaise. Eh bien, c'était encore un mensonge.

— J'avais deviné que vous n'étiez pas vraiment celle que vous prétendiez être, dit-il. Mes domestiques aussi s'en sont aperçus. On n'abuse pas ces gens-là.

— Oh, les Noirot sont capables de leurrer n'importe qui. Ils ont ça dans le sang. Les membres de ma famille n'ont jamais oublié qu'ils appartenaient à l'aristocratie. Ils n'ont jamais renoncé à leur mode de vie excentrique. Ils ont toujours su séduire et se sont servis de ce talent pour se trouver des conjoints fortunés. Les hommes surtout, sans doute moins sentimentaux, ont connu beaucoup de succès auprès des nobles anglaises.

— Il me semble que le charme Noirot opère également sur les nobles anglais.

Elle acquiesça, le regard rivé au sien.

— C'est vrai. Mais je ne cherchais pas un époux. J'ai menti, triché – vous n'avez pas idée de la moitié de ce que j'ai pu faire – mais tout cela dans un but bien précis que je vous ai déjà explicité.

— Vous trichez aux cartes, je le sais.

— Pas durant notre dernière partie de black-jack. J'ai juste joué comme si ma vie en dépendait. Il arrive souvent dans ma famille que des gens jouent leur vie entière sur un coup de dés, au propre comme au figuré. J'ai falsifié des papiers d'identité pour pouvoir rejoindre l'Angleterre plus rapidement. Ma famille a l'habitude des départs précipités pour l'étranger. Nous avons reçu, mes sœurs et moi, une bonne éducation, mais s'y ajoutaient des cours un peu particuliers, sur différentes techniques ou aptitudes susceptibles de nous sauver la mise dans des situations délicates.

— Pourtant, vous n'avez pas suivi le même chemin que vos aïeux. Vous avez épousé un de vos cousins. Vous travaillez.

— Je ne vous ai pas encore parlé de ma mère.

— Une aristocrate anglaise, n'est-ce pas ? Ou une aventurière ?

— Les deux, répondit-elle dans un rire bref.

Il se raidit. Un mauvais pressentiment l'envahissait. Mais que pourrait-elle confesser de pire que ce qu'elle venait de lui avouer ? Elle avait quand même admis être issue d'une lignée de débauchés et de criminels !

— Ma mère s'appelait Catherine DeLucey.

Il connaissait ce nom, mit un moment à le resituer. Puis l'image de deux yeux d'un bleu frappant émergea de sa mémoire.

— Les yeux de Lucie ! murmura-t-il. Des yeux inoubliables. Comme ceux de Mlle Sophia et de Mlle Léonie. Les DeLucey sont de la famille du comte de Mandeville.

Elle rougit, puis pâlit. Ses mains se crispèrent sur son giron. Il se souvint alors d'un vieux scandale qui avait éclaboussé les fils de lord Hargate. Pas celui qui l'avait malmené la veille au pied du palais, non... Mais lequel, alors ? Sa mémoire le trahissait. Il avait encore le cerveau englué par l'alcool.

— Non, pas ces DeLucey, dit-elle. Pas les respectables DeLucey qui possèdent une très belle propriété près de Bristol. *Les autres.*

Il était incliné vers elle, dans l'expectative. Elle avait lu l'espoir et le doute dans ses yeux. Puis elle vit le jour se faire dans son esprit. Il se redressa dans un mouvement raide et détourna la tête, incapable de soutenir son regard.

Sophia et Léonie lui avaient pourtant dit qu'il n'avait pas besoin de savoir la vérité. Qu'elle ne ferait que donner des verges pour se faire battre. Avait-elle une vocation de martyre, tout à coup ?

Mais elles ne savaient pas ce que c'était qu'aimer un homme et être obligée de lui faire du mal. Clevedon lui avait ouvert son cœur, il lui avait offert la lune et les étoiles, sans rien connaître d'elle. Et elle n'avait même pas eu le courage de lui révéler la vérité.

Elle n'avait cessé de lui rappeler qu'elle n'était qu'une simple commerçante, car elle aurait pu supporter qu'il reprenne ses esprits et la rejette finalement parce qu'elle n'était pas de son monde. Mais lui dire qui elle était, puis voir son expression se modifier, se fermer... C'était encore pire qu'elle ne l'avait imaginé.

Elle se hâta de poursuivre, pour en finir une fois pour toutes :

— Ma mère avait du sang bleu, mais pas d'argent. Mes parents se sont mariés, chacun étant persuadé que l'autre avait de la fortune. En réalité, ils étaient aussi menteurs l'un que l'autre et, une fois la vérité découverte, après la nuit de noces, ils en ont bien ri. Ensuite, ils ont mené une vie de nomades, voguant d'une escroquerie à l'autre. Ils s'installaient dans un endroit, contractaient des dettes, tiraient tout ce qu'ils pouvaient de leurs malheureux créanciers, puis s'enfuyaient en pleine nuit pour aller plumer quelqu'un d'autre. Leurs filles n'étaient pour eux que d'encombrants bagages et, la plupart du temps, ils nous laissaient chez un parent. J'avais neuf ans quand nous avons finalement échoué chez la cousine Emma, qui était couturière à Paris. Elle nous a appris les ficelles du métier, tout en veillant à notre éducation. Nous étions jolies, nous présentions bien, c'était profitable dans son négoce. Et bien sûr, nous avions plus de chances d'attraper un mari dans les classes supérieures de la société.

Elle marqua une pause pour juger de sa réaction, mais il semblait fasciné par le tapis. Ses paupières voilaient son regard et ses cils sombres tranchaient sur sa peau livide.

Néanmoins, elle n'avait pas besoin de voir son visage pour savoir qu'un mur s'était soudain érigé entre eux.

Elle se sentit tout à coup perdue, faible et lasse. Au prix d'un effort, elle enchaîna :

— Je suis tombée amoureuse d'un neveu de cousine Emma, Charlie. C'est alors que le choléra s'est abattu sur Paris. Ils sont tous morts, fit-elle avec un large geste de la main. Nous avons dû fermer la boutique. Je n'y serais pas restée, de toute façon, j'étais terrifiée à l'idée de tomber malade. Qui alors aurait pris soin de ma fille et de mes sœurs ? Je me suis dit que nous serions plus en sécurité à Londres, même si nous n'avions pas un sou en poche. Alors j'ai fréquenté les tripots et je me suis mise à jouer. Cela m'a permis de nourrir et loger ma famille quand nous sommes arrivées à Londres, il y a trois ans. Ensuite, j'ai ouvert la maison Noirot sur Fleet Street.

Elle se leva.

— Voilà, vous savez tout. Votre ami Longmore nous prend pour des suppôts de Satan, et il n'est pas loin du compte. Vous ne pourriez commettre pire mésalliance qu'en m'épousant, Clevedon. Les DeLucey sont des crapules, des menteurs, des tricheurs. Nous n'avons ni scrupule ni morale. Vous voyez bien qu'en refusant votre demande en mariage, je vous ai rendu un fier service.

Incapable de rester en place, elle s'éloigna de quelques pas en lui tournant le dos. C'était peut-être la dernière fois qu'ils se parlaient.

— Mais n'allez pas croire que j'aie fait preuve d'altruisme. Si j'ai refusé, c'était par pur égoïsme. Je suis trop fière pour supporter d'être dédaignée par vos beaux amis.

— Vous le supporteriez très bien, fit sa voix dans son dos.

Elle ne s'était pas rendu compte qu'il s'était levé. Le désespoir la rendait sourde et aveugle, et elle faisait des efforts pour ne pas s'écrouler. Non, elle ne se retournerait pas. Rien de ce qu'il pourrait dire maintenant ne changerait quoi que ce soit, de toute façon. Sans doute essayerait-il d'être gentil. Mais elle ne voulait pas de sa pitié.

Elle poursuivit son chemin en direction de la porte.

— Vous êtes bien capable de supporter ces clientes odieuses qui vous traitent comme leur esclave.

— Ce sont les affaires. Ma boutique est mon château. Mais la haute société est un tout autre univers.

— C'est Lucie que vous protégez, pas vous. Vous prétendez n'avoir aucune vertu, pourtant vous aimez votre fille. Vous n'êtes pas comme votre mère. Pour vous, Lucie n'est pas un objet encombrant.

Elle s'immobilisa, la main sur la poignée de la porte. Un sanglot enflait dans sa poitrine oppressée.

— Vous n'êtes peut-être pas très sourcilleuse sur la méthode, mais vous êtes intègre à votre manière. Vous ne roulez jamais vos clientes.

— Seul leur argent m'intéresse.

— Et en échange, vous donnez le meilleur de vous-même. Vous leur insufflez de l'assurance, vous regonflez leur amour-propre. Grâce à vous, Clara a trouvé le courage de s'opposer à sa mère.

Elle pivota vers lui en souriant, les yeux embués de larmes :

— Oh, Clevedon, quel idiot vous faites ! Vous me dénichez quelques pauvres petites qualités, mais croyez-vous que la haute société londonienne aura votre bienveillance ? Tout ce qu'ils verront, c'est que vous avez épousé une DeLucey marquée du sceau de l'infamie !

— Le comte de Hargate en a épousé une, et sa fille a à son tour épousé un comte.

— Oui, on m'a raconté cette vieille histoire. Vous parlez de Bethsabée DeLucey, mais elle a apporté une immense fortune à lord Rathbourne. Qu'ai-je à offrir, moi ? Quelques rouleaux de tissu. Et lord Hargate, le père de Rathbourne, est un homme puissant. Vous êtes peut-être plus titré, mais vous n'avez pas son influence. Hier encore, il a fendu une foule de curieux avinés rien qu'en levant la main, et il vous a traités comme deux gamins en train de se chamailler dans la cour de l'école. Tout le monde le respecte et le craint. Vous, vous avez vécu en marge de la haute société, sur le Continent, en compagnie d'autres aristocrates oisifs et superficiels ; vous ne vous êtes jamais occupé de politique, vous n'avez pas d'autorité sur ces gens. Vous ne les obligerez jamais à m'accepter. Pire : leurs portes resteront toujours fermées pour Lucie.

— Si mon monde vous rejette, je préfère ne plus y vivre.

Ce maudit sanglot menaçait d'éclater dans sa poitrine.

— Je vous aime, Marcelline. Je crois que je vous ai aimée dès l'instant où j'ai posé les yeux sur vous, à l'opéra, ou alors quand vous m'avez pris mon épingle à cravate. J'admets que quelques obstacles se dressent devant nous...

— *Quelques* obstacles ?

— ... mais c'était une folie de venir à Londres avec toute votre famille et seulement quelques pièces en poche ; une folie de croire qu'on peut monter une boutique en gagnant aux cartes ; une folie de me poursuivre jusqu'à Paris en pensant que vous y gagneriez la clientèle de la future duchesse de Clevedon. Et pourtant, vous avez accompli tous ces prodiges ! Aussi je suis bien tranquille : vous allez mettre au point un plan aussi fou qu'ingénieux pour résoudre nos problèmes et abattre ces quelques petits obstacles. D'autant que je compte mettre mon esprit brillant à votre service !

Elle lisait tant d'amour dans ces diaboliques yeux verts. Son sourire aurait fait fondre la plus endurcie des femmes. Ainsi, il l'aimait vraiment. Malgré tout ce qu'elle lui avait révélé. Et il la croyait capable de toutes ces prouesses.

— Et si j'échoue ? dit-elle. Si ces obstacles s'avèrent finalement impossibles à franchir ?

— Nous ferons avec. La vie n'est jamais parfaite. Mais, dans tous les cas de figure, je préfère la vivre à vos côtés.

— C'est… très gentil… de votre part.

Le sanglot débordait. Elle fut secouée d'un spasme.

— Je vous promets que je n'ai pas répété cette déclaration, lui dit-il en souriant derechef.

— Oh, Clevedon…

Il ouvrit les bras et elle courut s'y jeter. Elle n'avait pas le choix, elle s'en apercevait maintenant. Comme il l'étreignait avec passion, elle se mit à pleurer à chaudes larmes. Le bonheur qu'elle éprouvait valait bien toutes ces journées et ces nuits d'angoisse, de chagrin, de colère et d'espoir qui l'avaient rongée.

Oui, contre toute raison, *d'espoir*. Car elle était une rêveuse et une intrigante. Et l'on ne pouvait ni rêver ni intriguer sans avoir un minimum d'espérance.

— Alors, j'ai gagné ? demanda-t-il.

C'était bien joli, toutes ces larmes, mais il avait besoin de certitudes.

— Oui, répondit-elle d'une voix étouffée contre son gilet. Bien que certains diront que vous avez perdu la partie.

— Acceptez-vous de m'épouser ?

— Oui. Je n'ai pas l'âme assez noble pour refuser.

— Oh, je vous en prie, ne soyez pas noble, oubliez toutes ces questions d'éthique, de scrupules et d'honneur. Elles me donnent la nausée.

Elle leva sur lui des yeux pleins de larmes. Un sourire naquit sur ses lèvres magnifiques.

— Moi-même j'ai essayé d'être vertueux, pour ne pas ressembler à mon père. Je me suis efforcé de suivre les préceptes de lord Warford. Puis un jour, j'ai compris que cela ne servait à rien et j'en ai eu assez. Je suis parti en Europe avec Longmore. Et je l'ai laissé rentrer seul. Tout a changé quand vous avez fait irruption dans ma vie. Parce que vous êtes celle qui me convient. La seule.

Il l'entendit soupirer, et ce son l'enchanta. Il attendait depuis si longtemps. Il avait enduré un tel supplice.

Il lui saisit le menton, dénoua le ruban de son chapeau qu'il lança sur le canapé. Elle protesta :

— Eh, c'est un de mes chapeaux préférés ! Cela m'a pris des heures pour décider lequel j'allais mettre.

— Je n'en crois pas un mot. Vous savez toujours fort bien ce que vous voulez.

— Mais c'est la première fois que j'allais à confesse. C'est donc mon chapeau de confession, et vous venez de le jeter comme un mouchoir sale.

— Vous vous êtes confessée à merveille. C'était très réussi, comme tout ce que vous entreprenez.

De ses doigts habiles, il dégrafa le haut col de dentelle qui lui ceignait le cou. Elle lui saisit la main avant qu'il puisse le jeter également.

— Clevedon, que faites-vous ?

— Vous le savez bien.

— Vous n'avez même pas pris la peine de fermer la porte.

— C'est vrai…

Il la lâcha un instant, s'empara de la chaise la plus proche pour aller en coincer le dossier sous la poignée de la porte.

Puis il entraîna la jeune femme vers le canapé, se mit à tirer sur les brandebourgs de sa jaquette.

— Vous ne pouvez pas me déshabiller, objecta-t-elle.

Il se figea, considéra les manches bouffantes, la ceinture au nœud compliqué, la large jupe qui cachait toute une superposition de jupons. Un soupir dépité lui échappa :

— Très bien, une autre fois.

Il l'attira dans ses bras, l'embrassa tandis qu'elle lui nouait les bras autour du cou, puis dit enfin :

— Tout ce que je vous demande, c'est de rester vous-même, Marcelline. Bientôt, nous ferons l'amour et je prendrai tout le temps qu'il faudra pour vous enlever ces habits magnifiques. Mais je saurai attendre, parce que j'ai désormais la certitude que vous m'appartenez et que je suis le plus heureux des hommes.

— Vous allez être plus heureux encore d'ici un instant...

Il la regarda sans comprendre. Avec un sourire mutin, elle se redressa d'un coup de reins et, dans un grand envol de faille et de tulle, s'installa à califourchon sur ses genoux.

Avec impatience, elle tira sur les pans de tissu qui s'étaient coincés entre eux, et il sentit bientôt ses jambes gainées de soie contre ses cuisses.

Comme elle s'attaquait à la ceinture de son pantalon, il retint son souffle.

Elle se pencha et murmura à son oreille :

— Je veux vous sentir en moi, Votre Grâce. Mon amour...

Longtemps, ils demeurèrent enlacés, sans parler.

En paix.

C'était étrange, après ce tourbillon d'événements. Mais il reposait contre elle, et elle était heureuse.

— C'était bien mieux que ce sacrifice que vous vous apprêtiez à commettre sous prétexte que vous venez d'une famille de gredins, murmura-t-il enfin.

Elle rit doucement.

— Vous avez raison, mon chéri.

— Mmm, j'adore quand vous m'appelez ainsi. C'est adorable. L'adorable duchesse de Clevedon. Ça me plaît. Mais son parfum me plaît encore plus. Et le son de sa voix. Et sa façon de marcher, de bouger. Je suis fou d'elle. J'aimerais ne jamais quitter ses bras, mais le monde nous appelle, la vie nous appelle…

Ayant gardé leurs vêtements, il ne leur fallut que quelques instants pour accrocher une agrafe par-ci et fermer un bouton par-là. Marcelline remit son col en place et se donna un coup de peigne. Clevedon lui apporta son chapeau, tenta piteusement de redresser la plume d'autruche qui avait souffert de l'envolée. Riant, elle le lui confisqua.

— Donnez-moi cela, vous ne savez pas y faire. Mais je vous aime quand même. Au moins, vous faites de votre mieux.

— Comme vous, répliqua-t-il avec tendresse. Quel que soit votre but, même si la barre est placée très haut et l'objectif quasi inaccessible, vous faites toujours de votre mieux. En y mettant tout votre cœur. Voilà pourquoi vous réussissez. Alors, à deux, imaginez de quoi nous serons capables !

— Déjà, nous sommes très forts pour *ça*, dit-elle en désignant le canapé qu'ils venaient de quitter.

— C'est vrai, acquiesça-t-il en souriant. Et pour ce qui est du reste… Je suis peut-être un piètre duc, mais si l'on y réfléchit bien, je n'ai pas beaucoup essayé. Si vraiment je m'y consacrais… avec une telle duchesse à mes côtés… je pense que moi aussi je pourrai avoir du succès !

Ils rirent en même temps. Heureux. Et comme toujours, elle osa espérer et rêver.

Il la reprit dans ses bras et annonça :

— J'ai un plan.

— Oui ?

— Marions-nous.

— Oui.

— Partons à la conquête du monde.

— D'accord.

Aucun DeLucey ne pouvait être accusé d'avoir des ambitions étriquées.

— Et mettons tous ces snobinards à nos pieds.
— Entendu.
— Qu'ils supplient à genoux pour avoir vos créations.
— Oui, oui, oui !
— Demain, est-ce trop tôt ?
— Pas du tout. Il y a beaucoup à faire pour conquérir le monde, autant commencer tôt. Il n'y a pas une minute à perdre.

Il l'embrassa, longuement.

Leur amour durerait toujours. Elle aurait parié n'importe quoi là-dessus.

Épilogue

« Les toilettes étaient toutes magnifiques, et nous avons éprouvé une grande fierté en remarquant que les tenues de Sa Majesté, des membres de la famille royale et de nombreuses personnes étaient de confection britannique. »

Journal de la Cour, samedi 30 mai 1835

Le duc de Clevedon épousa Mme Charles Noirot à Clevedon House, le samedi 16 mai. Assistaient à la cérémonie les sœurs de Mme Noirot, les tantes du duc, lord Longmore et lady Clara Fairfax.

Ces deux derniers avaient dû contrevenir aux ordres de leurs parents pour être présents, mais lord Longmore était coutumier de ces désobéissances, et lady Clara avait depuis peu une forte propension à défier l'autorité maternelle.

Le jeudi précédent, elle avait porté à Buckingham Palace une robe signée Noirot qui avait produit son petit effet.

Quand son frère lui avait demandé pourquoi elle soutenait celle qui lui avait volé son fiancé, elle avait répondu qu'elle considérait toujours Clevedon comme son ami et que, quoi qu'il advienne, elle ne saurait se passer des services d'une femme qui lui donnait si belle allure.

— Ne sois pas aussi snob que maman ! avait-elle conclu.

Cette phrase avait été déterminante dans le revirement de Longmore.

Les tantes du duc avaient été plus coriaces. Dès qu'elles avaient reçu leurs invitations, elles étaient parties bille en tête pour Clevedon House, bien décidées à ramener leur neveu à la raison.

Le mercredi, à l'heure du thé, elles étaient en train de harceler Clevedon lorsque Hallyday avait fait son entrée dans le salon pour annoncer la visite de Mme Noirot, de ses sœurs et, en guise d'artillerie lourde, de Lucie.

Il n'avait guère fallu plus d'une heure à ce quatuor de charme pour renverser la vapeur et gagner l'affection des irréductibles tantes.

Le lundi qui suivit le mariage, la plus jeune des tantes, lady Adélaïde Ludley, rendit visite à la reine. Les deux femmes, qui portaient le même prénom, se connaissaient bien et se portaient une estime mutuelle.

Lady Adélaïde fit l'éloge de la duchesse, loua son maintien distingué, ainsi que son bon goût. Apprenant que la reine avait beaucoup aimé la robe de lady Clara, lady Adélaïde lui fit remarquer que la maison Noirot travaillait presque exclusivement avec des manufactures et artisans nationaux, une cause chère au cœur du souverain et de son épouse. Elle parla également de l'institution caritative fondée par les sœurs Noirot qui, par la même occasion, marquèrent encore des points.

Lady Adélaïde convint que la duchesse, qui avait l'intention de poursuivre sa carrière commerciale, posait un dilemme à la cour. Il fallait cependant comprendre, argumenta-t-elle, qu'ainsi la duchesse faisait preuve de loyauté envers sa clientèle et les ouvrières qui ne risquaient pas de se retrouver sur le carreau. Et puis, comme l'avait dit le duc à ses tantes, « on ne peut pas empêcher un artiste de pratiquer son art ».

Finalement, lady Adélaïde fut autorisée à présenter la duchesse à la reine, à l'occasion du bal qui eut lieu à Buckingham Palace pour l'anniversaire du roi.

Lors de cette soirée, le souverain s'isola avec Clevedon pour lui parler en privé. On entendit rire Guillaume IV.

Quand Clevedon revint auprès de sa femme, celle-ci s'étonna :

— Eh bien, que voulait Sa Majesté ?

— Avoir des nouvelles de la princesse Erroll d'Albanie. Je crois que nous avons réussi, ma chérie, ajouta-t-il avec un sourire complice. On nous considère comme un doux excentrique et une personnalité irrésistible.

— Ou l'inverse.

— Quelle importance ?

— Aucune.

Elle baissa la tête, mais il vit ses épaules se soulever légèrement et s'enquit :

— Êtes-vous en train de rire, madame la duchesse ?

Elle leva sur lui ses yeux noirs pétillants :

— Je pensais juste qu'il s'agit là de la plus grande arnaque jamais perpétrée par les DeLucey et les Noirot !

— Et ce n'est qu'un début ! soupira-t-il.

Quelques jours plus tard, lors d'une promenade au parc St. James, Mlle Lucie Cordélia Noirot permit à la princesse Victoria d'admirer sa poupée Susannah.

Cette dernière était bien sûr habillée pour l'occasion d'une pelisse lilas et d'un chapeau de paille frangé de rubans et de plumettes blanches.

Découvrez les prochaines nouveautés
des différentes collections J'ai lu pour elle

Le 6 juin

Inédit ***Les secrets - 1 - L'art de la séduction***

Anne Mallory

Comme chacun à Londres, Miranda Chase lit le best-seller du moment, *Les Septs Secrets de la Séduction*, quand un inconnu pénètre dans la librairie de son oncle. Ne serait-ce pas le vicomte Downing ? Lorsque ce dernier lui propose de l'embaucher pour organiser sa bibliothèque personnelle, remplie de livres précieux, Miranda accepte. Après tout, que risque-t-elle auprès d'un passionné de livres ?

Inédit ***Les carnets secrets de Miranda*** **Julia Quinn**

Depuis l'échec de son mariage, le vicomte Turner est déterminé à faire une croix sur l'amour. Y aurait-il une femme dans son entourage susceptible d'éveiller son intérêt? Miranda Cheever par exemple. La gamine fade et insignifiante à laquelle il a autrefois offert un journal intime n'est plus! Aujourd'hui, face à lui, se tient une jeune femme d'une beauté à couper le souffle.

Le mystère d'Alexandra **Leslie Lafoy**

Aiden Terrell mène une vie de débauche. Pour le remettre dans le droit chemin, son ami, le détective Stanbridge, le charge d'une mission : protéger le fils d'un rajah qui vit à Londres au côté de sa préceptrice. À contrecœur, Aiden s'installe sous leur toit mais la cohabitation est mouvementée : Alexandra Radford se montre odieuse. Il n'empêche que, à déjà vingt-cinq ans, elle possède un charme irrésistible, accentué par le mystère qui l'entoure...

Le 20 juin

Inédit ***Les archanges du diable* - 2 -**
La dame de mes tourments ☙ **Anne Gracie**

Harry Morant est célèbre pour sa bravoure sur les champs de bataille mais, après huit ans de loyaux services dans l'armée, il ne rêve que d'une chose, s'établir. Pour commencer, il s'achète un vieux manoir en ruines qu'il envisage de restaurer. Puis, il lui faut trouver une femme. Peu importent les mariages d'amour, ce qu'il recherche, c'est une femme respectable. Or, une rencontre inattendue peut parfois tout bouleverser...

Les Lockhart* - 3 - *Une histoire d'honneur ☙
Julia London

Depuis toujours, les Douglas et les Lockhart se vouent une haine féroce, dominée par la recherche d'une antique statuette en or. Contraints d'honorer une promesse qu'ils ont faite à leurs ennemis, les Lockhart doivent marier Mared, l'une des leurs, à Payton Douglas. Prête à tout pour éviter cette union, la jeune femme invoque une malédiction. Mais Payton n'est guère impressionné : rien ne l'empêchera de la faire sienne.

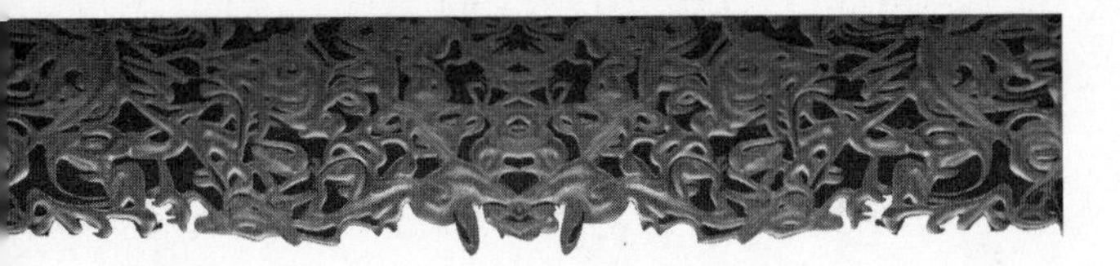

Le 6 juin

CRÉPUSCULE

Inédit ***Le cercle des Immortels - Les Dream-Hunters - 4 - Le prédateur de rêves*** ☙ **Sherrilyn Kenyon**

Alors qu'un démon sème le trouble sur Terre, s'insinuant dans les rêves des humains, Cratus se met en quête de le retrouver et de l'éliminer avant qu'il ne soit trop tard. Quand il rencontre Delphine Toussaint, il réalise qu'elle est la clé qui lui permettra de mener à bien sa mission. Mais cette humaine si innocente est opposée à toute forme de guerre et se dévoue avec acharnement à la paix dans le monde…

Les Highlanders - 5 - Le pacte de McKeltar ☙
Karen Marie Moning

En déposant un livre ancien dans un somptueux appartement de Manhattan, Chloé Zanders n'avait pas l'intention de fouiner, mais les lieux étaient déserts... Elle y trouve des recueils précieux, récemment dérobés à New York. À peine a-t-elle fait cette découverte qu'elle se retrouve ligotée par le propriétaire. De longs cheveux noirs, d'étranges yeux dorés... Dageus McKeltar est-il vraiment humain ?

Le 6 juin

FRISSONS

Du suspense et de la passion

Inédit ***Secrets impardonnables*** ☙ **Laura Griffin**

Elaina Mc Cord, ambitieuse et talentueuse agent du FBI, traque un tueur en série machiavélique, qui n'hésitera pas à la prendre pour cible, pour parfaire son art mortel.

Inédit ***Dernière sur la liste*** ☙ **Kate Brady**

Une seconde enquête pour Neil Sheridan qui, cette fois-ci, croise le chemin d'un tueur fou, prêt à tout pour assouvir ses macabres projets.

Le 6 juin

PROMESSES

Les Kendrick et les Carlter - 2 - Celle qui avait peur d'aimer ☙ **Catherine Anderson**

Attendre deux jours la réparation de son tracteur a mis Ryan Kendrick hors de lui. À Crystal Falls, avec les neiges tardives, perdre quarante-huit heures est un manque considérable. De fait, il est bien loin d'imaginer rencontrer la femme de sa vie à cette occasion. Elle a un visage en forme de cœur, une bouche tendre, des taches de rousseur et les plus beaux yeux bleus qu'il ait jamais vus. Et elle est assise dans un fauteuil roulant...

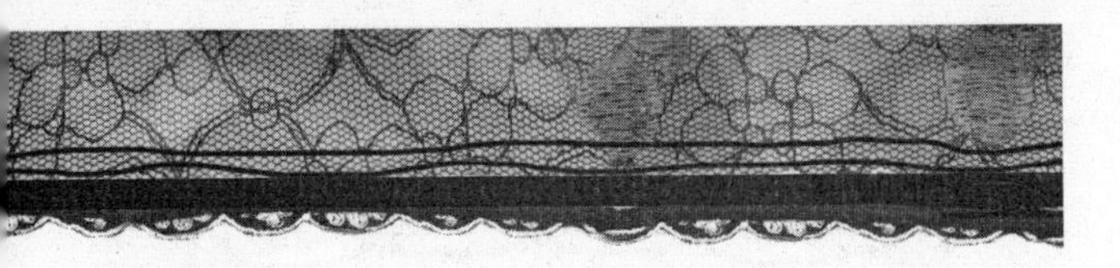

Le 20 juin

Des romans légers et coquins

Inédit ***Les frères McCloud - 2 -***

Au-delà de la trahison ☙ **Shannon McKenna**

Le jour où Connor McCloud a envoyé son père en prison, la vie d'Erin s'est brisée. Comment celui qu'elle aimait depuis toujours avait-il pu la trahir ainsi, elle et sa famille ? Après des années de silence, Connor est de retour. Et quand il lui annonce qu'elle court un grand danger et qu'il veillera sur elle, s'il le faut, au prix de sa propre vie, Erin sent s'éveiller en elle des sentiments enfouis depuis longtemps…

Passion cannelle ☙ **Kimberly Kaye Terry**

Veuf depuis sept ans, Davis Strong peine à élever seul sa fille Angelica. Enfant rebelle, elle fait les quatre cents coups et il se sent dépassé. Il a bien une petite idée de la personne qui pourrait l'aider : Candy Cain, la directrice du centre de loisirs. Compétente et très appréciée des enfants, elle est aussi particulièrement sexy. À tel point qu'il n'est pas du tout sûr de pouvoir rester de marbre s'il était amené à la côtoyer, car toutes les nuits Davis rêve de Candy...

Et toujours la reine du roman sentimental :

« Les romans de Barbara Cartland nous transportent dans un monde passé, mais si proche de nous en ce qui concerne les sentiments.
L'amour y est un protagoniste à part entière : un amour parfois contrarié, qui souvent arrive de façon imprévue.
Grâce à son style, Barbara Cartland nous apprend que les rêves peuvent toujours se réaliser et qu'il ne faut jamais désespérer. »

Angela Fracchiolla, lectrice, Italie

Le 6 juin
Un océan d'amour

Le 20 juin
Trois jeunes filles à Londres

9967

Composition
FACOMPO

Achevé d'imprimer en Italie
par GRAFICA VENETA
le 2 avril 2012.

Dépôt légal : mai 2012.
EAN 9782290040775

ÉDITIONS J'AI LU
87, quai Panhard-et-Levassor, 75013 Paris

Diffusion France et étranger : Flammarion